Ende der Achtzigerjahre lebt Louise in Berlin, aufgewachsen aber ist sie in Belay, einer kleinen Gemeinde in der Normandie. Als ihre Großtante stirbt, kehrt sie zum ersten Mal nach langer Zeit nach Frankreich zurück. Überraschend trifft sie dort auf Ida Kempf, eine ihr bislang unbekannte Großcousine. In einem Strandcafé beginnt Ida, aus ihrem Leben zu erzählen und Louise erfährt, was ihr bislang verschwiegen wurde: Während die Deutschen Frankreich besetzten, verliebte sich Paulette, die Mutter von Louise, in Franz, einen Wehrmachtssoldaten – ein Skandal in Frankreich und für die Familie. Doch gibt es noch weit mehr, was verheimlicht wurde.

In einer schönen, bilderreichen Sprache erzählt Odile Kennel die Geschichte einer Familie aus der Normandie, die eng mit den historischen Ereignissen verbunden ist. Ein lebenskluger, eindringlicher Roman über Väter, die unbekannt blieben, Töchter, die nach Deutschland flohen, Geschwister, die nichts voneinander wissen, über Ebbe und Flut, über rasierte Haare, Goldknöpfe und feine Stoffe, über Missgunst, Verrat und Freundschaft – und über die ebenso mächtige wie fragile Erinnerung daran.

Odile Kennel wurde 1967 in Bühl/Baden geboren und wuchs zweisprachig (deutsch-französisch) auf. Sie studierte Kultur- und Politikwissenschaften und arbeitete von 1996 bis 2004 in der Kulturvermittlung. Seit 1999 lebt sie in Berlin. Sie übersetzte Dichter wie Arnaldo Antunes, Jacques Darras, Angélica Freitas, Ricardo Domeneck, D.G. Helder und Jean Portante ins Deutsche. 2000 veröffentlichte sie die Erzählung ›Wimpernflug‹, 2011 den Roman ›Was Ida sagt‹ und 2013 den Gedichtband ›oder wie heißt diese interplanetare Luft‹.

Odile Kennel

Was Ida sagt

Roman

Deutscher Taschenbuch Verlag

Von Odile Kennel ist
im Deutschen Taschenbuch Verlag erschienen:
oder wie heißt diese interplanetare Luft (24973)

Die Autorin dankt dem Auswärtigen Amt für die Förderung der
Recherchen zu ihrem Buch sowie der Akademie der Künste für das
Alfred-Döblin-Stipendium.

Das Zitat von Elisabeth Bishop stammt aus dem Gedicht ›Santarém‹,
das in dem Band ›Elizabeth Bishop, Alles Meer ein gleitender Marmor. Gedichte. Zweisprachig. Herausgegeben, übersetzt und mit einer
Einleitung von Klaus Martens‹ abgedruckt ist.

**Ausführliche Informationen
über unsere Autoren und Bücher
finden Sie auf unserer Website
www.dtv.de**

Von der Autorin neu durchgesehene Ausgabe
2014
Deutscher Taschenbuch Verlag GmbH & Co. KG,
München
© Deutscher Taschenbuch Verlag 2011
Umschlagkonzept: Balk & Brumshagen
Umschlagfoto: plainpicture/Millenium/Sherry Ness
Gesetzt aus der Electra
Satz: Greiner & Reichel, Köln
Druck und Bindung: Druckerei C.H.Beck, Nördlingen
Gedruckt auf säurefreiem, chlorfrei gebleichtem Papier
Printed in Germany · ISBN 978-3-423-14329-5

*»Gewiss könnte ich mich an alles
falsch erinnern nach, nach – wie vielen Jahren?«*

Elizabeth Bishop

Berlin, Belay

Nichts hat Louise gedacht, als Ida ihr mit der Hand über den Hinterkopf gefahren ist. Sie ist einfach nur erschrocken, denn wer rechnet schon damit, dass einem jemand auf einer Beerdigung über den Hinterkopf fährt, niemand rechnet damit, auch dann nicht, wenn die Haare so kurz geschoren sind, dass der Reiz, sie anzufassen, unwiderstehlich erscheint – wie fühlt sich das an, darf ich mal –, und ehe man sich's versieht, streicht einem eine wildfremde Person über den Kopf, aber doch nicht auf einer Beerdigung, doch nicht, wenn die Trauergäste einem böse Blicke zuwerfen, weil sie den Haarschnitt für eine Provokation halten, aber nichts sagen, denn man wahrt Haltung auf Beerdigungen, man kommt zum Gottesdienst, man bringt Blumen mit, man trägt angemessene Trauerkleidung und keinen Rucksack.

Nichts dachte Louise also, sie erschrak und nahm im selben Augenblick wahr, dass die Berührung sie gleichermaßen empörte wie genussvoll erschaudern ließ, denn es fühlt sich gut an, wenn einem jemand, und sei es jemand Unbekanntes, vom Nacken bis zum Scheitel über die kurz geschorenen Haare streicht. Was heißt hier unbekannt – die Frau um die sechzig, der sich Louise gegenübersah, als sie sich umdrehte, kam ihr nicht wirklich bekannt, aber doch so vertraut vor, dass sie einen Moment zweifelte, ob die Frau weiter vorne im Trauerzug, die sie für ihre Mutter hielt, tatsächlich ihre Mutter war. Bis sie begriff, dass sie vor Ida stand, der Cousine ihrer Mutter, der Tochter der Verstorbenen und ihrer eigenen Cousine unbekannten Grades, von deren Existenz sie bis vor wenigen Tagen nichts gewusst hatte. Louise dachte »Cousine« und »unbekannten Grades«, aber nicht »Mutter«, nicht »mère« und auch nicht »maman«, sondern »Paulette«, denn seit sie vor elf Jahren ihren Geburtsort, eine kleine normannische Gemeinde namens Belay, verlassen hatte, war aus ihrer Mutter für sie »Paulette« geworden. Nicht von heute auf morgen, Louise hatte kein Zeichen setzen wollen, sondern allmählich, als habe die räumliche Entfernung sich in den Worten niedergeschlagen – von ihrer Mutter mit dem Vornamen zu sprechen, war für Louise ein Ausdruck von Distanz und nicht etwa von Intimität.

Belay zu verlassen und nach Berlin zu gehen war hingegen eine Entscheidung gewesen, die sie mit siebzehn, kurz vor dem Abitur, auf der Beerdigung ihres Vaters getroffen hatte, auf eben diesem Friedhof, wo heute ihre Großtante Adrienne zu Grabe getragen wurde. Sie war damals im weißen Hemd, in schwarzer Männerhose mit Hosenträgern, schwarzem Sakko und Sonnenbrille erschienen, und während sie wie jetzt auf den Rücken ihrer Mutter gestarrt und in ihrem eigenen Rücken die Blicke der Trauergäste gespürt hatte, war ihr klar geworden, dass sie unmöglich bleiben konnte, nicht bei ihrer Mutter, nicht einmal in der Nähe ihrer Mutter, und dass sie weggehen würde, um ein eigenes Leben zu beginnen, andere Orte kennenzulernen und zu studieren, aber vor allem, um nicht zurückzukehren.

Was willst du in Berlin, fragten ihre Klassenkameraden, und

sogar ihr bester Freund Grégoire zog die Augenbrauen hoch, aber wieso denn Deutschland? Louise zuckte mit den Schultern, man muss doch nicht immer alles erklären, oder?

Niemand verlangte heute eine Erklärung dafür, warum sie nach elf Jahren ausgerechnet zur Beerdigung einer Großtante, der sie nicht einmal besonders nahegestanden hatte, dann doch nach Belay gekommen war. Und wenn, so hätte sie geantwortet, ich bin aus beruflichen Gründen in der Gegend.

Sie hatte wenige Monate zuvor eine Assistentenstelle in einem Forschungsprojekt über die deutsche Besatzung in der Normandie angetreten und bereiste für erste Recherchen vor Ort den Cotentin. Sie war hier geboren, auf dieser Halbinsel, die sie in Gesprächen in Berlin immer erst verorten musste – nein, nicht Deauville, nicht Trouville-sur-Mer, weiter westlich, schon zum Atlantik hin, der Zipfel oberhalb der Bretagne und des Mont-Saint-Michel –, sie war Muttersprachlerin, wie man auf Deutsch so schön sagte, und war genau deshalb aus nicht wenigen Bewerbern ausgewählt worden. Als sie mit ihrer Freundin auf die Zusage anstieß – es war ihre erste Stelle, das Ende einer langen Reihe von Nebenjobs, wie sie hoffte –, fragte diese, wirst du deine Mutter besuchen?

Meine Mutter? Nein, wieso?

Und nach einer Pause, in der Louise versuchte, das rückwärtige Etikett des Rotweins zu entziffern, als bärgen die winzigen Schriftzeichen eine Antwort auf die entscheidenden Fragen des Lebens, fügte sie hinzu, keine Ahnung, mal sehen. Wenn Belay zu den Orten gehört, die ich für die Recherche besuche, vielleicht.

Sie hatte sich diese Frage bis dahin nicht gestellt, hatte sich nicht für das Projekt beworben, um einen Grund zu haben, auf den Cotentin zu fahren oder ihre Mutter wiederzusehen, sondern weil sie eine Stelle suchte und darüber hinaus hoffte, im Rahmen des Projekts ein Thema für ihre Doktorarbeit zu finden. Vielleicht hätte sie im Zuge ihrer Reisevorbereitungen auch ohne die Frage ihrer Freundin die Entscheidung, Belay fernzubleiben, noch einmal überdacht, vermutlich wäre sie bei ihrem Entschluss geblieben und hätte, als sich herausstellte, dass Belay zu ihren Zielen gehörte, nichts unternommen, das auf ein Treffen mit Paulette hinauslaufen könnte – wenn nicht an dem Tag, an dem sie sich auf den Weg zum Bahnhof machte, um ihre Fahrkarte zu lösen, die Todesanzeige für ihre Großtante Adrienne im Briefkasten gelegen hätte. Wie immer, wenn Louise Post von ihrer Mutter erhielt, zu familiären Anlässen, zu Weihnachten oder zu Neujahr, meist eine vorgedruckte, mit wenigen handschriftlichen Worten ergänzte Karte in einem Umschlag, der bereits den Inhalt erahnen ließ – rosa oder blau für Geburten, aufgedruckte Eheringe für Hochzeiten, bunte Dekorationen für Feste –, wie immer hätte sie am liebsten das Briefkastentürchen wieder geschlossen und so getan, als gäbe es den Brief nicht, dessen schwarze Umrandung ihr wie der Rahmen einer Geschichte erschien, in die sie nicht hineingezogen werden wollte. Wie immer holte sie ihn dann doch heraus, suchte mit dem Finger nach einem Ansatz, den Umschlag zu öffnen, ungeduldig, zerstreut, weil es ihr wie ein aufgezwungener Akt vorkam, dem sich zu verweigern ihr nicht gelingen wollte. Die Haustür wurde aufgeschoben, sie hob den Kopf und registrierte, dass der Mann mit Fahrrad, der flüchtig grüßte, sie an jemanden erinnerte, wusste aber nicht, an wen, und nachdem er im Hof verschwunden war, hatte sie endlich eine Öffnung in die obere Kante des Umschlags gepult, riss ihn auf und fischte die Karte heraus.

Madame Ida KEMPF, née LECONTE, sa fille
Monsieur François LECONTE, son fils
Monsieur et Madame Vincent CASTEL
Monsieur et Madame Jérôme CASTEL
Madame Paulette DUHAMEL, née COLIN
ses nièces et neveux, leurs épouses et époux
et toute la famille
ont la profonde douleur de vous faire part du décès de

Madame Adrienne LECONTE
née CASTEL

survenu le 10 septembre 1989, à Belay, à l'âge de 82 ans.
Les obsèques seront célébrées le vendredi 15 septembre 1989,
à 14 h, à l'Abbaye de Belay.
L'inhumation se fera au cimetière de Belay.

Die Verstorbene, Adrienne Leconte, geborene Castel, war eine Tante ihrer Mutter, mit anderen Worten ihre Großtante gewesen, und ihre Mutter, Paulette Duhamel, hatte der Todesanzeige nichts Persönliches hinzugefügt. Louise wollte die Karte schon in den Umschlag zurückstecken und sie in der Mülltonne im Hof entsorgen, da stellte sie fest, dass sie den ersten Namen auf der Karte, Ida Kempf, nicht kannte. Dass sie, obwohl ihre Großtante Adrienne früher jedes Jahr mindestens ein Wochenende während der Sommerferien mit ihnen im Familienchalet verbracht hatte – oft in Begleitung ihres Sohnes François, an den Louise sich folglich, wenngleich ungern, erinnerte –, dass sie also nichts von der Existenz einer Tochter ihrer Großtante wusste.

Die Neugier fuhr wie ein Ruck durch ihren Körper, verscheuchte die Schläfrigkeit, die ihr noch in den Gliedern steckte, verlieh den Dingen um sie herum eine ungewohnte Schärfe, sie fühlte die ansonsten kaum merkliche Rauheit des Umschlags in der Hand und meinte, obwohl es unwahrscheinlich war, dass jemand Anfang September schon heizte, Braunkohle aus dem Bohnerwachsgeruch des Treppenhauses herauszuriechen, verkochten Kohl mehrerer Generationen und einen leichten Duft nach Erdbeere, den sie sich nicht erklären konnte. Dann überkam sie ein Schwindel, sie spürte die Wirkung der Schwerkraft auf ihre Zellen, die Trägheit, die sie erfasste, und den Widerwillen, der sich beim Gedanken an die Karte mit der Todesanzeige wie eine Schicht um ihr Hirn legte. Sie brachte die Schritte zwischen Briefkasten und Vorderhaustreppe hinter sich und ließ sich auf die Stufen fallen. Dort saß sie, bis Schwindel und Widerwillen nachließen, und suchte nach einer Erklärung für dieses offenbare Missverständnis zwischen Verstand und Körper. Denn was hatte sie, außer ein paar gemeinsam verbrachten Ferienwochenenden, mit der verstorbenen Adrienne zu tun, was mit ihrer Tochter Ida, die rein zufällig einen deutschen oder vielleicht auch elsässischen Nachnamen trug und zu ihr in einem verwandtschaftlichen Verhältnis stand, für das sie nicht einmal einen Namen hatte? *Petite cousine?* So wurde, soweit sie wusste, die Tochter einer Cousine bezeichnet. Das war sie für Ida. Aber was war Ida für sie?

Drei Tage später stieg Louise in Paris am Gare du Nord aus dem Nachtzug, nahm die Metro bis Montparnasse, durchquerte die nicht enden wollenden Metrogänge zum Bahnhof zielstrebig und ohne auf Menschen oder Werbung zu achten, als könne die geringste Ablenkung sie von ihrem Entschluss, an

Adriennes Beerdigung teilzunehmen, abbringen, und gönnte sich erst am Bahnhof eine Verschnaufpause und ein rasches Frühstück im Stehen. Der Zug nach Granville wurde bereitgestellt, sie fand zwei nicht reservierte Plätze und war froh, dass der Sitz neben ihr frei blieb. Sie wollte es vermeiden, in ein Gespräch verwickelt zu werden, wollte nicht die Blicke aus den Augenwinkeln heraus auf ihre kurz geschorenen Haare ertragen müssen. Der Zug nahm zögerlich Fahrt auf, und sie zwang sich, ihren Atem dem Klack-klack der Räder auf den Gleisen anzupassen. Einatmen, klack-klack, ausatmen, klack-klack, einatmen, klack-klack, ausatmen, klack-klack. Wie vor elf Jahren, als sie den Zug in umgekehrter Richtung genommen hatte.

Ihren Koffer behielt sie im Auge. Neben den anderen, moderneren Koffern im Gepäckbereich wirkte er wie ein Relikt aus der Zeit der Schnappverschlüsse, braun, aus Pappe und durch einen Gürtel zusammengehalten. Sie hatte ihn 1978 vor ihrem Aufbruch nach Berlin auf dem Dachboden hinter einem Stapel Kartons gefunden, er war ihr in der Größe passend erschienen und passte zu ihr, wie sie fand.

Sie sah sich die Treppe zum Dachboden hinaufstürmen und am Ende der Treppe innehalten, sah den dämmerigen Dachboden vor sich, der nach sehr trockenem Holz und nach Staub roch, erinnerte sich, wie auf der Schwelle ihre Wut der Ehrfurcht gewichen war, weil die Dinge bei ihrem Eintreten den Atem anhielten, als hätte Louise sie ertappt oder als wüssten sie um die Bedeutung des Augenblicks, die sich nur ihnen selbst erschloss. Dann hörte Louise unten eine Tür knallen und ihre Entschiedenheit war wieder da, sie ging, während sie noch versuchte, sich einen Überblick über das Gewirr der Dinge zu verschaffen, einige Schritte auf eine Ecke zu, in der eingekeilt zwischen Kartons, Korbsesseln und zusammengerollten Teppichen zwei Milchkannen leuchteten, wollte sich schon wieder abwenden, da entdeckte sie den Koffer. Es war nicht der Koffer, den sie suchte, doch er gefiel ihr besser als der aus hellbraunem Kunstleder, den ihr Vater für sie gekauft hatte, als sie das erste und einzige Mal ins Ferienlager gefahren war. Sie zwängte sich zwischen Kartons und Korbsesseln hindurch und angelte nach dem Koffer. Er war leicht, also leer. Sie legte ihn unter eine der Luken, die mit ihrem staubigen Licht die Winkel des Dachbodens kaum zu erhellen vermochten, und drückte seine Verschlüsse auseinander. Mit einem leichten Knirschen sprangen sie auf. Innen war der Koffer mit beige-braun kariertem Papier ausgelegt, das sich an den eingerissenen Stellen wie alter Lack zusammenrollte.

Louise erinnerte sich, dass sie vergeblich versucht hatte, das handgeschriebene, schon halb abgelöste Etikett an der Innenseite des Deckels zu entziffern, und dass sie es schließlich ganz entfernte. Und sie erinnerte sich an die Reaktion ihrer Mutter, die angesichts des halbgepackten Koffers in Louises Zimmer nicht etwa nach dem Grund des Kofferpackens, sondern nach dem Koffer selbst fragte.

Wo hast du den her? Liegt das Zeug immer noch irgendwo herum?

Louise wusste nicht mehr, ob sie die Frage beantwortet und ob sie sich Gedanken darüber gemacht hatte, was ihre Mutter mit »immer noch« und »irgendwo« meinte. Ob diese Worte überhaupt gefallen waren oder ob Louise sie Paulette, während der Zug sich Schicht um Schicht aus der Pariser Banlieue schälte, im Nachhinein in den Mund legte.

Ihr plötzlich schneller schlagendes Herz war der Erkenntnis einen Augenblick voraus: Die unleserliche Schrift auf dem Etikett war Sütterlin gewesen, und »Knmpf«, wie sie damals vor sich hin gemurmelt hatte, nichts anderes als »Kempf«. Louise griff nach dem Rucksack, nestelte an seinen Schnallen, wühlte, bis sie die Karte mit der Todesanzeige fand, und starrte in Erwartung weiterer Erkenntnisse auf den Namen Ida Kempf. Sie las sorgfältig die anderen, ihr wohlbekannten Namen, und ihr war, als rege sich hinter ihnen etwas, das sie nicht zu fassen bekam, das aber in ihrem Körper ein Echo hervorrief, eine Bewegung, die sich in Schwindel oder Herzklopfen ausdrückte und von einer Erinnerung herrührte, zu der ihr die Schlüssel abhandengekommen waren.

Allmählich wurde die Landschaft hügeliger, der Zug durchquerte kleine Täler mit einzelnen Gehöften und Kühen, die sich bedächtig bewegten und langsam den Kopf hoben, als gehörten sie einer anderen Zeitrechnung an. Louise war erstaunt über das dunkle, üppige Grün. Die Erinnerung ist verblasst, dachte sie auf Deutsch, schloss die Augen und sah hellbraune Kühe auf mattem Grün dahinschreiten. Immer mehr Kühe schlossen sich an, liefen einem hellgrauen Sarg hinterher, doch als Louise genauer hinsah, war er durchsichtig, ihre Großtante Adrienne lag darin und blickte sie vorwurfsvoll an. Der Sarg schaukelte auf dem Wasser, wurde allmählich aufs offene Meer hinausgetrieben, und kurz bevor sie ihn aus den Augen verlor, wusste Louise, dass nicht Adrienne, sondern Paulette darin lag. Sie erschrak und wachte auf. Der Zug fuhr in den Bahnhof von Granville ein, und ihr war, als schöbe er sich in eine entfernte Enklave ihres Lebens, in den Kopfbahnhof ihrer Vergangenheit, aus dem es kein Zurück, oder nur ein Zurück, kein Weiterkommen gab.

Auf dem Bahnsteig stellte sie den Koffer ab, reckte sich und sog die salzige Luft, den Geruch nach Schlick und Tang ein, der vom Hafen hochwehte. Sie drehte das Gesicht zur Sonne und schloss die Augen. Sah sich wieder auf dem Bahnsteig stehen, bevor sie im Sommer 1978 den Zug in die andere Richtung, aus dem Bahnhof heraus, genommen hatte. Sah sich das Gesicht wie jetzt der Sonne zuwenden, hinter den geschlossenen Lidern eine unbekannte Stadt namens Berlin, von der sie nur gehört und wenige Bilder gesehen hatte, die sich in Bewegung setzten, ein Film mit unbekannten Protagonisten, in dem auch ihr eine Rolle vorbehalten war. Dass sie nicht wusste, welche, hatte sie mit Erregung erfüllt, mit Ungeduld.

Um ein Haar hätte sie damals den Zug verpasst, weil das Auto ihres Freundes Grégoire, der sie zum Bahnhof brachte, sich von einem Augenblick zum nächsten nur noch im Schritttempo vorwärtsbewegte. Bergauf beugten sie sich nach vorne und konzentrierten sich auf das Ende der Steigung, wo der Himmel an die Straße grenzte, sie sprachen dem Auto gut zu und vergaßen für einen Moment den nahenden Abschied. Vor dem Bahnhof ließ Grégoire den Motor laufen, da er fürchtete, das Auto ansonsten nicht wieder in Gang bringen zu können, und Louise war das recht, denn sie scheute die ungelenken Abschiedsworte, die Tränen, die, ob man will oder nicht, an die Oberfläche geschwemmt werden, als wüssten sie mehr als man selbst. Und so küssten sie sich rechts-links-rechts, melde dich, sagte Grégoire, lass mir deine Adresse zukommen, klar, antwortete sie, wir bleiben in Kontakt.

Das blieben sie auch, ein paar Jahre lang. Grégoire schickte ihr sein Hochzeitsbild und die Geburtsanzeige seines ersten Kindes. Louise war es, die auf die Geburtsanzeige oder einen späteren Brief nicht mehr reagierte. Sie zögerte die Antwort so lange hinaus, bis die verstrichene Zeit selbst zur Erklärung für ihr Schweigen wurde. Jetzt, mit geschlossenen Augen auf dem Bahnsteig von Granville, vermisste sie Grégoire.

Die Sonne erhitzte ihre Haut, wie sie es nur am Meer vermag, wo die Salzkristalle in der Luft wie winzige Brenngläser wirken. Das Salz ist es, das die Luft am Meer kantiger, das Licht klarer, die Körper unmittelbarer erscheinen lässt, erbarmungslos den Blicken ausgesetzt, und erst gegen Abend werden Licht und Körper weich, wunschlos, wie sie es fern vom Meer nie sind, das Salz in der Luft schärft oder verwischt die Konturen, lässt keine Abstufung zu.

Auch Bahnhöfe lassen keine Abstufung zu, man fährt weg oder kommt an, betritt den Bahnsteig oder will in die Stadt, und dazwischen liegt die Bahnhofshalle als Schleuse, durch die Louise nun schritt, zögerlich, atemlos, weil sie sich gegen die Bedeutungsschwere wehrte, die, wenn sie sich zu abrupt bewegte, über sie hereinbrechen würde. *Le retour!* Rückkehr!, dachte sie, dachte, was für ein gewichtiges Wort, widersprach sich selbst: Ich kehre nicht zurück. Ich bin wieder hier.

Existierten große Gefühle tatsächlich, oder gab es so etwas wie ein überliefertes Bündel, das über Generationen hinweg weitergereicht wurde und in dem, fertig geschnürt, jedem Ereignis das angemessene Gefühl zugeordnet war? Und nur jene Gefühle waren echt, die sich in überraschenden Momenten einstellten? Oder waren auch sie Teil der Überlieferung, Überraschung unmöglich, Echtheit eine Illusion?

Louise wäre am liebsten die steilen, engen Treppen zur Oberstadt hinaufgestiegen, hätte sich vergewissert, ob Ebbe war oder Flut – das Hafenbecken leer oder voll, die Stadt ein auf einer Sandbank gestrandeter Wal oder eine Insel –, und hätte ihre innere Uhr mit den Gezeiten in Einklang gebracht. Ihre Armbanduhr, ein Geschenk ihres Vater, zeigte an, dass hierfür keine Zeit blieb, wenn sie rechtzeitig zur Beerdigung kommen wollte. Sie fragte einen Taxifahrer nach der Autovermietung und wickelte die zur Bereitstellung eines Mietwagens notwendigen Schritte ab, ohne sich auf das Gespräch einzulassen, das der Mann hinter dem Schalter gerne in Gang gebracht hätte.

Sie sind von hier und leben dort?, fragte er und schielte auf ihre Haare.

Was heißt hier, was heißt dort, dachte sie und war froh, im Auto zu sitzen, mit dem sie in den kommenden zweieinhalb Wochen auf dem Cotentin unterwegs sein würde. Sie hatte in Absprache mit ihren Kollegen den genauen Ablauf der Reise geplant, deren offizieller Teil am Montag begann. Heute war Freitag und Adriennes Beerdigung, bei der sie hoffte, Ida Kempf zu begegnen – wenngleich sie nicht genau wusste, was sie sich davon versprach außer der Befriedigung ihrer Neugier, und keine Ahnung hatte, wie sie sich verhalten würde, wenn es tatsächlich zu der Begegnung käme. Versuchte sie, darüber nachzudenken, brachte ihr Hirn der Ansammlung von »Wenn ... dann«-Fällen wie schon in Berlin bei der Entdeckung ihrer unbekannten Verwandten Trägheit und Widerwillen entgegen. Das beunruhigte sie, denn sie war, wenn es um familiäre Angelegenheiten ging, lieber vorbereitet.

Im Anschluss an die Beerdigung würde sie sich ins Auto setzen und sich an der Küste nördlich von Belay ein Hotel suchen. Sie wollte das Wochenende nutzen, um in Ruhe anzukommen, sich zu orientieren, sich im Hotel einzurichten, denn von dort aus würde sie die Orte besuchen, die im Zusammenhang mit ihrem Forschungsprojekt von Interesse waren. Zuerst Saint-Lô, wo sie Frauen und Männer befragen wollte, die die fast vollständige Zerstörung der Stadt durch Luftangriffe und Gefechte nach der alliierten Landung 1944 überlebt hatten, dann einige kleinere Orte wie Belay, die während der wochenlangen Kämpfe im Sommer 1944 zerstört oder schwer beschädigt worden waren. Auch hier wollte sie Interviews führen und darüber hinaus in den Archiven recherchieren, sie hatte zu diesem Zweck mit den Gemeindeverwaltungen Kontakt aufgenommen.

Die Nummer des Rathauses von Belay zu wählen, war ihr nicht leichtgefallen. Immerhin hätte es sein können, dass jemand sie als Tochter von Paulette Duhamel erkannte, dass sie Erklärungen abgeben müsste, dass Paulette von ihrem Kommen erführe. Aber die Rathausangestellte klang, als sei sie um einige Jahre jünger als Louise, und war geradezu herzlich, als sie hörte, dass sich jemand für die Geschichte des Ortes interessierte, zumal aus dem Ausland. Sie können aber gut Französisch, sagte sie, und Louise widersprach nicht.

Bevor sie losfuhr, breitete sie die Landkarte vor sich auf dem Lenkrad aus und folgte mit dem Finger der geplanten Route. Sie las sich die Namen der Ortschaften vor, einmal, zweimal, dehnte Silben, betonte sie unterschiedlich, kostete ihren Klang und die Überraschung aus, die altbekannte Wörter hervorrufen, wenn man sie erstmals wieder hört. Warum bin ich in Berlin nicht auf die Idee mit dem Vorlesen gekommen, fragte sie sich. Vielleicht entfalten die Namen erst in der passenden Umgebung ihren Klang, ergeben erst da einen Sinn.

Zweieinhalb Wochen waren nicht viel Zeit für ihr Vorhaben. Anderseits hatte der straffe Ablaufplan etwas Beruhigendes. Ich bin aus beruflichen und nicht aus familiären Gründen hier, dachte sie, als sie den Zündschlüssel drehte, und wer weiß, ob Ida Kempf überhaupt da sein wird.

Als sie die letzten Häuser der Vororte von Granville hinter sich gelassen hatte, begann sie, auf den Moment zu lauern, in dem das Meer linker Hand auftauchen würde, jenseits des Teppichs aus hellgrünem Karottenkraut und blaugrünem Lauch, jenseits der von Hecken gesäumten Kuhweiden, der Hohlwege, die zu niedrigen, schiefergedeckten Steinhäusern führten, jenseits der Dünen. Und als es aufblitzte, blau und fern, war es, als hätte sie beim Memory-Spiel die richtige Karte aufgedeckt und dem Bild in ihr seine Entsprechung zurückgegeben, sie spürte, wie die Tektonik ihres Körpers sich verschob, spürte, wie das Stück Landschaft, das sie dort herausgehebelt hatte, seinen Platz wieder einnahm, selbstverständlich, als hätte es nur auf diesen Augenblick gewartet.

Sie spielte mit dem Gedanken, einen Abstecher ans Meer zu unternehmen und dafür möglicherweise die Beerdigung zu versäumen, doch dann überwogen Neugier, Vernunft und die Befürchtung, eine willentlich verpasste Gelegenheit könne das Gelingen ihrer gesamten Reise infrage stellen. Also blieb sie auf der Nationalstraße und genoss es, dass das Auto ihr gehorchte, sich die Hügel hochkämpfte und die Senken hinunterstürzte. Sie schaltete das Radio ein und war überrascht, dass der Sprecher französisch sprach, dass auch die Lieder Memory-Karten waren, zu denen sie ohne Mühe den dazugehörigen Text aufdecken und mitsingen konnte. Erst als die Abtei von Belay sich am Horizont abzeichnete, verstummte sie, schaltete das Radio aus und empfand das Motorengeräusch auf den letzten Kilometern als sehr laut.

Während alle versuchten, die gebotene Trauermiene aufzusetzen und zu tun, als bemerkten sie Louises Frisur nicht, sagte Ida, nachdem sie Louise vom Nacken bis zum Scheitel übers Haar gefahren war und Louise sich empört umgedreht hatte, auf Deutsch, du hast einen eleganten Hinterkopf.

Louise stand vor einer Frau, die als Kind und Jugendliche einmal Paulette geähnelt haben mochte, deren Gesichtszüge jedoch von der Zeit auf so unterschiedliche Weise geprägt worden waren, dass von der Ähnlichkeit nur mehr eine gewisse Vertrautheit übrig blieb.

Ich bin Ida, stellte sich Ida, nun wieder auf Französisch, vor. Die Cousine deiner Mutter, deine Großcousine oder Tante zweiten Grades.

Sie schien sich über die Mathematik der Verwandtschaftsverhältnisse zu amüsieren und fügte mit einem Blick auf Louises fast rasierten Schädel hinzu, ich muss zugeben, dir steht das wirklich gut.

Es gab keinen Grund, sich vor einer Person, die sie nicht kannte, zu rechtfertigen, es gab überhaupt keinen Grund, sich zu rechtfertigen, und doch hätte Louise Ida gerne erklärt, dass ihr Haarschnitt ein Selbstversuch gewesen war, dass sie nicht die Absicht gehabt hatte, jemanden zu provozieren. Und sie hätte fragen wollen: Wie kommt es, dass du Deutsch sprichst? – da wandte sich Paulette, die vorne am Grab stand, zu ihnen um. Statt Louise zu begrüßen, als diese ein paar Minuten zuvor außer Atem auf dem Friedhof aufgetaucht war, hatte sie ihre Tochter in gebührendem Abstand von oben bis unten gemustert und zwischen den Zähnen hervorgepresst, du hättest wenigstens anrufen können, so als hätten sie in den vergangenen elf Jahren regelmäßig telefoniert. Alt war sie geworden, und Louise rechnete nach, dass Paulette bei ihrem Weggang 1978 einundfünfzig gewesen und nun zweiundsechzig war. Als ob mir diese Zahlen irgendetwas sagen im Verhältnis zu einem Gesicht, im Verhältnis zu der Zeit, die vergangen ist, dachte sie.

Paulette blickte von Ida zu ihrer Tochter und erneut zu Ida, wirkte plötzlich müde, resigniert – dann verschloss sich ihr Gesicht wieder, und als ihr Cousin Vincent sie an der Schulter fasste und ihr etwas zuflüsterte, wandte sie sich hastig ab.

Louise starrte auf Paulettes Rücken und musste sich eingestehen, dass sie wütend war, dass sie etwas von Paulette erwartet hatte, ein Zeichen der Überraschung oder eine Beschimpfung, irgendetwas, das eine Zäsur markierte, ein Innehalten, nach dem man beschließen könnte, wie bisher weiterzumachen oder etwas zu ändern. Stattdessen war es, als sei bei Louises Weggang der Filmprojektor angehalten worden und liefe nun einfach weiter. Einen Augenblick lang zweifelte Louise daran, dass die Jahre dazwischen überhaupt stattgefunden hatten. Wusste Paulette von Louises Anfrage beim Rathaus, war sie deshalb nicht erstaunt über ihre Anwesenheit? Aber warum hatte sie es dann nicht erwähnt? Paulettes Haltungen und Handlungen waren für Louise unvorhersehbar und unerklärlich, daran hatte sich nichts geändert.

Ein Trauergast nach dem anderen trat vor und warf eine Handvoll Erde, oder war es Sand, in die Grube, und die stetige, langsame Bewegung ließ die Trauergemeinde wie ein sich kontrahierender Körper erscheinen, dessen Herz dumpf und unregelmäßig schlug. Gleich würden Ida und Louise an der Reihe sein, an das Grab zu treten, da sagte Ida, ich möchte das nicht. Ich hätte wegbleiben sollen. Ich gehe jetzt.

Und bevor Louise darüber nachdenken konnte, hörte sie sich sagen, ich komme mit.

So dass sie beide am Nachmittag des 15. September 1989 noch vor Ende der Beerdigung von Adrienne Leconte den Friedhof der Gemeinde Belay verließen, in einer selbstverständlichen Einhelligkeit, als sei es nicht das erste Mal, dass sie gemeinsam etwas entschieden.

Der Nachteil an solch kleinen Orten wie diesem ist, stellte Ida fest, dass man nicht unbemerkt zurückkehren und Vergangenheitsbewältigung betreiben kann.

Das deutsche Wort ragte aus dem französischen Satz wie ein Berg, den es tatsächlich zu bewältigen gälte.

Wie kommt es, dass du Deutsch sprichst?, fragte Louise.

Noch im Auto, das Louise zurück auf die Route Nationale lenkte, weil es nur ein Ziel geben konnte, nämlich das Meer, sagte Ida, deine Mutter Paulette und ich, wir sind wie Schwestern.

Wir sind Schwestern, verstand Louise, weil das »wie« im Geräusch des Motors unterging, als sie etwas zu heftig Gas gab. Meine Mutter hat keine Schwester, wollte sie schon widersprechen, dann dachte sie, dass es sich um ein Missverständnis handeln musste und ergänzte im Geiste das fehlende Wort. Der Satz ergab immer noch keinen Sinn, nicht im Zusammenhang mit den ihr bekannten Fakten. Soweit sie wusste, hatte ihre Mutter keine schwesterähnliche Verwandte oder Freundin.

Sie konzentrierte sich auf die Straße, denn sie wollte die Abzweigung nach Lemoulin-Plage nicht verpassen, dem Stranddorf, wo das Familienchalet stand, in dem sie alle Sommerferien ihrer Kindheit verbracht hatte, bis auf das eine Jahr, als ihre Eltern sie ins Ferienlager schickten. Sie war diese Strecke im Auto ihrer Eltern und mit dem Fahrrad so oft gefahren, dass die Wahrscheinlichkeit, die Abzweigung zu verfehlen, eher gering war. Dennoch fürchtete Louise, durch ihr langes Fernbleiben die Eignung verloren zu haben, im richtigen Augenblick die richtigen Dinge zu tun.

Ich bin ja hauptsächlich bei meinen Großeltern aufgewachsen, in Belay, drei Häuser entfernt von Paulette, und nicht bei meiner Mutter Adrienne in Honoré-le-Manoir, erklärte Ida in das Brummen des Motors hinein, und Louise wartete darauf, dass sie noch etwas hinzufügte. Doch Ida schwieg, hielt ihre

Umhängetasche vor der Brust umfasst und blickte aus dem Fenster.

Die Ankündigung der Kreuzung tauchte auf, dann das weiße Schild mit »Lemoulin-Plage«, das nach rechts wies, und Louise spürte ihr Herz schlagen, *le retour!*, dachte sie wieder, stellte fest, dass die Bäume an der Abzweigung gewachsen waren, konzentrierte sich auf das Fahren, setzte den Blinker, bremste, schaltete zurück, bog ab, schaltete, gab wieder Gas, aber nicht zu viel, dachte, nein, du lässt dich nicht überwältigen.

Wie lange warst du nicht mehr hier?, fragte Ida.

Jahre, antwortete Louise und kam sich alt vor, und du?

Auch sehr lange nicht, erwiderte Ida.

Sie fuhren an den ersten Häusern vorbei, neue Reihenhäuser für Feriengäste, dann an den älteren, kleinen Chalets. Bungalows, nannte man sie in Berlin, doch das dunkel klingende Wort passte nicht zum hellen Dünengras, zu den Ligusterhecken und Heckenrosen, dem Sand.

Gibt es eigentlich unser Chalet noch?, fragte Louise und verbesserte sich sogleich, natürlich gibt es das Chalet noch, wo soll es denn hin sein.

Wir können es überprüfen, antwortete Ida. Ich habe Adriennes Schlüssel dabei.

Louise stellte das Auto auf dem weitläufigen Parkplatz ab, der an einem Tag in der Woche als Marktplatz diente, oder zumindest gedient hatte, und stieg aus. Sie ließ ihren Blick über die Autodächer zu den Häusern und Ladengeschäften schweifen, die den Platz säumten, über das Trafohäuschen, die Stromleitungen, die Betonpfosten der Straßenlaternen und die Bänke, die am Rand des Parkplatzes aufgestellt waren, sie nahm die Risse in der Teerdecke wahr, durch die Sand und Gras schimmerten, wusste, ohne sich umzudrehen, welches Haus in ihrem Rücken stand, kannte die Lichtverhältnisse und Schattenwürfe, und einen Moment lang befand sie sich in der Schwebe, in einem Raum ohne Zeit, in dem die erinnerten Dinge und Gegebenheiten wirklicher schienen als die Gegenwart, ihr Körper verwandelte sich zurück in den Körper eines Kindes, das gerade aus dem elterlichen Auto gestiegen war, und sie verspürte einen Anflug von Panik, von realer, gegenwärtiger Panik, dass der Rückweg in ihr jetziges Leben versperrt sein könnte. Dann stand sie wieder neben dem Auto, das sie ein paar Stunden zuvor in Granville angemietet hatte, umrundete es und hielt Ida die Tür auf. Sie fragte sich, warum diese Empfindung sie nicht schon vorher überkommen hatte, am Ortseingang von Belay oder bei der Fahrt hierher. Vielleicht funktionierte ein Auto nicht nur bei Gewitter wie ein Faradayscher Käfig, sondern schirmte, wenn man durch altbekannte Landschaften fuhr, auch vor zu großer Vertrautheit ab und verhinderte, dass man von ihr aufgesogen wurde.

Soll ich dir die Tasche abnehmen, fragte sie Ida, oder willst du sie im Kofferraum lassen?

Ida winkte ab.

Nicht nötig, ich behalte meine Tasche lieber.

Sie liefen die Straße zur Strandpromenade hinauf, und als sie oben ankamen, lag es vor ihnen, das Meer, war dabei, sich hinter Muschelstöcke und Felsen zurückzuziehen, während einzelne, mit Netzen, Harken und Umhängekörben ausgerüstete Fischer oder ganze Familien ihm folgten, um dort draußen in den Pfützen zwischen den Felsen, im Sand oder im kniehohen Wasser Krabben, Krebse, Seezungen zu fischen und diverse Muscheln und Strandschnecken zu sammeln, bevor die Flut zurückkäme. Louise fielen die Namen der Muscheln wieder ein, die sie früher in Plastikeimern nach Hause getragen hatte, *palourde, praire, coque, couteau, bigorneau,* ein Name gab den anderen, sie sagte sich die Wörter im Kopf auf wie einen Abzählreim und spürte ein Glücksgefühl, das sie stehen bleiben ließ und sprachlos machte. Es muss die Weite sein, dachte sie. Oder das Wieder-hier-Sein. Nichts als Sentimentalität, wies sie den Gedanken von sich, Nostalgie, Verklärung, erst geht man weg, und dann war plötzlich doch alles ganz wunderbar.

Ich kann nicht gleich zum Strand hinunter, sagte sie zu Ida, ich muss mir das erst mit Abstand von hier oben aus ansehen. Und ich will auch noch nicht gleich zum Chalet. Hast du Lust, noch etwas zu trinken?

Auf der Terrasse eines Strandcafés, das Louise noch nicht kannte, saßen sie sich gegenüber, schweigend, verlegen, jetzt, wo keine Beerdigungsgäste und kein Motorengeräusch mehr zwischen ihnen standen, sie hielten sich an ihren Getränken fest, Ida an ihrem Kaffee, Louise an ihrem Monaco, und prosteten sich zu, Glas an Tasse, Tasse an Glas.

Auf unser Kennenlernen, sagte Ida.

Auf Adrienne, erwiderte Louise, und als Ida irritiert die Augenbrauen zusammenzog, fügte sie hinzu, sie war ja schließlich deine Mutter.

Es klang wie das Aufsagen einer Formel, ein sich Vergewissern, dass zumindest diese Gleichung in der Mathematik der Verwandtschaftsverhältnisse noch Gültigkeit besaß.

Was für ein Blödsinn, dachte Louise. »Sie war ja schließlich deine Mutter«, als ob dieser Satz alles erklärte, als ob diese Tatsache zwangsläufig eine bestimmte Handlung nach sich zog und alle anderen Möglichkeiten ausschloss. Als ob nicht auch Sätze denkbar waren wie: Nein, ich war nicht auf der Beerdigung meiner Mutter, ich hatte zu viele andere Verpflichtungen an dem Tag. Das Grab meiner Mutter? Ich war nur ein einziges

Mal dort, als ich zufällig in der Gegend war. Wann der Todestag meiner Mutter ist? Ich weiß ihn nicht auswendig, ich weiß nur, es war in dem und dem Jahr. Oder doch ein Jahr später?

Ida nippte an ihrem Kaffee, balancierte die Tasse mit aufgestütztem Ellbogen neben ihrem Gesicht, stellte sie auf die Untertasse zurück, packte einen Würfelzucker aus, ließ ihn in den Kaffee fallen, schüttelte langsam den Kopf und sagte, als beantworte sie nach reiflicher Überlegung eine Frage, ich erinnere mich an die Ratte nicht.

Und auf Louises verständnislosen Blick hin wiederholte sie, ja, an die Ratte. Ich kann mich an die Ratte nicht erinnern. Aber ich sehe sie vor mir, wie sie auf dem Rand meiner Wiege balanciert und mich anstarrt. Adrienne hat es mir oft genug erzählt.

Sie rührte in ihrem Kaffee, hob die Tasse an die Lippen, verzog das Gesicht, weil der Kaffee zu heiß oder zu bitter war, setzte die Tasse wieder ab. Fixierte einen Punkt in der Ferne, auf den sie sich zu konzentrieren schien, wie um den Faden nicht zu verlieren, der zwischen der im Kopf existierenden Erzählung und der Realität einer Caféterrasse zu reißen drohte. Dann fuhr sie fort, ohne den Blick von dem Punkt in der Ferne abzuwenden, Adrienne benutzte immer die gleichen Worte. Immer begann sie ihre Geschichte mit: Das Schlimmste war, dass sich nichts bewegte.

Auszug aus Idas Aufzeichnungen,
datiert *2.5.1927 bis 2.5.1932*,
überschrieben mit
Meine Eltern, meine Geburt

»Das Schlimmste war«, so begann Adrienne ihre Geschichte, »dass sich nichts bewegte. Ich kam ins Zimmer und wollte ein Laken in die Kommode räumen, da saß, ein wenig schwankend, um das Gleichgewicht zu halten, eine Ratte auf dem Rand deiner Wiege und starrte dich an. Und du lagst ruhig da, hast ihrem Blick standgehalten, hast sie beobachtet. Was bin ich erschrocken! Aber das Schlimmste war, dass ihr euch beide nicht gerührt habt. Dass alles Weitere in meiner Hand lag. Hätte ich mich nur ein klein wenig bewegt, die Ratte hätte sich auf dich gestürzt. Man hört immer wieder, dass Ratten Säuglinge anfallen und auffressen.«

An dieser Stelle pflegte Adrienne eine Pause einzulegen und mich eindringlich anzusehen, bevor sie fortfuhr.

»Zwischen meinem Hereinkommen und dem Augenblick, als die Ratte von der Wiege sprang und unter dem Schrank verschwand, sah ich mein gesamtes Leben vor meinem inneren Auge vorbeiziehen, das kannst du mir glauben. Ich stand da mit dem Laken in der Hand, als wäre es eine weiße Fahne, die Ratte drehte mit einer nervösen Bewegung den Kopf in meine Richtung, schaute mich an und sprang davon. Ich bin zu dir gestürzt und habe dich aus der Wiege gezerrt.«

Das war die Stelle in der Geschichte, an der Adrienne hinter dem Nähtisch hervorkam, sich vom Esstisch erhob oder das Küchenmesser beiseitelegte und mit einer Geste auf mich zutrat, als wolle sie nach mir greifen. Und obwohl ich damit rechnete, wich ich jedes Mal zurück.

»Du hast mich erstaunt angesehen«, sagte sie, »dann ist dein Blick in Empörung umgeschlagen – diese wilde Empörung, wie sie nur in Kinderaugen liegen kann –, und du hast angefangen zu brüllen. Du hast gebrüllt, als hätte ich dich mitten aus einer interessanten Beschäftigung gerissen und nicht, als wärst du um ein Haar von einer Ratte angefallen worden.«

Als Kind war ich überzeugt, Adrienne schon damals mit meinem Verhalten gegen mich aufgebracht zu haben. Und nur wenn ich mich sehr bemühte, könnte ich, wenn überhaupt, ihre Liebe zurückgewinnen.

Im Jahr meiner Geburt arbeitete Adrienne in der Spinnerei von Honoré-le-Manoir, einem Städtchen im Süden des Cotentin, wo bis heute engmaschige Wollpullover hergestellt werden, die Fischern und Feriengästen den in dieser Gegend unablässig blasenden Wind vom Leib halten. Die Spinnerei zog Arbeitskräfte aus der nahen und fernen Umgebung an, und auch Adrienne hatte für ihre Stelle ihren Heimatort Belay verlassen, der achtzig Kilometer weiter nördlich liegt – für damalige Verhältnisse und eine unverheiratete Frau eine beträchtliche Distanz.

Als die Wehen begannen, hatte sie frei, nicht etwa weil Erster Mai war, denn der existierte damals nur als Forderung der Arbeiterbewegung, sondern weil der erste Mai auf einen Sonntag fiel. Kurz nach dem Mittagessen schleppte Adrienne sich aufs Bett und bat ihre Schwester Rose, die einige Tage vor der Geburt aus Belay angereist war, die Hebamme zu holen. Robert, Adriennes Mann, blieb bei ihr, hielt ihre Hand und nutzte den Moment, in dem sie allein waren, um ihr seine Sorge anzuvertrauen. »Adrienne«, sagte er, »du weißt, ich will dieses Kind wie mein eigenes, aber dass es an einem ersten Mai geboren wird, kannst du mir nicht antun.«

Während die Hebamme und Rose mit Adrienne im Zimmer blieben, wartete er in der Diele. Adriennes Schreie erschütterten ihn, legten sein Innerstes auf eine ihm unbekannte Weise bloß, so dass er zum ersten und einzigen Mal ahnte, wie es sich anfühlt, an Gott zu zweifeln. Nicht einmal als 1940 die Deutschen einmarschierten und Frankreich kapitulierte, habe er ein solches Ausgeliefertsein wie im Augenblick meiner Geburt empfunden, hat er mir sehr viel später erzählt. An diesem Abend des 1. Mai 1927 legte Robert seine Hände auf die Ohren, und nur wenn Rose aus dem Zimmer kam, um frisches Wasser oder saubere Tücher zu holen, ließ er die Hände rasch sinken. Allein seine wachsende Hoffnung, das Kind möge erst nach Mitternacht geboren werden, gab ihm die Kraft, durchzuhalten.

Als es jedoch dreiundzwanzig Uhr schlug und Rose im Vorbeirennen rief, »bald ist es soweit!«, als die Abstände zwischen Adriennes Schreien geringer wurden und die Zeiger der Uhr in der Diele nicht schnell genug vorankamen, stellte Robert sie kurzerhand um eine halbe Stunde vor. »Von mir aus ein Bastard«, murmelte er, »aber ein rotes Kind kommt mir nicht ins Haus.«

»Nun mach schon«, sprach die Hebamme, die Mitglied der kommunistischen Partei Frankreichs war, im Geiste zu dem Kind, »streng dich ein wenig an. Für die Arbeiterbewegung.«

»Nun macht schon«, drängte Robert die immer noch viel zu langsam vorrückenden Zeiger, »strengt euch ein wenig an.«

Denn er konnte unmöglich ein weiteres Mal Gottes Entscheidung übergehen und die Zeiger eigenmächtig verstellen.

Adrienne schrie und schrie, die Hebamme drängte und Robert ließ die Uhr nicht aus den Augen, er schickte ein Stoßgebet zum Himmel und versprach, gut zu dem Kind zu sein, obwohl es nicht sein eigenes war, wenn es nur nicht am ersten Mai geboren würde. Und er ärgerte sich über sich selbst, dass er die Uhr nicht gleich um eine ganze Stunde vorgestellt hatte, denn was bedeutete schon eine halbe Stunde mehr oder weniger vor dem ewigen Himmel.

Schließlich sprangen die Zeiger mit einem Ruck auf die Zwölf, Robert zuckte zusammen und atmete hörbar aus, die Hebamme öffnete die Zimmertür, verkündete, »Es ist ein Mädchen!«, und fragte im selben Atemzug: »Wie viel Uhr ist es?«

Sie sah Robert an, sie sah auf die Uhr an der Wand über seinem Kopf und ihr Gesicht verfinsterte sich. Es gab keinen Zweifel, der große Zeiger war über Mitternacht hinausgerückt.

Später in der Nacht stand Robert noch einmal auf, weil die Schreie seiner Frau in seinem Kopf nachhallten und ihn am Schlafen hinderten, vor allem aber, weil er die Zeiger der Uhr wieder umstellen wollte, bevor die Hebamme zurückkäme, um nach dem Rechten zu sehen. Denn einer Kommunistin traute Robert alles zu, auch dass sie seine Manipulation an der Schöpfung, an die sie nicht glaubte, im Ort bekannt machte. Schenkt man meiner Geburtsurkunde Glauben – und jemandem muss man ja schließlich glauben, wenn ich schon für die Geschichte meiner Geburt und die des Kennenlernens meiner Eltern keinen Wahrheitsanspruch erhebe, denn ich habe sie mir aus den Bruchstücken zusammengereimt, die ich im Laufe der Zeit aufgeschnappt habe –, so erblickte ich, Ida Kempf, geborene Leconte, am 2. Mai 1927 um null Uhr fünf das Licht der Welt.

Meine Mutter Adrienne hatte andere Pläne, als schwanger zu werden, sie hatte bei ihrer Mutter Augustine Castel, geborene Cardon, die eine äußerst geschickte Näherin war, das Schneidern gelernt und träumte davon, mit ihrer Schwester Rose in Algerien einen Stoff- und Kurzwarenladen zu eröffnen und Mode zu entwerfen. Adrienne hat immer ein untrügliches Gespür für Stoffe, Farben und Formen gehabt und ist angeblich schon in ihrer Jugend in Belay mit ihren eigenwilligen Kreationen aufgefallen.

Auf dem Weg nach Algerien nahm sie besagte Stelle in Honoré-le-Manoir an, die ihr eine entfernte Tante besorgt hatte, bei der sie auch wohnen konnte. Ihr Vater Jean Castel unterstützte die Pläne seiner jüngsten Tochter, sei es, weil er an ihr Talent glaubte und ein fortschrittlicher Mensch war, sei es, weil er sich auf diese Art seiner Frau Augustine widersetzte, gegen die er in alltäglichen Dingen nicht ankam. »Geh mir aus den Augen«, soll Augustine gesagt haben, als Adrienne sie vor vollendete Tatsachen stellte und verkündete, sie habe eine Stelle in der Spinnerei und werde ausziehen. »Du denkst doch nur an dich! Ich bringe dir etwas bei und du verwendest es gegen mich! Du könntest genauso gut hierbleiben und in der Schreinerei deines Vaters helfen oder deiner Mutter im Haus zur Hand gehen. Stattdessen willst du nach Algerien. Zu den Arabern! Wie willst du das bezahlen? Mit ein bisschen Arbeit in einer Spinnerei? Und was heißt hier, Mode entwerfen! Schnickschnack, was du da bastelst, eingebildet bist du! Undankbar!«

In einem Punkt hatte Augustine recht: Man verdiente in der Spinnerei nicht genug, um ein noch so bescheidenes Unternehmen in Algerien oder an irgendeinem anderen Ort der Welt aufzuziehen. Deshalb vermute ich, dass mein Vater ein reicher Geschäftsmann auf Durchreise gewesen ist, dem Adrienne auf sein Zimmer folgte, nachdem sie mit geschultem Blick den Wert seines Jacketts ermessen hatte, oder ein Industrieller aus Granville, für den Adrienne keine standesgemäße Partie darstellte, oder, warum nicht, ein verheirateter Ingenieur aus der Spinnerei – nur an den von der Flut überraschten, ertrunkenen Fischer, auf dem Adrienne immer beharrte, kann ich nicht glauben. Warum sollte ein Fischer sich in den Gezeiten irren? Da Adrienne die Identität meines Vaters jedoch zeitlebens für sich behalten hat, bin ich an dieser Stelle auf Mutmaßungen angewiesen. Ich nehme an, dass sie sich eines Morgens im Spiegel betrachtete, ihre ausbleibende Menstruation, ihren Appetit und ihre gelegentliche Übelkeit in Zusammenhang brachte und verstand, dass es um ihre Zukunft geschehen wäre, wenn sie nicht handelte. Sie verlor die Nerven nicht, sondern dachte an Robert, der schon seit längerem als Buchhalter in der Spinnerei arbeitete und ein Auge auf sie geworfen hatte. Beide waren in Belay aufgewachsen und kannten sich vom Sehen, wobei Robert Adrienne früher nicht weiter aufgefallen war, Adrienne hingegen Robert nicht mehr aus dem Kopf ging, seit er einmal auf einem Ball in Belay mit ihr getanzt und ihren Duft nach Veilchen und Anis eingeatmet hatte. Als eines Morgens Adrienne in Honoré-le-Manoir am Werktor aufgetaucht war, hatte er darin ein Zeichen des Himmels gesehen und beschlossen, seine Schüchternheit zu überwinden. Fortan wartete er nach Feierabend am Werktor auf Adrienne, bat darum, sie nach Hause begleiten und ihre Tasche tragen zu dürfen, was sie stets ablehnte, und setzte sich in der Kantine, wann immer es einen freien Platz gab, an ihren Tisch. Einmal brachte er ihr sogar eine Pampelmuse aus dem Kolonialwarenladen mit, doch Adrienne wies die gelbe, leicht eingedrückte Frucht mit dem gleichen abweisenden Gesicht zurück wie sein übriges Werben. Bis zu dem Tag, an dem sie feststellte, dass sie schwanger war, und Robert gegenüber höflich blieb, geradezu freundlich wurde, sich mit ihm bei Tisch unterhielt und sogar hin und wieder lächelte. Die Ausdauer hat sich gelohnt, dachte Robert, als Adrienne ihn nicht mit dem gewohnten, unverhohlenen Widerwillen abwies, und er wagte es, sie um ein Rendezvous zu bitten.

Auf dem Hochzeitsfoto sieht Robert glücklich aus. In seinen Augen schimmert eine Mischung aus Zurückhaltung, Scheu und naivem Selbstbewusstsein, als misstraue er der Welt, wisse aber, dass sie seine Qualitäten früher oder später erkennen werde. Adrienne lächelt an seiner Seite, doch ihre Augen geben nicht preis, was wirklich in ihr vorgeht.

Genauso wird sie gelächelt haben, als Robert beim ersten Rendezvous auf sie gewartet hat, nur dass ihm vor lauter Glück ihre abwesenden Augen nicht aufgefallen sind. Endlich durfte er mit Adrienne durch die Straßen schlendern, durch die Seitenstraßen, um genau zu sein, denn man wahrte die Form, wenn man schon gesehen wurde. Adrienne erzählte Robert belanglose Dinge aus ihrem Leben, und Robert, im persönlichen Gespräch wenig geübt, hielt diese Dinge für bedeutsam. Sie verabschiedeten sich förmlich, wie es sich gehörte, worüber Robert erleichtert war, denn er hatte noch nie eine Frau geküsst und fürchtete sich davor. Er lud Adrienne jedoch zu einem Radausflug an die Bucht des Mont-Saint-Michel ein: »Am Sonntag nach der Kirche, dann haben wir den ganzen Tag Zeit.«

»Niemand unternimmt im Oktober einen Radausflug ans Meer«, erzählte Adrienne später. »Es war schon viel zu kalt, und so windig!«

Doch sie ließ sich darauf ein, denn ihr blieb nicht viel Zeit.

Bestimmt würden die Kolleginnen bald ihre fülligen Wangen, ihren rosigen Teint bemerken. Auf der Fahrt kämpfte Adrienne nicht nur gegen den Wind, sondern auch mit ihrem Kleid, das ständig drohte, hochgeweht zu werden, und Robert legte gelegentlich seine Hand auf Adriennes Rücken, schob sie ein Stückchen und ermutigte sie: »Dafür haben wir ihn nachher die meiste Zeit von hinten.« Als sie ankamen, war Flut, und das Wasser schwappte ihnen am flachen Grasufer an die Füße. Adrienne kannte von Lemoulin-Plage meterhohe Dünen, Weite und die Brandung am Deich, ihr waren das flache Ufer, das Gras, das Schwappen unheimlich. Doch sie wollte es nicht riskieren, Robert zu enttäuschen, und äußerte Begeisterung. Hand in Hand saßen sie nebeneinander auf Roberts Jacke im Gras, Robert mit leuchtenden Augen, einem etwas jenseits wirkenden, verliebten und zugleich stolzen Lächeln, denn er hatte das erste Mädchen, das ihm gefiel, bekommen, Adrienne in Gedanken daran, was sie *nicht* werden wollte, nämlich eine *fille-mère* in einem normannischen Städtchen in der zweiten Hälfte der zwanziger Jahre. Als Robert seinen Arm um ihre Schulter legte, nahm sie ihren gesamten Mut zusammen und sagte: »Robert, es gibt da etwas, das du wissen musst.«

Schweigen.

»Ich bin schwanger.«

Nein, das erscheint mir zu sachlich für Adrienne. Sie wird gefragt haben: »Robert, was bedeute ich dir wirklich?«

Und während Robert umständlich erklärte, dass sie ihm wirklich alles bedeute, ließ Adrienne ihren Blick schweifen, stellte erneut fest, wie flach das Ufer war, und sagte: »Ich bin keine Jungfrau mehr. Außerdem bin ich schwanger.« Und ohne eine Reaktion abzuwarten, fügte sie mit bebender Stimme hinzu: »Verlässt du mich jetzt?«

Was sollte Robert darauf antworten? Etwas in ihm drohte zu kippen, er spürte es, hatte aber keine Worte dafür. Er dachte an Zahlen, an die klaren Reihen und Spalten seiner Buchhaltung, und sie gaben ihm die Kraft, sich gegen das Kippen zu stellen, er fing sich und fragte: »Wann wird es geboren?« Adrienne dachte, dass sie ihre Wadenmuskeln nicht umsonst beansprucht hatte, und antwortete: »Ich schätze, Ende April.« Robert rechnete, denn das war, was er konnte, und kam zu dem Ergebnis: »Wenn wir uns beeilen, können wir noch kirchlich heiraten, bevor das Kind da ist.«

Man sieht auf dem Hochzeitsfoto nicht, dass Adrienne schwanger ist. Mit etwas Fingerspitzengefühl sowie Nadel und Faden lässt sich ein Bauch unter einem Hochzeitskleid problemlos verbergen. Ob Robert nach dem Vater des Kindes gefragt, ob er je erfahren hat, wer es war, weiß ich nicht. Ich nehme an, dass Adrienne ihm die gleiche Geschichte vom ertrunkenen Fischer erzählt hat wie mir. Und Robert, der nie besonders konfliktfreudig gewesen ist, hat es dabei belassen. Ein verunglückter Konkurrent ist immer noch besser als ein lebendiger. Sicher ist, er unterbreitete Adrienne noch am selben Tag, im Gras sitzend, einen Heiratsantrag.

»Er hat um meine Hand angehalten, bevor wir uns geküsst haben. Heirate nie jemanden, bevor du ihn nicht geküsst hast«, sagte Adrienne später. Robert hingegen beschrieb die Szene so: »Am Fuße des Mont-Saint-Michel habe ich um ihre Hand angehalten. Und dann haben wir uns geküsst. Es war der glücklichste Augenblick meines Lebens.«

Laut Adrienne war ich ein unruhiges Kind. »Stundenlang hast du geschrien«, beklagte sie sich, »und nur das Rattern der Nähmaschine hat dich beruhigt. In den Wochen nach der Geburt, als ich zuhause war, habe ich dich in ein Körbchen neben die Nähmaschine gelegt. Ich hatte viele Auftragsarbeiten in dieser Zeit, hatte die Idee mit dem Laden in Algerien noch nicht aufgegeben. Und du warst damals schon gierig, wolltest ständig trinken, tagsüber, nachts, manchmal mehrmals in einer Nacht. An dem Morgen mit der Ratte war ich froh, dass du schliefst, ich konnte endlich in Ruhe ein paar Dinge im Haushalt erledigen. Und dann komme ich in dein Zimmer und sehe die Ratte. Aber das Schlimmste war, dass sich nichts bewegte ...«

Als ich ein Jahr alt war, wurde Adrienne erneut schwanger. Von Anfang an hatte sie mit Übelkeit und Brechreiz zu kämpfen und beschloss deshalb, mich vorübergehend zu Roberts Eltern nach Belay zu bringen. Mich bei ihrer eigenen Mutter zu lassen kam ihr nicht in den Sinn. Augustine hätte sich gegen eine solche Vereinnahmung gewiss verwahrt. »Für deine Gören bist zu selbst verantwortlich«, hätte sie gesagt.

Aus den zwei Wochen, die ich in Belay bleiben sollte, wurden mehrere Monate, denn Übelkeit und Brechreiz ließen nicht nach, und als Adrienne in den Wehen lag, offenbarte sich die spätere Haltung meines Bruders François zur Welt: Er streckte ihr sein Hinterteil entgegen. Das ist eine sehr ungünstige Haltung für eine Geburt, und es ist nur der Kunstfertigkeit der kommunistischen Hebamme zu verdanken, dass mein Bruder und Adrienne die Geburt überlebt haben. Adrienne verschob also meine Rückkehr um ihre Rekonvaleszenzzeit und ließ mich schließlich ganz bei meinen Großeltern. Robert scheint nicht widersprochen zu haben. Vielleicht hat er sich aber auch hinter seiner Zeitung verkrochen, so wie später, als ich bei ihnen lebte und Adrienne meinen Bruder bevorzugte oder Dinge tat, die Robert nicht guthieß.

Roberts Eltern, Georges und Emma Leconte, betrieben eine

Metzgerei und hatten gewiss anderes zu tun, als sich um ein Kleinkind zu kümmern. »Aber was hätte ich tun sollen?«, fragte meine Großmutter, »dich wie Moses am Fluss aussetzen?«

Der Fluss war in Wirklichkeit ein Flüsschen am Ortsrand von Belay und mündete ein paar Kilometer weiter westlich in eine Bucht, in der er zweimal am Tag von der Flut überrollt wurde, die sich tief ins Land drückte. An den Tagen der *grande marée*, wenn die Flut besonders mächtig war, trat das Wasser des Flüsschens über die Ufer, und die Kühe und Schafe, die sonst an seinem Ufer weideten, zogen sich auf die höher gelegenen Teile der Wiesen zurück, die wie Inseln aus dem Wasser ragten. War Ebbe, blieb von dem Fluss in der weitläufigen, sandigen Bucht nur ein verloren wirkender Wasserlauf. Von der Bucht wurde erzählt, sie sei lebensgefährlich. Sie zu durchqueren bedeute den sicheren Tod, nicht nur, weil man von der Flut eingekreist wurde, die man der Sandbänke wegen nicht kommen sah, sondern auch, weil es Treibsand gab, der einen beim geringsten Fehltritt in die Tiefe zog. Ich hörte den Geschichten von Ertrunkenen, die mir meine Großmutter erzählte, gebannt zu, stellte mir vor, wie ich als Säugling in einem Weidenkörbchen bei Flut auf den überschwemmten Wiesen langsam in Richtung Meer trieb, in der Bucht auf einer Sandbank strandete und im Treibsand versank. Ich spürte bei dieser Vorstellung ein unheimliches und zugleich wohliges Ziehen im Bauch, vergoss ein paar Tränen und dankte Gott, dass meine Großeltern mich vor einem solchen Ende bewahrt hatten.

Ich habe mich später gefragt, ob meine Großeltern wussten, dass Robert nicht mein Vater war. Wenn ja, so haben sie es mir gegenüber nie gezeigt, auch dann nicht, als ich schon selbst Bescheid wusste. Wie ich sie kenne, haben sie sich gedacht: Was ändert das schon, ob unser Sohn ihr Vater ist oder nicht. Die Kleine kann doch nichts dafür.

Ich selbst habe nie in Zweifel gezogen, dass sie meine Großeltern waren. Und wenn, so hätte ich keine Bezeichnung zur Verfügung gehabt, um unser verwandtschaftliches Verhältnis zu benennen.

Anfang der dreißiger Jahre, gerade noch rechtzeitig, bevor die Weltwirtschaftskrise Frankreich überrollte und Großvater Georges Ersparnisse zu einem Nichts hätte zusammenschmelzen lassen, kaufte er dank der hinzugekommenen Erbschaft eines Onkels ein Auto. Von da an fuhren wir immer am zweiten Sonntag im Monat nach Honoré-le-Manoir. Die ersten Male glaubte ich noch, meine Eltern würden mich am Ende des Tages bei sich behalten, und meine Großeltern hätten mir deshalb nichts davon erzählt, weil es eine Überraschung werden sollte. Ich würde die Küche betreten, die erwartungsvollen Gesichter meiner Eltern und meines Bruders erblicken und Adriennes feierliche Worte vernehmen: »Ida, nun ist es so weit. Ich habe mich erholt und bin überglücklich, dass du wieder bei uns wohnen wirst.« Den ganzen Tag lauerte ich auf ein Wort von Adrienne, das nicht kam, und am Abend tröstete mich meine Großmutter: »Sieh mal, so kurz vor Weihnachten hat sie viel zu tun.« Oder: »Dein Bruder war gerade krank, deine Mutter muss sich ausruhen.« Mit der Zeit ließ meine Bereitschaft nach, in Großvater Georges Wagen zu steigen, und irgendwann hörten wir auf, regelmäßig nach Honoré zu fahren. Wann das war, vermag ich nicht mehr zu sagen, doch ich entsinne mich einer Szene, zu der es ein Foto gibt, und auf diesem Foto sitze ich weinend neben meiner Cousine Paulette zwischen meinen Großeltern. Auf der Rückseite des Fotos hat jemand das Datum, den 2.5.1932, mit einem Fragezeichen versehen. Stimmt das Datum, so ist Adrienne zu meinem fünften Geburtstag nach Belay gekommen. An meinen Geburtstag erinnere ich mich nicht, aber ich bin mir sicher, dass Adrienne unrecht hat, wenn sie behauptet, ich hätte geweint, weil ich zu ihr wollte. In Wirklichkeit verhält es sich genau andersherum: Ein Bekannter meines Großvaters kam zu Besuch und führte uns seinen Fotoapparat vor. Der lange Schnurrbart des Mannes beeindruckte mich mindestens so sehr wie der Fotoapparat, den Paulette und ich anfassen durften und der kühl war und nach Eisen und Leder roch. Wenn man auf einen Knopf drückte, sprang er auf und eine Art kleines Akkordeon entfaltete sich, an dessen Ende die Linse befestigt war. Meine Großeltern diskutierten noch darüber, wo das Foto aufgenommen werden sollte, da erschien Adrienne im Hof und kündigte an, mich am nächsten Tag mitnehmen zu wollen. »Was machst du für ein Theater«, sagte sie, als ich mich heulend auf den Boden warf. »Ich bin schließlich deine Mutter.«

Der Fotograf schaute ratlos, die Spitzen seines Schnurrbarts bebten. Er brachte uns rasch in die richtige Pose, ging prüfend einen Schritt nach vorne und wieder zurück und drückte ab.

Offensichtlich hat er Adrienne nicht dazu eingeladen, mit auf das Foto zu kommen. Sie ihrerseits wird ihren Plan angesichts eines heulenden, sich auf dem Boden wälzenden Kindes noch einmal überdacht haben und ist am nächsten Tag ohne mich in den Zug nach Honoré gestiegen.

Paulette
(Warten 1)

Du hättest wenigstens anrufen können, hörte sie sich sagen, du hättest wenigstens anrufen können, und kaum waren die Worte heraus, wusste sie, dass sie den Augenblick verpasst hatte, um einen neuen Faden aufzugreifen, mit dem sie genäht, wie eine Verrückte genäht hätte, sie hätte alle Nähte aufgetrennt und die Teile der Geschichte neu zusammengefügt, denn nähen konnte sie, das hatte sie wie ihre Tanten Rose und Adrienne von ihrer Großmutter Augustine geerbt. Auch wenn sie erst spät damit angefangen hatte, als klar war, dass sie nicht zum Studieren nach Paris gehen, sondern in Belay bleiben und Rose im Laden helfen würde, so wie früher Ida, sie hatte ihr Leben gegen Idas Leben eingetauscht, während Ida mit dem Leben, das eigentlich ihr zugestanden hätte, verschwunden war. Aber daran wollte sie jetzt nicht denken, jetzt befand sie sich auf dem Friedhof bei der Beerdigung ihrer Tante Adrienne und hätte lächeln sollen, als Louise das erste Mal nach all diesen Jahren vor ihr stand. Nach wie vielen Jahren eigentlich, welcher Tag war heute, Beerdigung am Freitag, den 15. September 1989, hatte auf der Todesanzeige gestanden, also elf Jahre, seit Louise weggegangen war, oder zwölf, sie kam oft durcheinander mit den Zahlen, mit dem Zählen. Dabei ging es jetzt nicht ums

Zählen, sondern darum, zu lächeln, etwas Einfaches zu sagen wie, »gut, dass du hier bist«, oder, »schön, dass du gekommen bist«, das hätte genügt als würdige Begrüßung für ihre Tochter. Doch es gab etwas in ihr, das ihr einen Strich durch die Rechnung machte, immer machte ihr irgendetwas oder irgendwer einen Strich durch die Rechnung, sie konnte noch so schöne Worte im Kopf haben, heraus kamen sie kantig, rau. Das machte das Sprechen unsicher, und die Unsicherheit provozierte ein Flackern in den Augen, ein Flimmern, das die Sicht trübte, weshalb sie sicherheitshalber zweimal hinsah, als Louise auf dem Friedhof auftauchte. War das wirklich Louise, die an der Eingangspforte stehenblieb und sich umblickte, war das Louise mit diesen fast rasierten Haaren, warum konnte sie sich nicht ein einziges Mal zusammenreißen und auf ihre Mutter Rücksicht nehmen. Sogar bei der Beerdigung ihres eigenen Vaters war sie in einem unmöglichen Aufzug erschienen, und nun diese kurz geschorenen Haare, als wolle sie ihr einen Strich durch die Rechnung machen, als gönne sie ihr nicht, dass die alten Geschichten endlich ruhten, als wolle sie die alten Geschichten geradezu beschwören. Und schon hatte Paulette die falschen Worte gesagt, schon wandte Louise sich ab und begab sich nach hinten, ans Ende des Trauerzuges. Paulette vernahm ein Wispern, das mochte sie nicht, wenn die Leute wisperten, sie wisperten und wisperten, bis aus den Wisperstimmen ein Rauschen geworden war, nur dass es nicht die Leute waren, die wisperten, sondern Louise und Ida, was steckten die zwei ihre Köpfe zusammen, woher kannten sie sich, wollte Ida ihr einen Strich durch die Rechnung machen und Louise erzählen, wozu nur sie selbst ein Recht hatte? Immer war Ida schneller als sie, nahm ihr weg, was ihr gehörte, aber nun spürte sie eine Hand an ihrer Schulter, ihr Cousin Vincent schob sie nach vorne, sie ließ eine Handvoll Erde ins Grab fallen, wartete auf einen Aufprall, ein Pochen, ein hörbares Zeichen, doch sie vernahm nichts, nicht einmal ein Rieseln. Als sie sich wieder umdrehte, waren Ida und Louise verschwunden, hatte sie sich die beiden etwa eingebildet, man bildete sich doch keine halben Sachen ein, keine fast rasierten Haare. Und war nicht das Verschwinden selbst ein Beweis, dass sie eben noch da gestanden hatten, sah das nicht Ida ähnlich, mit Louise zu verschwinden, jetzt wo sie den Faden wieder aufnehmen wollte? Was heißt hier »wieder«, war denn da je ein Faden gewesen, sie konnte sich nicht erinnern, nicht an ein überbordendes Gefühl nach der Geburt, nicht an etwas Großes, Unbegreifliches, eher an Leere, Gleichgültigkeit. Sie lag im Bett mit dem Kind im Arm, sah sich selbst dabei zu, wie sie lächelte, sprach, aber natürlich bin ich glücklich über das Kind, nur dass es in ihrem Inneren keine Entsprechung zu den Worten gab, in ihrem Inneren regte sich nichts. Wenn eine Mutter ihr Kleines erstmals in den Armen hält, ist die Zärtlichkeit da, sagten die Leute gerührt, aber wie hätte sie das sperrige Kind, das ihr bei der Geburt den Bauch zerrissen hatte, in den Arm nehmen sollen, vielleicht war an dieser Stelle der Faden gerissen oder war erst gar nicht geknüpft worden, von Zärtlichkeit jedenfalls keine Spur. Aber musste es denn gleich Zärtlichkeit sein, sie wollte doch nur die Teile der Geschichte für Louise neu zusammenfügen, was heißt hier »neu«, überhaupt erst aneinanderreihen, was aneinandergehörte, das musste doch möglich sein, wenn nur die Sargträger Adriennes Grab zuschütteten, wenn nur der Totengräber seine Arbeit beendete. Wie lange dauerte es, so ein Grab zuzuschütten, wie lange hatte es gedauert, bis sie die letzte war, die sich erinnerte, bis sie selbst entscheiden konnte, was mit der Erinnerung geschah. Auch hier fiel das Zählen nicht leicht, weil die Zahlen nicht ihr gehörten, weil sie sie teilte, mit dem Dorf, dem Land, der ganzen Welt. Die Landung der Alliierten, die Befreiung von Belay, das Ende des Krieges, es war ihre Geschichte und war es nicht, ihre Geschichte gehörte ihr und gehörte ihr nicht, aber in einem Provinznest gehört einem ohnehin nichts allein, schon gar nicht das Leben. Immer muss man Rechenschaft ablegen, so wie jetzt, sie konnte nicht einfach wegbleiben vom Leichenschmaus, musste ihre Müdigkeit vorschieben, ihre Kopfschmerzen, und zuhause würde sie sich aufs Bett legen, falls jemand käme, um nach ihr zu sehen, aber in Wirklichkeit würde sie warten.

Lemoulin-Plage

Louise hielt das Glas vors Auge, beobachtete Ida durch die rote Flüssigkeit des Monaco hindurch und fragte sich, ob sie diese Familiengeschichten wirklich hören wollte. Ob die Große Geschichte ihr nicht genügte, die sie zurück auf den Cotentin führte, ihre Neugier nicht befriedigt war, jetzt, wo sie das Ziel ihres familiären Abstechers erreicht und Ida getroffen hatte. Warum erzählte Ida ihr das alles? Und es sah keineswegs so aus, als sei sie mit ihrer Erzählung am Ende, eher, als müsse sie überlegen, an welcher Stelle sie fortfahren wollte.

Nicht wirklich abgespult, dachte Louise, aber schon existent im Kopf, diese Geschichte, nur dass Ida sie noch niemandem erzählt hat, manchmal noch Worte fürs Aussprechen sucht. Und ich habe den Knopf der Kassette gedrückt, zufällig am Anfang, wie es scheint, aber es hätte genauso gut eine andere Stelle sein können, irgendwo mitten in der Geschichte, oder auch eine ganz andere Geschichte.

Louise stellte das Glas ab und sah über die Brüstung auf die glänzende Fläche aus feuchtem Sand, die sich, wenn man sie nur lange genug mit zusammengekniffenen Augen betrachtete, in eine Schneefläche verwandelte, auf der die Fischer in der Ferne Schneespaziergänger waren, und die Traktoren, die mit tiefem Tuckern von den Muschelbänken zurück strandeinwärts fuhren, eine Spur aus feuchter Erde hinterließen. Den Geruch von Diesel, der zur Promenade hochwehte, sog Louise ein wie einen lang vermissten Duft, die Stimmen, die über den Strand wirbelten wie vom Wind getriebenes Papier und sich mit den Schreien der Möwen mischten, hatten eine Vertrautheit, die sie entzückte und bestürzte. Sie wollte aufspringen, Schuhe und Strümpfe abstreifen und zum Strand hinunterrennen, und spürte, wie Schläfrigkeit und Schwere sie auf den Stuhl drückten.

Vergangenheits*über*wältigung, dachte sie unvermittelt. Bei den deutschen Wörtern tauscht man eine Silbe aus, wie man in einen anderen Gang schaltet. Sie war sich nicht mehr sicher, ob in dem Fall die Vergangenheit überwältigte oder überwältigt wurde und ob das eindeutig aus dem Wort hervorging. Ob das Wort überhaupt existierte.

Bestimmt existierte es, im Deutschen gab es alle Wörter, auch wenn sie nicht im Wörterbuch verzeichnet waren, man musste sie nur zusammensetzen. In ihrer Anfangszeit in Deutschland hatte Louise neue Wörter in einem Heft notiert, um sie anschließend nachzuschlagen, und hatte eine Weile gebraucht, bevor sie begriff, warum sie nicht immer fündig wurde. Es beunruhigte sie, dass es in einer Sprache unendlich viele, noch nie benutzte und infolgedessen noch nicht existierende Wörter geben konnte, die, einmal ausgesprochen, den Wortschatz unkalkulierbar erweitern würden. Es widersprach ihrem Bedürfnis nach klarer Abfolge, nach der Zuordenbarkeit von Worten und Dingen und einer dahinter sichtbar werdenden Logik. Warum hast du dann Geschichte studiert, fragte ihre Freundin, als ihr Louise einmal von ihrem Unbehagen den zusammengesetzten Wörtern gegenüber erzählte. Es gibt doch kein Fach, in dem es weniger um Eindeutigkeit und Logik geht.

In der Wissenschaft gab es immerhin Texte, Theorien und Vorgehensweisen, an denen man sich orientieren konnte. Für die eigene Geschichte waren sie nur bedingt brauchbar.

Was zerbreche ich mir den Kopf, dachte Louise, bisher hat das, was Ida erzählt, nichts mit mir zu tun. Was mich interessiert, ist, warum Paulette mir ihre Cousine Ida verschwiegen hat, mit der sie angeblich ein schwesterliches Verhältnis verband. Und dafür höre ich mir auch Familiengeschichten an.

Plötzlich fiel Louise auf, dass François nicht bei der Beerdigung gewesen war, obwohl sein Name auf der Todesanzeige gestanden hatte, er also noch am Leben sein musste. Er war ein missmutiger, stets beleidigt dreinschauender Junggeselle gewesen, der selten lachte, noch seltener lächelte und vor allem unangenehm roch. Nach kaltem Rauch und muffiger Wohnung, leicht süßlich, wie alt gewordenes Gebäck, fand Louise, so dass sie sich von ihm fernhielt und in ihrem Leben kaum mehr als ein paar Sätze mit ihm gewechselt hatte.

Warum war François nicht auf dem Friedhof?, fragte sie und fügte hinzu, dein Bruder, wie um die Anwendung der neuen Zugehörigkeitsattribute zu üben.

Mein Bruder?

Ida hob den Kopf und blickte Louise an, als habe sie, wenn überhaupt, mit einer Frage, dann nicht mit dieser gerechnet.

Er ist seit drei Jahren in einem Pflegeheim für Demenzkranke, sagte sie. Und da er niemanden mehr erkennt, hat die Familie es für sinnlos erachtet, ihn an der Beerdigung teilnehmen zu lassen. Ich habe ihn seit Jahrzehnten nicht gesehen.

Was heißt, seit Jahrzehnten?

Fragen zogen immer andere Fragen nach sich. Oder vielmehr brachten die Antworten neue Fragen hervor, es war wie das unendliche Hin und Her zweier sich spiegelnder Spiegel, und wenn man nicht aufpasste, wurde man aufgesogen und fand nicht mehr zurück in sein gegenwärtiges Leben.

Ida schien nicht lange überlegen zu müssen.

Ich habe heute auf der Beerdigung nachgerechnet und bin auf achtunddreißig Jahre gekommen.

Achtunddreißig Jahre waren ein Zeitraum, der Louises Lebensalter um neun Jahre überragte, und er kam ihr unermesslich vor. Natürlich konnte jemand, der älter war als sie, jemand anderen achtunddreißig Jahre oder mehr kennen. Dass aber jemandes Abwesenheit bis vor ihre Geburt zurückreichte, schien ihr nicht im Bereich des Vorstellbaren, als habe die fremde Abwesenheit gepaart mit der eigenen eine Potenzierung der Zeit zur Folge.

Seit 1951, fügte Ida hinzu. Ich bin damals zur Beerdigung meines Großvaters Georges nach Belay gekommen. Dem Vater von Robert. Das war auch das letzte Mal, dass ich Paulette begegnet bin. Außer heute, versteht sich.

Es gibt also einen Endpunkt, dachte Louise, einen achtunddreißig Jahre zurückliegenden Endpunkt von etwas, das auch einen Anfang gehabt haben muss. Und dazwischen liegt vermutlich die Lösung zu der Gleichung, die ich nicht aufgestellt habe.

Ida rührte in ihrer leeren Tasse.

Allerdings war Paulette damals nicht auf der Beerdigung, fuhr sie fort. Genauso wenig wie ihre Eltern Renée und Serge. Was Renée betrifft, so fand ich das nicht ganz so erstaunlich, obwohl Georges und sie fast Nachbarn gewesen waren. Aber Adrienne und Renée hatten sich nicht sehr nahegestanden, und warum sollte Renée zur Beerdigung des Schwiegervaters ihrer Schwester kommen? Oder Serge zur Beerdigung des Schwiegervaters seiner Schwägerin? Aber dass Paulette nicht gekommen war, hat mich gewundert. Meine Großeltern sind auch ein wenig ihre Großeltern gewesen. Und so nahm ich an, sie habe den weiten Weg von wo auch immer sie inzwischen lebte nicht auf sich nehmen wollen. Ich bin bei ihren Eltern vorbeigegangen, um zu erfahren, was aus ihr geworden ist. Sei es, sie wohnte noch dort, sei es, sie war zufällig zu Besuch, jedenfalls hat sie mir die Tür geöffnet. Sie schien erstaunt, mich zu sehen, und ich habe einen Moment an die Möglichkeit geglaubt, dass sie mir um den Hals fallen und sagen könnte, Ida, wie gut, dass du da bist. Was zählt, ist doch, dass wir Freundinnen sind, Blutsschwestern, weißt du noch? Doch schon in der nächsten Sekunde hat sie den gleichen unnahbaren, feindlichen Ausdruck angenommen wie vorhin auf dem Friedhof. Ich dachte mir schon, dass du zu der Beerdigung deines Großvaters kommen würdest, hat sie gesagt, aber dass du es wagst, hier zu klingeln? Wenn du nur ein wenig Anstand im Leib hättest, wärst du gar nicht erst hergekommen. Oder gefällt es dir in Deutschland nicht mehr?

Um genau zu sein, ergänzte Ida, hat sie nicht »in Deutschland« gesagt, sondern »bei den Chleuhs«.

Bei den Chleuhs. Und warum nicht gleich »bei den Boches«. Als Louise Paulette in ihrem Zimmer vor dem halb gepackten Koffer sitzend mitgeteilt hatte, dass sie nicht verreise, sondern weggehe, und zwar nach Berlin, hatte Paulette, dessen war sich Louise sicher, das Wort »Deutschland« benutzt. Nach Deutschland?, hatte sie in einem Ton gefragt, als habe ihre Tochter etwas Ungehöriges gesagt. Ich schlag mich schon durch, hatte Louise entgegnet. Mein Deutsch ist gar nicht so schlecht. Für irgendetwas muss ich es ja gelernt haben.

Louise beobachtete, wie unten am Strand ein Mann versuchte, einen Sonnenschirm aufzustellen. Es herrschte kein besonders starker Wind, doch der Schirm entglitt ihm und entfernte sich, merkwürdig torkelnd und sich überschlagend, auf dem Sand. Der Mann rannte ihm hinterher, bekam ihn nach einigen vergeblichen Versuchen zu greifen, brachte ihn zurück und begann, die Halterung mit einem Stein in den Sand zu klopfen.

Du bist also auch nach Deutschland gegangen, stellte Louise mehr zu sich als zu Ida gewandt fest und registrierte nebenbei, dass auch das Klopfen zu den vertrauten Strandgeräuschen gehörte. Aber warum nach Deutschland? 1951 war das nicht eben das Land der Wahl für Franzosen.

Ida schob die Kaffeetasse von sich weg.

Eins nach dem anderen, sagte sie. Wir haben den ganzen Nachmittag Zeit. Oder hast du noch etwas vor?

Nein, antwortete Louise, obwohl dies so nicht stimmte.

Ich darf die Kassette nicht stoppen, ermahnte sie sich. Wann sie läuft und wann sie angehalten wird, bestimmt Ida.

Sie lehnte sich zurück, schaute in den Himmel, schaute die Strandpromenade entlang zum Ende des Dorfes, wo die Digue, wie man hier die Promenade nannte, von Dünen abgelöst wurde. Auch wo sie jetzt saßen, waren früher Dünen gewesen, und damit die Häuser nicht bei Sturmflut in die Tiefe gerissen wurden, hatte man die Dünen mit Granitblöcken befestigt und am Rand der Befestigung eine asphaltierte Promenade angelegt. Es herrschte Betrieb auf der Digue, die *Marée d'équinoxe* mit ihren besonders ausgeprägten Gezeiten zog im September und März um die Tag- und Nachtgleiche herum an der Küste Tausende Leute an.

Unten bei dem Sonnenschirm waren jetzt eine Frau und ein kleines Kind dazugekommen. Frau und Mann lagen auf dem Bauch in der Sonne, das Kind spielte im Sand. Familienfrieden, dachte Louise, Sonnenbrand, wozu der Aufwand mit dem Sonnenschirm.

Es stimmt, führte sie ihre Gedanken zu Paulette laut fort und hoffte, Idas Erzähllust damit nicht zu bremsen, dass Paulette auf Deutschland nicht gut zu sprechen war. Nur habe ich es immer auf mich bezogen. Als sie mir nicht erlauben wollte, Deutsch in der Schule zu lernen, glaubte ich, es ginge um Macht und sie verbiete mir willkürlich etwas, das genauso gut auch etwas anderes hätte sein können. Wofür braucht man heutzutage noch Deutsch?, hat sie gefragt. Ich war gar nicht auf die Idee gekommen, dass man eine Sprache brauchen könnte. Es hat mich einfach gereizt, etwas anderes als die anderen Kinder zu lernen, etwas, von dem alle behaupteten, es sei schwer. Ich wollte sagen können, ich nehme Deutsch als zweite Fremdsprache, wollte die Anerkennung der anderen genießen, wenn sie ungläubig fragen würden: Wirklich? Aber ist das nicht schrecklich schwer?

Es ist schrecklich schwer, bestätigte Ida.

Ja, schon, erwiderte Louise aber mir fiel es leicht, weil Paulette versucht hatte, es mir schwer zu machen.

Louise hatte ihre zukünftige Deutschlehrerin ins Vertrauen gezogen, und da diese um das Zustandekommen des Kurses fürchtete, rief sie Louises Mutter an und überredete sie zu einem Gespräch. Sie kam an einem Sonntag nach dem Mittagessen zum Kaffee, und als sie alle am Wohnzimmertisch saßen, ihre Mutter, ihr Vater, die Lehrerin und sie, empfand Louise die anfängliche Unterhaltung, deren Rhythmus von Schweigesekunden bestimmt wurde, in denen man nur das Klimpern der Kaffeelöffel in den Tassen hörte, als Geplänkel, das dem eigentlichen Kampfgeschehen vorausging. Der runde Tisch war der Ring, in dem sich zwei Parteien gegenüberstanden, ihre

Mutter auf der einen, die Lehrerin und Louise auf der anderen Seite. Ihr Vater war Zuschauer, dem es im Grunde gleichgültig war, welche Sprache seine Tochter lernte, solange sie weiterhin gute Noten nach Hause brachte, der sich aber nicht entscheiden konnte, gegen seine Frau für Louise Stellung zu beziehen.

Doch der Kampf blieb aus, die Lehrerin verteidigte Louises Wahl mit Argumenten wie »beste Schülerin« und »viel bessere Chancen danach«, und Paulette nickte, wirkte mit einem Mal verunsichert, sank in sich zusammen, als beuge sie sich der Erkenntnis, dass ihre Vehemenz außerhalb des Familienkreises keinen Bestand hatte. Louise war die Situation peinlich, warum hatte die Lehrerin herkommen müssen? Hatte Louise sich den Widerstand ihrer Mutter nur eingebildet, hatte ihre Mutter sich ein Spiel mit ihr erlaubt? Statt weiter darüber nachzudenken, stürzte Louise sich Hals über Kopf in die neue Sprache. Mit viel Mühe und der Hilfe eines Wörterbuchs las sie deutsche Bücher, die ihr die Lehrerin auslieh, hörte, bis sie anfingen zu leiern, Kassetten von Degenhardt und Biermann, und eine von Kraftwerk, die jemand aus der Klasse mitgebracht hatte. Sie interessierte sich für das, was über Deutschland in der Zeitung stand, in ihrer Erinnerung vor allem Berichte über die Rote Armee Fraktion, und suchte in den Gesichtern der Terroristen auf den Fotos nach etwas, das ihr Handeln erklärte, sie wieder zu Menschen machte, die sie in der Berichterstattung nicht mehr waren.

Eine Bewegung am Rand ihres Sichtfeldes riss Louise aus ihren Gedanken. Das Kind unten am Strand entfernte sich vom Sonnenschirm, lief, in sein Spiel vertieft, in Richtung Meer. Der Mann hob den Kopf, suchte das Kind, sagte etwas, Mann und Frau sprangen auf, blickten sich hektisch um, entdeckten das Kind, das schon weit draußen war, rannten rufend los.

Nicht wirklich aufmerksam, sondern weil ihr Blick von der Bewegung angezogen wurde, sah Louise ihnen hinterher, in Gedanken noch bei ihrer »deutschen Zeit«, wie sie sie bezeichnete. Sie stellte überrascht fest, dass sie diesen Abschnitt ihres Lebens wider besseres Wissen Berlin zugeordnet hatte, vielleicht weil er so wenig zu dem Ort passte, an den er eigentlich gehörte, vielleicht aber auch, weil die Fahndungsplakate mit den aus Zeitung und Fernsehen bekannten Gesichtern bei ihrer Ankunft in Berlin allgegenwärtig gewesen waren und die Erinnerung gewissermaßen verlängert hatten.

Sie hielt nach der Kellnerin Ausschau, die schon eine Weile nicht mehr auf der Terrasse erschienen war.

Ich gehe hinein und bestelle einen Kaffee. Möchtest du auch noch etwas?, fragte sie.

Sie gab ihre Bestellung auf und folgte den Pfeilen durch Speisesaal und Billardraum zu den Toiletten. Im Vorbeigehen strich sie über den Filz des Billardtisches. Grégoire und sie hatten sich früher trotz des elterlichen Verbots sonntagnachmittags ins Nebenzimmer der Kneipe *Chez Claudine* geschlichen und den Spielern zugeschaut, die, eine Zigarette im Mundwinkel, von der Louise sich fragte, warum sie nicht herausfiel, ihre Kugel fixierten, sie mit dem Queue anvisierten und nach einem Moment der Konzentration kurz und heftig anstießen oder aber bedächtig, fast zärtlich antippten. Die Kugel setzte sich in Bewegung, berührte mit einem eigentümlich hell tönenden Knall zunächst die eine, dann die andere Kugel, und beide rollten ruckartig los, als hätten sie eine Aufgabe zugeflüstert bekommen, zu deren Erledigung sie sich hastig anschickten.

Als hätte die Erinnerung an den Aufprall der Kugel wiederum eine Erinnerung angestoßen, sah sich Louise die Straße zur Wohnung ihrer Eltern überqueren, sah den Asphalt unter sich und im Augenwinkel die Häuser rechts und links, sie kam von der Billardkneipe nach Hause, und wenn sie später im Bett läge, würde sie noch den Zusammenprall der Kugeln hören, würde die Kugeln hinter ihren geschlossenen Lidern hin und her rollen sehen. Doch vor dem Zubettgehen lag das Abendessen mit ihren Eltern, mit ihrer Mutter, die ihr vorwarf, du riechst nach Rauch, du warst wieder bei *Chez Claudine*, ich habe dir das ein für alle Mal verboten, das ist kein Ort für Mädchen. Louise hatte sich damals vorgestellt, dass ihre Mutter und sie am Billardtisch stünden, jede einen Queue in der Hand, jede konzentriert die Anordnung der Kugeln beobachtend, um einen möglichst präzisen Stoß platzieren zu können. In dem Maße, in dem die Billardkugeln hin und her schossen, wurde die Auseinandersetzung heftiger, Louise hätte gerne abgewunken und ihren Queue in die Ecke gestellt, doch die Wucht des Aufpralls ließ sie immer wieder und mit wachsender Entschiedenheit die nächste Kugel in Richtung Paulette stoßen. Je weiter sie sich in den Kampf hineinsteigerte, desto unwichtiger wurde seine Ursache, desto weniger fassbar sein Grund und desto wütender Louise.

Sie spürte ein Glühen auf den Wangen, wahrscheinlich würde auch sie sich einen Sonnenbrand holen mit ihrer hellen Haut. Sie wusch sich die Hände mit kaltem Wasser und fuhr sich übers Gesicht. Ich muss mein Aufnahmegerät aus dem Auto holen, dachte sie, während sie sich im Spiegel betrachtete und Grimassen zog.

Ida war bei der Landung der Alliierten siebzehn, ich sollte sie für mein Forschungsprojekt befragen, ihrer Geschichte einen offiziellen Rahmen geben.

Einen Rahmen, in dem sie fragen könnte, woher Idas Nachnamen kam, warum sie gewusst hatte, dass sie Louise auf Deutsch ansprechen konnte, und wie der Koffer mit Idas Nachnamen auf dem Dachboden von Louises Eltern gelandet war. Aber dann hätte sie die Trägheit überwinden und zum Auto gehen müssen, hätte einsehen müssen, dass ihre private Geschichte von der Großen Geschichte nicht einfach zu trennen, ihr sorgfältig ausgearbeiteter Plan womöglich nicht einzuhalten war.

Louise kniff die Augen zusammen, als sie auf die Terrasse zurückkam. Ich sollte auch die Sonnenbrille aus dem Auto holen, dachte sie.

Die bestellten Getränke standen schon auf dem Tisch, der Kaffee an Louises, das Monaco an Idas Platz, als hätten sie den Tisch gedreht oder die Rollen getauscht.

Weißt du inzwischen, wer dein Vater war?, fragte Louise.

Es war wie ein Zurückschwimmen gegen den Strom, der sie längst weitergetragen hatte, ein Zurückschwimmen zu Fragen, die zumindest dem Anschein nach nichts mit ihr zu tun hatten, die sie aber nicht deshalb, sondern der Systematik wegen abhaken wollte. Es kam ihrem Bedürfnis entgegen, möglichst schnell wieder Ordnung in die unübersichtlich gewordene Familienkonstellation zu bringen. Erst einmal verstehen, wer wer war und in welchem Verhältnis zu wem stand, statt sich in Fragen zu verheddern, die sie selbst betrafen oder betreffen konnten.

Ida wiegte bedauernd den Kopf.

Ich habe Adrienne letztes Jahr besucht, erklärte sie. Ich sah es als letzten Versuch an, herauszubekommen, wer wirklich mein Vater gewesen ist. Ich hoffte, dass es nach so langer Zeit möglich wäre, als Erwachsene miteinander zu reden, erst recht, als ich erfuhr, dass François nicht mehr bei ihr wohnte. Ich hatte Adrienne zuletzt auf der Beerdigung meines Großvaters gesehen. Doch sie ist nicht von der Geschichte mit dem Fischer abgewichen.

Und du denkst also, selbst Robert wusste nicht, wer dein Vater war?

Louise registrierte, dass sie nicht ganz bei der Sache war, den Strand mit den Augen absuchte, das Geschehen dort unten mit zunehmendem Interesse verfolgte. Sie entdeckte in einiger Entfernung den Mann und die Frau, die auf das Kind einredeten. Es wollte sich offenbar nicht davon überzeugen lassen, mit den Eltern umzukehren, der Vater packte das schreiende, um sich schlagende Kind und machte sich auf den Weg zurück zum Ufer. Die Frau lief neben ihm her, versuchte das Kind zu beruhigen.

Ich glaube nicht, antwortete Ida. Er ist zwar selten nach Belay zu Besuch gekommen, obwohl seine Eltern dort wohnten, und ich habe mich gefragt, ob er möglicherweise meinem Vater aus dem Weg gehen wollte, weil er ihn kannte. Aber ich kann mir nicht vorstellen, dass dann nicht früher oder später etwas durchgesickert wäre. Ich denke, Adrienne hat ihr Geheimnis so gut gehütet, dass die erfundene Geschichte im Laufe der Zeit realer für sie geworden ist als das, was sich zugetragen hat.

Der Mann und die Frau waren beim Sonnenschirm angekommen und setzten das schreiende Kind ab. Es ließ sich in den Sand fallen und warf trotzig Schaufel, Eimer und Förmchen von sich. Mit vorgeschobener Lippe schaute es sinnierend ins Leere, krabbelte schließlich den weggeworfenen Utensilien hinterher und begann, mit etwas mehr Abstand zum Sonnenschirm als zuvor zu spielen.

Und wenn die Geschichte mit dem Fischer das wäre, was sich zugetragen hat?, fragte Louise.

Ida schien zu überlegen, welche der möglichen Antworten die richtige war.

Wenn eine Geschichte wahr ist, muss man nicht in allen Einzelheiten auf ihr beharren, wie es Adrienne getan hat, antwortete sie.

In ihrer Erinnerung sah Louise Adrienne an Sommerabenden die Promenade von Lemoulin-Plage entlangschlendern. Auch mit fast siebzig wirkte ihre Großtante mit ihren selbst entworfenen Kleidern, ihrer Sonnenbrille und dem mondänen Kopftuch wie aus einem Modekatalog der fünfziger Jahre oder einem Foto mit Côte d'Azur im Hintergrund ausgeschnitten und auf die Promenade eines weitaus weniger bedeutsamen Feriendorfes im Nordwesten Frankreichs geklebt. Wie in ihr Leben geklebt, neben Robert, von dem Louise nie begriffen hatte, was ihn mit Adrienne verband. Etwas abseits, vorneweg laufend oder hinterher, François, Adriennes Sohn, der nun auch Idas Bruder war. Louise versuchte, Ida in das Bild einzufügen, neben Paulette, in ein Gespräch vertieft. Dann fiel ihr ein, dass Paulette sich ebenso wenig wie Ida auf dem Bild befinden konnte, weil sie nie am Strand oder auf der Strandpromenade gewesen war. Ich mag das nicht, so hatte sie Louises Bitten hartnäckig abgewehrt.

Mit einem Mal war das Bedürfnis, sich zu bewegen, dem muffigen Geruch zu entfliehen, der ihr beim Gedanken an François wieder in die Nase gestiegen war, so stark, dass Louise abrupt aufstand.

Ich wäre jetzt so weit, sagte sie.

Und als Ida sie fragend anblickte, fügte sie hinzu, zum Strand hinunterzugehen, meine ich.

Das Wasser bedeckte schon die Felsen, auf denen sich vor kurzem noch Gestalten mit Netzen und Harken bewegt hatten. Die Flut war kein behäbiges Vor- und Zurückgleiten kleiner Wellen, die nach und nach Land gewannen, sondern ein stetiges Streben nach vorn, an einigen Stellen unmerklich, an anderen konnte man zuschauen, wie die Linie des Wassers sich vorwärtsbewegte. Es schien, als wolle das Meer sich selbst einholen, als müsse es in einer einheitlichen Formation zum trockenen Sand gelangen und könne sich erst beruhigen, wenn die weitläufige Fläche mit einer gleichmäßigen Wasserschicht bedeckt wäre.

Wir könnten am Strand entlang zur Bucht laufen, um die Flut einströmen zu sehen, schlug Louise vor. Wenn wir nicht trödeln, sind wir genau zum richtigen Zeitpunkt dort.

Sie wies mit dem Kopf zur Mole, die in einiger Entfernung den Strand von der Bucht abgrenzte.

Früher war ich oft mit Grégoire da, sagte sie.

Wer ist Grégoire?, fragte Ida.

Ein Kindheitsfreund, erklärte Louise. Auch so etwas wie ein Geschwister.

Sie zog Schuhe und Socken aus, klopfte die Schuhe ab und stopfte sie in den Rucksack. Barfuß lief sie neben Ida die Strandzufahrt hinunter, und als sie auf dem feuchten Sand angekommen war, überkam sie das Bedürfnis zu rennen. Sie setzte den Rucksack ab, rannte gegen den Wind, holte Schwung und schlug mehrere Räder, bis sie außer Atem zum Stehen kam. Der muffige Geruch in der Nase war verschwunden, die Schwere von ihr abgefallen.

Sie sah Ida entgegen, die in der einen Hand ihre Schuhe, in der anderen Hand Louises Rucksack und über der Schulter ihre eigene Tasche trug, und stellte sich wieder die Promenade von Lemoulin-Plage in den siebziger Jahren vor. Versuchte noch einmal, Ida dem Bild hinzuzufügen, doch das Bild wurde nicht scharf. Ida ließ sich nicht einfach einfügen, nicht bevor Louise eine Lücke gefunden hatte, in die Ida passte. Und plötzlich hatte Louise das Gefühl, als fokussiere sie die falschen Personen, als hätten sich ganz andere Personen auf dem Bild befinden müssen, als ginge es in Idas Geschichte gar nicht um Ida.

Auszug aus Idas Aufzeichnungen,
ohne Datierung,
überschrieben mit
Belay, die Familie

Mein Großvater Georges zerlegte in der rundum gefliesten Küche, die der Metzgerei als Arbeitsraum diente, Tierhälften in handliche Stücke, und so ist das Erste, woran ich mich erinnere, ein dumpfes, schweres Klopfen und die damit verbundene Erschütterung in meinem Körper. Wurde geschlachtet, hing der Geruch von Blut und rohem Fleisch noch tagelang im Haus, obwohl meine Großmutter darauf achtete, die Tür zur Küche verschlossen zu halten. Mein Großvater trug tagsüber blutige Schürzen, meine Großmutter stand im Laden und verkaufte das Fleisch, das er in der Küche verarbeitete, während ich bei ihr hinter der Ladentheke an einem kleinen Tisch saß, den mein Großvater Jean noch kurz vor seinem Tod für sein erstes Enkelkind angefertigt hatte. Ich spielte mit Holzstücken, Knöpfen und Knochen, schob sie auf dem Tisch hin und her, ordnete sie zu immer neuen Konstellationen an und legte aus ihnen Formen: gute und böse Geister, Füchse, Fische, Jesus. Einmal versuchte ich mich an Gott, aber Großmutter sagte: »Gott hat keine Form.«

An den Schlachttagen brachte mich Nanie – wie ich meine Großmutter nannte, weil ich als Kleinkind das »m« von *mamie* als »n« aussprach und der Name blieb – zu meiner anderen

Großmutter Augustine. Diese wohnte nur wenige Straßen weiter und war nicht begeistert, sich am Ende doch noch um das Gör ihrer Tochter Adrienne kümmern zu müssen. »Ich habe vier Töchter und einen Sohn großgezogen«, sagte sie, »damit ist meine Aufgabe vor Gott mehr als erledigt.« Sie nahm mich entgegen, wie man einen Gegenstand entgegennimmt und brachte mich in die Werkstatt der Schreinerei Castel, die nach Jeans Tod Alphonse, dem jüngsten der fünf Kinder, zugesprochen worden war. Alphonse hatte, was seinen Arbeitseifer betraf, keinen besonders guten Ruf – als einzigem Sohn der Familie fiel das Erbe jedoch an ihn. Ohne seine in Geldangelegenheiten äußerst geschickte Frau Théodora, die er bald nach Übernahme der Schreinerei heiratete, wäre es mit dem Betrieb gewiss bald zu Ende gegangen. Théodora war leidend und fromm, fiel am Ende der Messe regelmäßig in Ohnmacht und führte ihre Geschäfte häufig vom Bett aus. Dann empfing sie ihre Geschäftspartner an ein spitzenumsäumtes Kissen gelehnt in einem Bettjäckchen im Schlafzimmer. Zunächst irritiert, überwanden die Geschäftspartner ihr anfängliches Unbehagen ob dieser unerwarteten und uneindeutigen Situation und vergaßen rasch, dass dies ein Schlafzimmer und kein Büro war – das riesige Abendmahl über dem Bett bot in ihren Augen genug Gewähr.

Wenn Augustine mich in der Werkstatt abgab, tätschelte Théodora meinen Kopf und sprach zu mir in diesem leicht erhöhten, schrillen Ton, den Erwachsene gelegentlich Kindern gegenüber anschlagen. Ihre Augen schweiften indessen unablässig auf der Suche nach einem Angestellten umher, der es an Elan fehlen ließ, oder nach einem Fehler, auf den sie den mutmaßlichen Verursacher hinweisen konnte. Sie reichte mich weiter an die Kinderfrau, die sie für ihre Söhne Vincent und Jérôme angestellt hatte, und wurde nicht müde, darauf hinzuweisen, dass sie die Kinderfrau bezahle. »Wenn nun auch noch die halbe Verwandtschaft ihre Kinder bringt ...«

Alphonse saß meist im Café *Chez Claudine*, wo sich die Männer des Ortes zum Kartenspielen trafen. Claudine unterhielt das Café im Nebenzimmer ihres Gemischtwarenladens und war immer in Bewegung zwischen den zwei Räumen. Betrat man den Laden, schrillte eine Glocke, worauf Claudine im Türrahmen des Durchgangs zwischen Café und Laden erschien, sich die Hände an ihrer Schürze abrieb und Brot aus den Körben hinter der Kasse reichte, Mehl abwog oder Karamellbonbons aus hohen Gläsern fischte. Aus dem Café drangen Stimmengewirr, Gläsergeklimper und Rauch in den Verkaufsraum. Wenn Théodora mich schickte, Onkel Alphonse zum Mittagessen zu holen – »damit du wenigstens zu etwas nütze bist« – versuchte ich, einen Blick auf die vollbesetzten Tische zu erhaschen. Nur zu gerne hätte ich mich in eine Ecke gesetzt und den Männern beim Kartenspielen zugeschaut, hätte erfahren, weshalb Claudine mich und die anderen Kinder nicht über die Türschwelle ließ. »Männerhände verirren sich gerne«, begründete sie ihr Verbot, und ich sah haarige Hände zwischen Wildgänsen und Schafen durch die Heide irren, die sich südlich von Belay über mehrere Kilometer erstreckte, und aus der an nebligen Tagen schon so mancher nicht wieder herausgefunden hatte.

Manchmal trug Théodora mir Besorgungen auf, und während ich anstand und wartete, schob ich mich unauffällig in die Nähe der Tür. Sie erschien mir wie der Durchlass zwischen zwei Welten, von denen die eine nach Brot, Reis und geröstetem Kaffee roch und die andere nach Schweiß, Alkohol und Rauch. Ich spähte in das Nebenzimmer und achtete besonders auf die Hände, die in der Tat ein eigenes Leben zu besitzen schienen, wenn sie tasteten, zögerten, schließlich eine Karte herauszogen und mit Nachdruck auf den Tisch legten. Manchmal ruhten die Hände um ein Glas Cidre oder Schnaps oder nahmen eine Zigarette aus dem Mundwinkel, um sie wieder anzuzünden, aber sosehr ich auch jede Bewegung der Hände belauerte, keine schlich sich davon und geriet in Gefahr, sich zu verirren. Ich fragte mich, warum Frauenhände sich nicht verirrten, und schätzte mich glücklich, ein Mädchen zu sein.

Die Schreinerei beschäftigte mehrere Angestellte, denn Jean hatte nicht nur das Familienchalet in Lemoulin-Plage, sondern zahlreiche weitere Chalets erbaut und die Schreinerei in ein florierendes Unternehmen verwandelt. In den zwanziger Jahren war es für wohlhabende Familien üblich geworden, den Sommer im eigenen Haus am Meer zu verbringen, eine Entwicklung, die Jean zu nutzen wusste. Er errichtete zunächst sein eigenes Chalet auf einem Grundstück der zweiten Reihe, denn Meerblick konnte er sich nicht leisten, zweistöckig und mit Toilette im Haus, was sensationell war, und warb vor dem Chalet mit dem Schild: *Menuiserie Jean Castel. Le Chalet de vos rêves*. Natürlich lachten ihn alle aus, zuvorderst seine Frau Augustine. »Jean Castel rêve«, »mein Mann träumt«, verspottete sie ihn, doch als die Aufträge zahlreicher wurden und Jean die ersten Mitarbeiter einstellte, weil er mit der Arbeit nicht hinterherkam, als an den Monatsenden genug übrig blieb, um einen nicht unbeträchtlichen Teil davon auf die hohe Kante zu legen, begann Augustine den Laden, der gegenüber der Schreinerei schon seit längerer Zeit leer stand, in Gedanken als Stoff- und Kurzwarengeschäft einzurichten. 1929, zwei Jahre nach Jeans Tod, wurde der Laden zum Kauf angeboten, und als Augustine erfuhr, dass sich ein von außerhalb kommender Buchhändler dafür interessierte, rief sie: »Aber ich weiß doch schon, aus welchem Holz die Theke sein soll! Wozu brauchen wir in Belay eine Buchhandlung, was sollen die Leute mit Büchern!« Sei es, sie hat ihre Beziehungen spielen lassen, sei es, sie konnte den anderen Interessenten überbieten: Sie unterschrieb den Vertrag im Januar 1930, an dem Tag, an dem das Parlament über die Kredite zum Bau der Maginot-Linie abstimmte, und eröffnete den Laden für Stoffe und Kurzwaren, von dem ihre Töchter Rose und Adrienne träumten.

Es heißt, sie sei in den Wochen, in denen sie das Geschäft einrichtete, gut gelaunt gewesen. Wer an ihrem Projekt zweifelte, weil der Ort zu klein, die Konkurrenz auf der Viehmesse im Herbst zu groß sei – »Warum sollten sich die Leute unbedingt an deinem Stand mit dem nötigen Stoff fürs Jahr eindecken?« –, dem lachte sie ins Gesicht. »Ihr werdet schon sehen!«, erwiderte sie. Und als bei der Viehmesse im September die Zirkusleute an ihrem Stand Schlange standen und ganze Stoffbahnen kauften, um während des Winters daraus ihre Kostüme zu nähen, triumphierte Augustine. »Meine Stoffe sind die feinsten«, sagte sie, »diese Farben, und wie sie sich anfühlen, das ist Spitzenqualität! Die Zirkusleute kennen sich aus!«

Vielleicht war aber auch meine Tante Rose, die zweitälteste der Castelkinder, für den Erfolg des Standes verantwortlich. Sie huschte leichtfüßig hinter der Auslage hin und her, ließ die Stoffe durch ihre Finger gleiten, als seien sie reines Geschmeide, und strahlte, so dass mein Großvater Georges, der sich mit Kommentaren ansonsten zurückhielt, fragte: »Ist sie verliebt?«

Am Montag nach der Viehmesse sagte Augustine, »ich muss mich ausruhen, ich bin nicht mehr die Jüngste«, und befahl Rose, die Stellung im Laden zu halten. Rose hätte sich selbst gerne ausgeruht, tat aber, wie ihre Mutter sie geheißen hatte. Nach einer Woche, in der die Geschäfte ausnehmend gut liefen, stellte Augustine Rose vor vollendete Tatsachen: »Du hast sowieso schon alle Herzen erobert, du kannst gleich weitermachen. Du wolltest doch so einen Laden haben, da verbindet sich das Angenehme mit dem Praktischen.«

Sie ließ ein Schild anbringen, auf dem *Augustine Castel, tissus et mercerie* stand, und war von da an kaum noch im Laden anzutreffen. Mich brachte sie, wenn sie mich hüten sollte, seltener in die Schreinerei, sondern immer häufiger zu Rose und sagte: »Kannst du dich um die Kleine kümmern, ich habe noch etwas zu erledigen.« Waren Kundinnen im Laden, versäumte sie es nicht, beim Hinausgehen den Stoffballen auf der Ladentheke einen verächtlichen Stoß zu versetzen. »Wie oft habe ich dir schon gesagt, dass du die Stoffballen gleich wegräumen sollst«, zeterte sie. »Sonst werden sie befingert und sind fleckig, bevor wir sie verkauft haben.«

Ich war gern bei Rose im Laden, viel lieber als in der Schreinerei. Es roch nach Stoff und nach Staub, und eine Glocke ertönte beim Öffnen der Tür. Ich saß auf den Stufen der Klappleiter, auf die Rose kletterte, wenn sie nach einem Stoffballen oder einer Knopfschachtel in den oberen Regalreihen greifen wollte. Brauchte sie die Leiter, stand ich auf und beobachtete, wie Rose in schwindelerregende Höhen emporstieg. Wenn ich den Tag bei ihr im Laden verbracht hatte, durfte ich mir aus einer großen Teedose, in der sie einzelne Knöpfe aufbewahrte, einen aussuchen. Alle anderen waren in Pappschachteln sortiert in den Regalen übereinandergestapelt, und damit man bei Bedarf gleich nach der richtigen Schachtel griff, war auf jede ein Knopf aufgenäht. Ich fragte mich, wie man Knöpfe auf Karton nähen konnte, und hätte mir gewünscht, dass Rose einmal sagen würde: »Heute, Ida, darfst du dir einen aus den Schachteln aussuchen.« Sie darum zu bitten, wagte ich nicht. Obwohl sie freundlich zu mir war, fühlte ich mich von ihrer Anwesenheit manchmal eingeschüchtert. Sie konnte streng sein, wenn man sich nicht benahm und den Marmeladelöffel abschleckte, die Treppe hinunterpolterte oder einen Faden nicht sorgsam abschnitt. Mich nicht mit den Knöpfen aus der Teedose zufriedenzugeben und nach einem Knopf aus einer der Schachteln zu fragen, war etwas, das Rose, so ahnte ich, nicht gutgeheißen hätte.

Ich weiß noch, wie Rose Augustine zum Geburtstag einmal eine fliederfarbene Bluse nähte, so wie Augustine sie gerne sonntags in der Kirche trug, mit Rüschen an der Knopfleiste und teuren dunkellila Knöpfen, die Rose eigens bestellte. Das muss 1935 oder 1936 gewesen sein, kurz vor Augustines Tod, als ich schon nicht mehr so oft bei Rose im Laden oder in der Schreinerei war, sondern die Zeit nach der Schule mit Paulette verbrachte. Wäre ich jünger gewesen, würde ich mich nicht so deutlich an die Szene erinnern. Rose legte das Päckchen am Morgen auf den Frühstückstisch, den sie festlich gedeckt hatte. Augustine, die erst aufstand, wenn Rose bereits im Laden war, kam an diesem Tag nicht wie sonst um die Mittagszeit, sondern erst am späten Nachmittag herein, schleuderte die fliederfarbene Bluse über die Theke, so dass sie auf der anderen Seite herunterfiel, und sagte, während Rose sich hinunterbeugte und die Bluse aufhob: »Die kannst du selbst behalten, die ist doch viel zu schön für mich!« Sie drehte sich um und rauschte aus dem Laden.

Rose richtete sich mit unbewegter Miene auf und sah mit der Bluse in der Hand Augustine durch die Scheibe hinterher. In ihrem Blick lag etwas Flehendes, das jedoch schon im nächsten

Moment einer Kühle wich, die in seltsamem Kontrast zu dem Lächeln stand, mit dem Rose die Bluse auf die Ablage unter der Theke schob und sich wieder ihrer Kundin zuwandte. Während ich starr auf meiner Leiterstufe saß und meinte, immer noch das Schrillen der Glocke zu hören, setzte der Raum sich wieder in Bewegung. Die Kundin, mit der Rose beschäftigt gewesen war, räusperte sich und wiederholte ihren Wunsch. Die übrigen Kundinnen nahmen ihre Unterhaltung auf, wo sie sie unterbrochen hatten. Keine ging auf den Zwischenfall ein, denn das hätte gegen das unausgesprochene Gesetz verstoßen, das verlangte, sich aus den persönlichen Belangen von Rose herauszuhalten.

Auch ich habe dieses Gesetz befolgt und weiß von Roses Leben nur, was man sich erzählte und was ich selbst miterlebt habe. Anfang der zwanziger Jahre soll ein polnischer Soldat, der nach dem Ersten Weltkrieg in Frankreich geblieben und in Belay gelandet war, um ihre Hand angehalten haben. Jean hätte der Heirat zugestimmt, wenn auch widerstrebend, denn der Soldat wollte Rose mit sich nach Polen nehmen, doch Augustine blieb kategorisch und setzte sich, anders als ein paar Jahre später bei Adrienne, durch. »Wo kommen wir hin«, soll sie gesagt haben, »wenn meine Kinder mich verlassen? Was, wenn ich krank werde oder sie im Alter brauche?«

Kam das Gespräch auf Beziehungen und Hochzeiten, straffte Rose den Oberkörper kaum merklich, schob den Unterkiefer ein wenig nach vorne, was ihr etwas mädchenhaft Trotziges verlieh, und schwieg.

Als Augustine 1936 starb – im Jahr, als die Volksfront die Wahlen gewann, was einige zu der Behauptung veranlasste, sie habe es geahnt und nicht mitansehen wollen, wie das Land in die Klauen der Roten fiel –, ließ Rose das Schild über dem Eingang entfernen und gab ein neues Schild in Auftrag, auf dem in goldgelber Schreibschrift stand: *Rose Castel, boutons d'or, tissus multicolores*. Sie zog in die Wohnung, die an den Laden grenzte, ließ den Durchgang wieder aufreißen, den Augustine hatte zumauern lassen, um die Wohnung vermieten zu können, und legte einen zweiten Klingelstrang nach hinten, so dass nun zwei Glocken ertönten, wenn Kundschaft den Laden betrat, eine helle im Laden und eine dunkle in der Wohnung. Der klangliche Unterschied schien mir vom Ort selbst bestimmt, denn der Laden war hell und sonnendurchflutet, während in der Wohnung Zwielicht herrschte.

Am Geländer der Treppe ins obere Stockwerk war eine blaue Glaskugel angebracht, die zweifelsohne einer Hellseherin gehört hatte. Wenn ich größer wäre und nicht erst ein paar Stufen der Treppe erklimmen und mich verrenken müsste, um mein Auge an die Kugel zu pressen, könnte ich selbst in ihr die Zukunft lesen und erfahren, wann meine Mutter sich wieder erholen und mich zu sich nehmen würde. Dabei war es nicht so, dass ich meine Mutter vermisste, genauso wenig wie ich Robert vermisste, den ich zu diesem Zeitpunkt noch für meinen Vater hielt, oder meinen Bruder François. Es genügte mir, dass wir ein- oder zweimal im Jahr mit Großvater Georges Auto nach Honoré fuhren und Adrienne ein- oder zweimal im Jahr nach Belay zu Besuch kam, immer allein, ohne Robert und François.

Im oberen Stockwerk von Roses Wohnung lagen ein Schlafzimmer und ein Gästezimmer, das Adrienne vorbehalten war, wenn sie zu Besuch kam. Vermutlich hegte Rose die Hoffnung, Adrienne werde, nun da Augustine nicht mehr lebte und es ein eigens für sie eingerichtetes Gästezimmer gab, häufiger in Belay sein. Rose und Adrienne hatten sich, obwohl fünf Jahre auseinander, immer sehr nahe gestanden, doch dass Rose den

Laden übernommen hatte, empfand Adrienne als Verrat an der gemeinsamen Sache. »Ins gemachte Nest hat sie sich gesetzt«, wetterte sie.

Überhaupt war Adrienne der Meinung, alle ihre Geschwister hätten es besser getroffen als sie. »Renée«, sagte sie, »weiß nicht, was Arbeit bedeutet. Sie hat Serge doch nur geheiratet, weil sie sich für etwas Besseres hält. Einen Notar! Brauchen wir so etwas in der Familie? Und ein Frauenheld obendrein. Aber sie braucht sich nicht zu wundern, Männer mögen es eben nicht, wenn Frauen Hosen tragen. Sie macht sich mit ihren Hosen zum Gespött der Leute. Mannweib nennen sie sie hinter ihrem Rücken.«

Renée, Paulettes Mutter, war die älteste der fünf Geschwister. Ich beobachtete sie manchmal, wenn sie mit ihrem Mann Serge oder mit Paulette sprach, und fand, dass sie traurig wirkte, auch wenn sie lächelte. Wäre sie ein Mann gewesen, hätte sie die Schreinerei nach dem Tod ihres Vaters übernommen, denn sie liebte es, Holz zu bearbeiten. Stattdessen kümmerte sie sich, bis Théodora sie von diesem Posten verdrängte, um die Buchführung des Betriebes. »Sie kümmert sich doch auch um die Geschäfte ihres Mannes«, sagte Augustine. »Da kann sie doch die paar Zahlen der Schreinerei gleich mitmachen. Blut ist dicker als Wasser.«

Während des Krieges, als männliche Arbeitskräfte rar wurden, weil die Männer in Gefangenschaft, zur Zwangsarbeit eingezogen oder untergetaucht waren, ließ Théodora Renée in der Schreinerei mitarbeiten. Wenn sie auf dem Weg zur Arbeit an unserem Haus vorbeikam, die Hände in den Taschen ihrer vielfach geflickten Hose – Kleidung und Stoff gab es wenn, dann nur noch auf Marken –, hörte ich sie pfeifen oder singen. In den Augen so mancher Dorfbewohner war dies kein angemessenes Verhalten für eine Frau, schon gar nicht für die Frau eines Kriegsgefangenen. Einmal sagte Claudine, weil sie nicht bemerkt hatte, dass ich in der Schlange stand: »Man könnte meinen, sie ist froh darüber, dass ihr Mann weg ist.«

Als Kind saß Renée, wann immer sie konnte, in der Werkstatt und schnitzte aus Holzstücken Heilige, kleine Figuren, die sie unter ihrem Bett die Wand entlang aufstellte, weil dies der einzige Ort war, der ihr allein gehörte. »Ich konnte Röcke und Kleider nie ausstehen«, hat Renée mir erzählt. »Schon beim Unter-das-Bett-Kriechen waren Hosen angenehmer, erst recht in der Werkstatt.«

Dass Marguerite, die drittälteste Schwester, von den Eltern und vom Leben bevorzugt behandelt worden war, musste Adrienne nicht erst begründen: Marguerite hatte als einziges der Castelmädchen einen Beruf erlernen dürfen. Dabei hatten alle vier die Volksschule mit Auszeichnung abgeschlossen, alle hätten sie die Volksschullehrerausbildung absolvieren können, einer der wenigen Ausbildungsberufe, zu denen Frauen, die nicht aus gebildeten Schichten kamen, Zugang hatten. »Aber was sollen wir mit vier Lehrerinnen in der Familie?«, fragte Augustine. »Marguerite ist eben die Intelligenteste von allen«, rechtfertigte sie die Ausnahme. Wahrscheinlich hatte sie sich vorgestellt, Marguerite werde in Belay unterrichten und so nicht nur in Reichweite bleiben, sondern auch dem Ansehen der Familie förderlich sein, doch Marguerite nahm eine Stelle in einem kleinen Ort in der Nähe von Rouen an. Sie wohnte, wie damals üblich, im Schulhaus selbst, was Adrienne mir in leuchtenden Farben ausmalte. »Und dazu mietfrei!«, fügte sie hinzu.

Ich wollte fortan Volksschullehrerin werden, um im Schulhaus mit seinen nach Bohnerwachs riechenden Fluren und

Klassenräumen wohnen zu können. Ich stellte mir vor, wie ich nachts mit einer Kerze durch die Schulflure spazierte und in leere Klassenzimmer schaute, ob nicht ein Schüler vergessen worden sei, und natürlich fand ich immer einen, den ich in meiner Fantasie bestrafte, indem ich ihn den Rest der Nacht in der dunkelsten Ecke des Klassenzimmers verbringen ließ. Oder ich nahm ihn, je nach Laune, voller Mitleid in meine Wohnung, kochte ihm einen Tee und brachte ihn zu seinen Eltern zurück, die sich schon große Sorgen machten, aber aus Respekt vor mir, der Lehrerin, nicht gewagt hatten, in der Schule nachzufragen. Ich malte mir aus, wie sie mich hereinbaten und mir eine heiße Schokolade kochten, die es sonst nur sonntags und an Feiertagen gab. Überhaupt würden mir alle mit großem Respekt begegnen und auf der Straße den Hut ziehen, denn ich entschied über die Zensuren ihrer Kinder.

Marguerite allerdings blieb nicht bei ihrem Beruf, sondern hatte die Erleuchtung und ging mit Mitte zwanzig ins Kloster. »Wir hätten alle gerne einen Beruf erlernt«, sagte Adrienne. »Und was macht sie? Wirft einfach alles weg!«

Ich begegnete Marguerite erst, als sie am Ende des Krieges mit dem Fahrrad über Land fuhr, um Verletzte zu pflegen. Davor existierte sie für mich nur als Name. Ich wusste, sie war *chez les sœurs*, weshalb ich davon ausging, dass meine Mutter noch mehr Schwestern hatte, die ich nicht kannte. Als mich Nanie aufklärte, stellte ich mir Marguerite abwechselnd als strenge Lehrerin oder als Nonne in Tracht vor, die stets lächelte, denn sie hatte es gut getroffen und war glücklich. »Aber was ist die Erleuchtung?«, fragte ich Nanie. »Die Erleuchtung ist, wenn Gott erscheint und zu dir spricht.«

Ich fand es rätselhaft, dass jemand, der keine Form hatte, erscheinen und sprechen konnte.

Wenn Nanie abends das Licht löschte, schaute ich vorher mit weit aufgerissenen Augen in die Lampe, um dann im Dunkeln noch einen hellen Schein vor Augen zu haben. Das schien mir eine gute Voraussetzung, um von Gott eines Tages angesprochen zu werden.

Ich beschloss, meine Cousine Paulette in dieser Angelegenheit um Rat zu fragen. Sie war nur zwei Monate älter als ich, wohnte drei Häuser weiter als meine Großeltern am Marktplatz von Belay und ging mit mir in eine Klasse. Von Leuten, die die Verhältnisse im Ort nicht kannten, wurden wir oft für Schwestern gehalten. Im kommenden Jahr würden wir zusammen unsere Erstkommunion feiern.

Im Schuppen meiner Großeltern hatten wir uns hinter Holzsäcken ein Versteck eingerichtet, in das wir uns zurückzogen, wann immer die Schule und die Hausaufgaben es erlaubten. Paulette fand, dass ich es gut hatte, bei meinen Großeltern zu wohnen. »Da hat man mehr Freiheit«, sagte sie. Ich meinerseits hätte gerne mehr Zeit bei Paulette verbracht, auch wenn mich die Anwesenheit ihres Vaters Serge befangen machte. Ich spürte manchmal seinen Blick auf mir, den er abwandte, wenn ich den Kopf hob, und vermochte nicht einzuschätzen, ob sein Blick wohlwollend war oder nicht. Wahrscheinlich bemitleidet er mich, dachte ich. Denn ich hatte nicht, was Paulette hatte: eine echte Familie.

»Meinst du«, fragte ich Paulette, während ich die nicht mehr benutzten Äxte und Schlachtermesser betrachtete, die über unseren Köpfen an der Decke baumelten, »dass sich Gott bei der ersten heiligen Kommunion persönlich an uns wendet?«

Paulette schaute mich skeptisch an. »Warum fragst du das? Willst du ins Kloster wie Marguerite?«

»Ich will Lehrerin werden wie Marguerite«, erwiderte ich.

»Ich gehe aufs Gymnasium und mache das Abitur«, sagte Paulette, »und dann studiere ich.«

»Was willst du studieren?«, fragte ich.

»Weiß ich noch nicht«, antwortete Paulette, »vielleicht Medizin.«

»Wir können zusammen studieren«, sagte ich.

»Aber du brauchst doch gar nicht an die Universität, wenn du Volksschullehrerin werden willst. Du brauchst nicht einmal das Abitur.«

Ich versuchte mir vorzustellen, wie es wäre, nicht mehr mit Paulette in eine Klasse zu gehen, und beschloss, noch einmal über meinen Berufswunsch nachzudenken.

Wir feierten unsere Kommunion im April 1936, ein Jahr früher als die anderen Mädchen unseres Alters und gemeinsam mit unserem älteren Cousin Vincent, weil Adrienne die Familie davon überzeugte, dass zwei Feiern in zwei Jahren zu teuer kämen. Es wurden zwei Feiern in einem Jahr daraus, denn Augustine starb kurz vor unserer Kommunion und wurde einen Tag danach beerdigt. Ob Adrienne, Robert und François wegen meiner Kommunion oder wegen der Beerdigung von Adriennes Mutter nach Belay kamen, kann ich nicht sagen, aber es ist das einzige Mal, dass ich sie zusammen dort erlebt habe. Ich weiß noch, dass ich dachte: So wäre es also, wenn wir alle hier wohnten. Und dass ich erstaunt war, keine übermäßige Freude, kein Glück zu empfinden.

Während die Familie mit den Vorbereitungen für Kommunionsfeier und Leichenschmaus beschäftigt war und damit zu kämpfen hatte, die Braten, Terrinen und Kuchen ihrer richtigen Bestimmung, nämlich der einen oder der anderen Feier, zuzuführen, tobte im Land der Wahlkampf. Die Gegend, in der ich groß geworden bin, ist sehr ländlich und traditionell konservativ. Man ist katholisch und ändert eine einmal gefasste Meinung nicht ohne weiteres. Doch sogar in Belay gab es Verfechter der Volksfront, die Flugblätter verteilten und Plakate klebten, und einmal sprach die Hebamme aus Honoré, die meine Geburt und die meines Bruder begleitet hatte, auf einer Wahlkampfveranstaltung. Die Parole »Brot, Frieden, Freiheit« hat sich in meiner Erinnerung merkwürdig mit dem vermischt, was wir im Kommunionsunterricht lernten. Auch hier ging es um Brot und um Frieden, wenn auch weniger um Freiheit.

Paulette
(Warten 2)

In Wirklichkeit wartete sie, in Wirklichkeit hatte sie immer gewartet, auf Franz, auf ein Kind und später auf Louise, die nicht nach Hause kam, weil sie mit Grégoire in dieser Billardkneipe herumhing, ausgerechnet in dieser Kneipe, die Claudine nach dem Krieg weitergeführt hatte, ohne von irgendjemandem behelligt zu werden. Was hätte ich denn tun sollen, hatte Claudine zu ihrer Verteidigung hervorgebracht, den Herren Besatzern ihr Bier verweigern, da wäre ich doch mir nichts, dir nichts vom Fenster weg gewesen. Vielleicht war Claudine aber auch ohne Rechtfertigung unbehelligt geblieben, und Paulette wünschte sich das nur, dass sie sich hätte rechtfertigen müssen, zumindest das. Es war nicht einfach, auseinanderzuhalten, was sie sich einbildete und was wirklich passiert war, es wurde immer schwieriger, und wenn sie versuchte, die Dinge und Ereignisse einer Zeit und einander zuzuordnen, verloren die Worte in ihrem Kopf an Bestimmtheit, bedeuteten auf einmal etwas ganz anderes oder setzten sich neu zusammen, zu Sätzen, die sie nie gehört hatte, zu Geschichten, von denen sie nicht mehr wusste, ob sie wirklich passiert waren oder nur die bisherige Version der Geschichte infrage stellten, und bald hätte sie unendlich viele Versionen einer Erinnerung, unendlich viele

Geschichten im Kopf. Als sie nach dem Krieg ihren Mann kennengelernt hatte, war eine Zeitlang alles einfach, eindeutig gewesen, keine Angst, kein Verstecken, alles wie es sich gehört, ein Lächeln, eine Verabredung, ein Um-ihre-Hand-Anhalten. Es war, als gäbe es sie auf einmal wieder, als hätte sie einen Platz gefunden in diesem Nest, als hätte sie von vorne zu zählen begonnen. Sie wagte es sogar, sich die Zahlenkette in der Zukunft vorzustellen, eins, Hochzeit, zwei, Flitterwochen, drei, Wohnung einrichten, vier, schwanger werden und so weiter, doch schon bei vier war Schluss gewesen mit dem Zählen, schon bei vier war ihre schöne Reihenfolge durcheinander geraten, weil vier nicht kam und sie nicht schwanger wurde. Wir könnten ein Kind adoptieren, schlug ihr Mann eines Abends vor, ein ganz kleines, neugeborenes, das ist genau wie ein eigenes Kind, und Paulette hatte auf den leeren Teller vor sich gestarrt, der ihr im Licht der Lampe über dem Tisch abstoßend vorgekommen war mit den Schlieren von Soße, die schon begannen festzutrocknen, dem Kanten angebissenen Brots auf dem Tellerrand, den paar Körnern Reis. Wie ekelerregend ein Teller am Ende des Abendessens aussah, wie grell die Lampe über dem Esstisch war, sie sagte, wir sollten ein anderes Licht anbringen, stand auf, räumte den Tisch ab, und fügte hinzu, Adoption kommt nicht infrage. Aber man liebt ein adoptiertes Kind wie sein eigenes, widersprach ihr Mann, Adoption kommt nicht infrage, wiederholte sie. Die Lampe über dem Tisch war bis heute dieselbe, und das Thema Adoption hatte ihr Mann nicht wieder angesprochen, denn kurz darauf war Paulette schwanger geworden, mit dreiunddreißig und nach zehn Jahren Ehe. Das ist spät für ein erstes Kind, sagte die Hebamme, die sie auf der Geburtsstation empfing, und Paulette schwieg, dachte, dass auch die Hebamme mit dem Zählen durcheinandergekommen war, dachte an ein kleines, zierliches Würmchen, das sie zwischen ihren Schenkeln hervorpressen würde. Doch es war ein großes Kind, es legte sich quer, wollte nicht herauskommen, so dass die Ärzte es aus ihr herausschnitten, sie wieder zunähten, weil auch die Ärzte nähen konnten mit Nadel und Faden, und die Narbe, die blieb, war ein Beweis, dass sie ein Kind geboren hatte, immerhin das. Diesmal gab es die Narbe, und keiner könnte ihr das Kind wegnehmen, denn sie besaß alles, was man besitzen musste, um Anrecht auf ein Kind zu haben, einen Mann, ein Haus, ein sicheres Einkommen. Sie würden eine Familie sein, die man beneidete, eine Familie, wie es sich gehörte. Na, wenn das kein Glück ist, was dann bitte sehr, würde man sagen. Ja, was bitte sehr war Glück, auch auf das Glück hatte sie gewartet, dass es sich einstellte, dass es von einem unbestimmten Ort im Körper aufstieg, sich ausbreitete. Aber stellte Glück sich überhaupt ein, wenn man nur lange genug wartete, gab es Voraussetzungen, die, einmal erfüllt, unabdingbar das Glück nach sich zogen, Heirat Haus Kind, fand das Glück statt und hielt es stand, wenn das Gefüge der Ordnung sich verschob, weil Louise nicht das kleine, zierliche Würmchen war, das nur ihr gehörte, sondern ein wildes Kind, das sich widersetzte, ihr entglitt, sie an Dinge erinnerte, an die sie nicht erinnert werden wollte. So wie jetzt, mit diesen fast rasierten Haaren zu kommen, und ausgerechnet zu Adriennes Beerdigung, nachdem sie bei keiner Beerdigung, keiner Taufe, keiner Hochzeit gewesen war, obwohl Paulette ihr jedes Mal eine Karte geschickt hatte. Vielleicht gab es ein Wissen, das sich ohne Worte verbreitete, ein undurchschaubares Röhrensystem der Verwandtschaft, das sich unter der Oberfläche verzweigte, so dass das Wissen sich, wenn man einen Teil der Röhren kappte, einen anderen Weg bahnte. Ob man schwieg oder erzählte, spielte keine Rolle, und deshalb war Louise heute zurückgekehrt, an diesem Punkt, an dem alles endete oder neu anfing, an dem Paulette bereit war, wieder von vorne mit dem Zählen zu beginnen, und deshalb wartete sie, deshalb behauptete sie der Familie gegenüber, sie sei zu müde, um am Leichenschmaus teilzunehmen, sie habe Kopfschmerzen, aber in Wirklichkeit wartete sie, in Wirklichkeit wartete sie auf Louise.

Dünen, Bucht

Sie kletterten die Düne hinauf, durch den weichen, ausweichenden Sand, in dem die Füße einsanken, und Louise stellte erstaunt fest, dass Ida kaum langsamer als sie selbst war. Wie rüstig sie noch ist, dachte sie, als Ida sich, oben angekommen, mit angewinkelten Beinen niederließ und ihre Knie mit den Armen umfasste. Louise dachte es auf Deutsch, weil ihr kein französisches Wort für »rüstig« einfiel, sei es, weil es keines gab, sei es, weil sie es vergessen hatte. Und war »rüstig« überhaupt das passende Wort? Ihr kam die Frage des Autovermieters in den Sinn: Sie sind von hier und leben dort? Wie lange war man »von hier«, ab wann war man »von dort«? Wenn man die eigene Sprache begann zu vergessen? Und was, wenn einem ein Wort immer genau in der Sprache einfiel, in der es auch wirklich passte, man also eine dritte Sprache zu sprechen begann, in der jedem Ding ein Wort in der einen *oder* anderen Sprache zugeordnet war? Kam man in diesem Fall »von nirgendwo«? In Berlin wurde sie oft gefragt, ob sie schon auf Deutsch denke, auf Deutsch träume. Sie träumte in Bildern und nicht in Worten, und beim Denken dachte sie nicht über das Denken nach. Es gab ganze Bereiche ihres Erwachsenenlebens, die sie nur auf Deutsch erlebt hatte, Sprachinseln, deren Inhalte sie nicht ohne weiteres auf Französisch hätte wiedergeben können. Das Gehirn war kein Automat, der Worte losgelöst von Dingen und Umständen speicherte, verarbeitete, ausspuckte.

Louise blickte zur Bucht hinunter, zu dieser großen, leeren Schale, in der die Boote wie zufällig hingeworfen verstreut auf der Seite lagen, rechts und links des mäandernden Flusses, der zaghaft wirkte inmitten der Sandflächen. Wenn man die flachen Stellen kannte, konnte man ihn bei Ebbe durchwaten und an das andere Ufer der Bucht gelangen. Mit elf oder zwölf Jahren hatte sie mit ihrem Vater die Bucht erstmals durchquert. Da ihr Vater von außerhalb kam, glaubte er den Legenden, die sich um die Bucht rankten, nicht. Diese Geschichten vom Treibsand, das ist doch Unfug, machte er sich über kursierende Erzählungen lustig. Natürlich muss man zum richtigen Zeitpunkt losgehen und darf nicht glauben, man könnte es hin und zurück schaffen. Man muss sich schon die Mühe machen, am Rand der Bucht entlang zurückzulaufen, auch wenn es ein Riesenumweg ist.

Am anderen Ufer anzukommen bedeutete für ihn einen persönlichen Triumph der Vernunft über den Aberglauben. Louise, die ihrem Vater vertrauen wollte, sich aber von den Mythen ihrer Kindheit nicht einfach zu lösen vermochte, war erleichtert gewesen, als sie die gegenüberliegende Seite der Bucht erreicht hatten. Zugleich war ihr bewusst geworden, dass Mythen nichts ewig Währendes sind, dass es möglich ist, sie als Mensch infrage zu stellen, ohne auf der Stelle von Gottes strafender Hand niedergestreckt zu werden.

Louise ließ ihren Blick über die Bucht wandern, über die Sandbänke weit draußen, wo das Meer sich allmählich vorwärtsschob, und schließlich über den Strand in Richtung Lemoulin. Die Spur ihrer Füße wirkte in der Weite verlassen, zerbrechlich – zweimal zwei Füße aneinanderhaftend, wie um nicht verloren zu gehen – und hatte zugleich etwas Zielstrebiges, Lineares, knickte erst kurz vor der Mole ab und wurde vom trockenen Sand ein paar Meter vor der Düne verschluckt.

Louise war Ida auf dem Weg zur Mole bereitwillig in das unbekannte Universum ihrer Urgroßeltern, Großeltern, Großtanten und Großonkel gefolgt, hätte sogar bei jeder der Geschichten nachhaken wollen, hätte gern mehr davon gehört, auch wenn ihr immer noch unklar war, warum Ida ihr all dies erzählte. Sie konnte sich des Gefühls nicht erwehren, dass nichts an der Erzählung zufällig war. Es handelte sich bei Idas Exkursen nicht um spontane Eingebungen, bei denen ein Wort das nächste gibt, bis man sich am Ende in den Verzweigungen einer Geschichte verliert, sondern um eine strukturierte Erzählung, die allen Verzweigungen zum Trotz auf ein Ziel zustrebe, von dem Louise nicht die geringste Ahnung hatte, was es sein konnte.

Louise wusste wenig über die Familie ihrer Mutter, über ihre Familie überhaupt. Ihre Großmutter Renée war im Jahr vor Louises Geburt gestorben, an einer nicht geklärten Infektion, soweit sie wusste, die sie sich bei einer Blinddarmoperation im Krankenhaus zugezogen hatte, und ihr Großvater Serge wenige Jahre später bei einem Autounfall. Marguerite erlag schon ein paar Jahre nach dem Krieg einem Lungenleiden, Tuberkulose, vermutete Louise, und es hieß, die Nonnen hätten sie in den Tod getrieben. Louise hatte als Kind gerätselt, wie Nonnen, die doch aufseiten Gottes standen, sich solch eines Verbrechens schuldig machen konnten. Alphonse und Théodora vermachten, als sie in Rente gingen, die Schreinerei ihrem ältesten Sohn Vincent und zogen in den Süden, so dass Louise sie von da an nur noch selten sah. Von Rose blieb eine vage Erinnerung an eine kleine, agile, aber auch einschüchternde Person. Das Haus mit dem Laden war nach Roses Tod verkauft und der Laden in ein Wohnzimmer umgestaltet worden. Wenn Louise als Kind an dem Haus vorbeikam, wusste sie, dass hier Tante Rose gelebt und dass ihre Mutter mit ihr im Laden gearbeitet hatte. Sie hätte jedoch der blauen Glaskugel keinen realen Ort zuweisen können. Die Kugel schwebte gleichsam losgelöst von ihrer Umgebung im Dämmerlicht, und ausgerechnet Ida, von der Louise bis vor ein paar Wochen nichts gewusst hatte, gab der Kugel ihren Platz zurück. Es war, als mache diese unwahrscheinliche, geteilte Erinnerung ihr erst bewusst, dass sie mit Ida verwandt war.

Über die Familie ihres Vaters wusste Louise noch weniger. Ihr Vater stammte aus der Gegend von Nancy, ihre Großeltern und die Verwandtschaft wohnten weit verstreut und waren, soweit Louise sich erinnern konnte, nie nach Belay zu Besuch gekommen. Umgekehrt hatten sie bei den Großeltern ein paar Mal auf der Durchfahrt in die Vogesen, wo sie die Osterferien verbrachten, Halt gemacht, aber ob sie dort übernachtet hatten, vermochte Louise nicht mehr zu sagen. Der Gedanke streifte sie, dass ihr Vater genau wie sie weggegangen sein und den Kontakt zu seiner Familie gemieden haben könnte, und für einen Moment wünschte sie, er säße an Idas statt neben ihr in den Dünen, und sie könnte ihn fragen, wofür sie sich vor seinem frühen Tod nicht interessiert hatte.

Immerhin konnte sie sich ein Bild von ihm als Kind machen, erinnerte sich an Bemerkungen, an Geschichten, wohingegen es von Paulette keine Bilder in ihrem Kopf gab. Louise konnte sich auch nicht entsinnen, sich jemals für Paulettes Kindheit und Jugend interessiert, jemals Fragen gestellt zu haben. Das fehlende Wissen war ihr nie wie ein Mangel vorgekommen, sondern wie ein Fakt, der zu ihrem Leben gehörte, wie der Geschmack für bestimmte Dinge oder eine bestimmte Art zu denken, zu handeln. Ihre Eltern hatten lange auf ein Kind gewartet und waren bei Louises Geburt schon einiges über dreißig gewesen, weshalb Louise nicht wie ihre Klassenkameraden noch lebende Großeltern, Großtanten und Großonkel besaß.

Mit einem Mal kam es ihr absurd vor, in der Geschichte von anderen zu stöbern und nichts über ihre eigene Familie zu wissen.

Sie nahm den Rucksack ab und ließ sich neben Ida nieder.

Es scheint in der Familie zu liegen, dass Töchter den Vornamen bevorzugen, wenn sie von ihren Müttern sprechen, sagte sie.

Louise hatte einfach dahergesagt, was ihr durch den Kopf ging, unvorbereitet, planlos. Wahrscheinlich war es das Beste, mit ihren Bemerkungen und Fragen nicht gegen den Strom schwimmen zu wollen, sondern sich treiben zu lassen.

Ida streckte die Hand nach Louises Rucksack aus und strich gedankenverloren über den Stoff.

Aber Paulette hat es nicht verdient, wandte sie ein.

Louise wusste nicht, was sie mit dieser Aussage anfangen sollte. Wie sie von ihrer Mutter sprach, hatte doch nichts mit Verdienst zu tun, mit Waagschalen, von denen sich mal die eine, mal die andere senkte, und wenn die angenehme Seite schwerer wöge, würde sie wieder »maman« denken, »ma mère« sagen?

Wie meinst du das, fragte sie und bemühte sich um einen sachlichen Ton. Ich habe ja keine Rechnung aufgestellt. Man spricht doch von den Menschen, die man kennt, wie es einem passend erscheint. Und eins ist sicher, ein Sonntagsspaziergang war es nicht, Paulette als Mutter zu haben. Das ist es natürlich mit keiner Mutter, keinem Vater, das liegt in der Natur der Sache, in allen Familien gibt es Konflikte. Aber bei Paulette gab es dieses diffuse Leiden, das über meinem Kopf schwebte, für das ich mich verantwortlich fühlte und das mir Angst machte. Man hat ja immer Angst, dass seine Eltern sterben.

Oder man wünscht es sich, warf Ida ein.

Na ja, erwiderte Louise, manchmal. Paulette war meist mit sich beschäftigt, so dass ich selbst entschied, was gut und was schlecht für mich war, jedenfalls in den ersten Jahren, als mein Vater noch als Handelsvertreter übers Land fuhr und nicht besonders präsent war. Ich habe, soweit ich weiß, nicht darunter gelitten, mir selbst überlassen zu sein, im Gegenteil, ich lebte gerne ungestört in meiner Welt. Problematisch wurde es, wenn Paulette sich völlig unvorhersehbar an mich erinnerte und mich entweder in ein selbstgenähtes Kleidungsstück zwängte und wollte, dass es mir gefiel, oder in meine Spiele eingriff, mir etwas verbot, das für mich längst selbstverständlich war. Ich glaube, das ist der Anfang meiner Wut gewesen, in die ich mich in unseren späteren Auseinandersetzungen so oft hineingesteigert habe. Dieses Gefühl, sie fällt in meine Welt ein, zerstört sie, zieht sich wieder zurück und lässt mich damit sitzen, aus einem mir ganz und gar nicht nachvollziehbaren Grund. Zum Beispiel die Heiligenfiguren, von denen du mir sagst, sie stammen von meiner Großmutter. Ich hatte sie in einer Kiste in der Garage gefunden und mit auf mein Zimmer genommen. Monatelang spielte ich damit, ohne dass Paulette sich dazu geäußert hätte, und eines Tages kommt sie herein, sieht mich spielen, sammelt die Figuren vor meiner Nase ein und zieht sie ohne Erklärung aus dem Verkehr. Oder die Geschichte mit dem Deutschlernen, warum hat sie so ein Theater darum gemacht? Fast kommt es mir so vor, als sei nicht ich gemeint gewesen. Rückblickend gibt es zwei Gefühle Paulette gegenüber: erstens Wut und zweitens ein diffuses Schuldgefühl, ihr Leiden könne etwas mit meiner Wut zu tun haben. Mein Vater war da ganz anders. Bei ihm gab es klare Regeln, was erlaubt und was verboten war, er fühlte sich nicht angegriffen von dem, was ich sagte oder tat. Dass Paulette und ich uns von Jahr zu Jahr weniger verstanden, hat ihn allerdings ziemlich mitgenommen. Er hat oft versucht zu beschwichtigen, schien aber genauso wenig wie ich zu verstehen, woran sich die Auseinandersetzungen entzündeten. Paulettes Launen haben ihn, glaube ich, oft ratlos gemacht, aber er war für sie da, wenn es ihr schlecht ging, hat ihr keine Vorwürfe gemacht oder versucht, sie zu ändern. Mein Vater konnte das, einen so nehmen, wie man war. Ich habe es ihm übel genommen, dass er gestorben ist, fühlte mich von ihm im Stich gelassen. Ich konnte mir nicht vorstellen, zukünftig allein bei Paulette zu leben. Aber ich wollte mein Abitur unbedingt haben, sonst wäre ich gleich abgehauen. Und dann bin ich nach Berlin gegangen.

Louise hielt inne, überrascht davon, wie viel sie Ida preisgegeben hatte von einer Geschichte, die niemanden etwas anging und die sie in dieser Ausführlichkeit bisher nur ihrer Freundin erzählt hatte.

Auf einmal wusste Louise, dass der Mann mit Fahrrad, der ihr in Berlin im Hausflur begegnet war, als sie gerade den Brief mit der Todesanzeige öffnete, Ida geähnelt hatte. Sofern jemand jemandem ähneln konnte, den man noch gar nicht kannte. Hätte der junge Mann sie an jemand anderen erinnert, wenn sie nicht Ida, sondern jemand anderen getroffen hätte? Gab es Koinzidenzen, die sich erst im Nachhinein als solche herausstellten?

Hast du Kinder?, fragte sie.

Ja, drei, antwortete Ida. Warum?

Nur so.

Louise überlegte, wie alt der Mann gewesen sein mochte und ob es sich bei ihm um Idas Sohn gehandelt haben könnte. Sie rief sich zur Vernunft. Zu viel Zufall, dachte sie.

Und du?, gab Ida die Frage zurück.

Nein, antwortete Louise. Ich bin ja erst neunundzwanzig.

Ida lachte.

Ich hatte mit neunundzwanzig meine drei Kinder schon.

Sie brach einen Halm Dünengras ab und ritzte Furchen in den Sand.

Hast du eigentlich Geschwister?, fragte sie.

Jetzt war es an Louise zu lachen.

Wenn ich bedenke, dass es offenbar nicht ganz einfach war, mich auf den Weg zu bringen, und Paulette mit dem Ergebnis völlig überfordert war, kann ich mir nicht vorstellen, dass meine Eltern es mit einem weiteren Kind auch nur versucht haben.

Noch etwas, was ich im Grunde nicht weiß, fügte sie in Gedanken hinzu.

Ida bedeutete ihr mit einer Geste innezuhalten und wies mit dem Kopf in Richtung Bucht. Als habe man sie aus dem Schlaf geweckt, rührten sich die Boote, hoben ihre Masten ein Stück, ließen sie wieder erschöpft aufs Wasser sinken und richteten sich schließlich wie unter Aufbringung sämtlicher Kräfte eines nach dem anderen auf. Sie schaukelten auf dem Wasser, und das gleichmäßige Klappern der Masten klang in der angespannten Stille über der Bucht merkwürdig laut. Draußen ragten von den Sandbänken nur noch die Kuppen hervor. Die Bojen, die die Fahrrinne markierten, schwammen schon auf dem Wasser, und unterhalb der Düne, auf der Ida und Louise saßen, rangen Fluss und Meer in heftigen Wirbeln um die Richtung.

Als Kind hatte Louise jedes Mal von Neuem fasziniert beobachtet, wie das Wasser bei Flut in den Burggraben ihrer Sandburg eindrang und die Burg nach und nach wegschwemmte. Sie sah sich am Strand, ein für ihr Alter großes, hellhäutiges Mädchen in einem T-Shirt bis zu den Knien, sah sich gemeinsam mit einem anderen, ähnlich gekleideten Mädchen stundenlang Sandburgen bauen, sich über die Tiefe des Grabens und die Anzahl der Hängebrücken austauschen, und später, wenn die Burg längst untergegangen war, in den Wellen toben. Abends tapste das Mädchen mit seiner Bettdecke über die knarrenden Dielen zu Louise herüber, und nebeneinander liegend erzählten sie sich alles, was am Tag von Bedeutung gewesen war. Wenn die Mutter Louise morgens weckte, lag das Mädchen wieder in seinem Bett.

Jetzt erinnerte sich Louise an ihren Namen. Emilie hatte während der Ferien eines Tages neben ihr am Strand gesessen, und Louise hatte sie gefragt, ob sie nicht ihre Schwester sein wollte. Sie lasen dieselben Bücher, mochten das gleiche Essen und konnten dieselben Klassenkameraden nicht ausstehen. Eines Tages holte Louise beim Tischdecken einen zusätzlichen Teller aus dem Schrank, ein Besteck, ein Glas. Als ihre Mutter aus der Küche in das Esszimmer kam, runzelte sie die Stirn.

Hast du jemanden eingeladen? fragte sie.

Louise fühlte sich ertappt, und obwohl sie fest entschlossen gewesen war, Emilie ihren Eltern vorzustellen, bereitete es ihr Mühe, den Namen auszusprechen, der bisher nur in ihrem Kopf existiert hatte. Noch schwerer fiel ihr das Wort »Schwester«, sie suchte nach den richtigen Silben, versuchte, sie wie Murmeln in die richtige Bahn zu befördern, da erhellte sich das Gesicht ihrer Mutter.

Du hast eine Freundin?

Ihre Mutter fand, dass Louise viel zu oft allein spielte und dass es ihr gutgetan hätte, mehr mit anderen Kindern zu tun zu haben.

Louise schüttelte den Kopf.

Emilie ist meine Schwester.

Sie warf den Satz ihrer Mutter vor die Füße, hastig, verschämt.

Sie hatte erwartet, dass ihre Mutter sie auslachen, ihren Vater rufen und sagen würde, hör dir das an, Louise behauptet, eine Schwester zu haben, aber das Einzige, was sie hat, ist zu viel Fantasie! Doch ihre Mutter schwieg und konzentrierte sich auf etwas, das sich draußen vor dem Fenster abzuspielen schien. Dann sagte sie in einem Ton, der keinen Widerspruch duldete, Emilie ist gar nichts. Du hast keine Schwester. Und jetzt deck den Tisch für drei, wie es sich gehört.

Wie es sich gehört. Louise hatte die Worte nachgesprochen wie die Laute einer fremden Sprache und hatte das Gedeck wieder in die Schublade geräumt.

Später beim Essen schenkte ihre Mutter schweigend Suppe aus, die in den Tellern dampfte. Man hörte nur das Geräusch der Löffel auf Porzellan, und Louise wagte kaum, den Löffel an den Mund zu führen, weil nicht nur Geräusche, sondern auch Bewegungen in der Stille Aufmerksamkeit auf sich zogen. Zum Nachtisch gab es Erdbeeren. Die ersten aus dem Garten, sagte ihre Mutter. Louise erinnerte sich an das leuchtende Rot und an den Duft, der sie ein wenig schwindelig gemacht hatte. Ihre Eltern begannen, sich über die Streikwelle im Land zu unterhalten und sprachen von Generalstreik. Es war eines der Wörter, von denen Louise wusste, wann es in ihren Wortschatz eingegangen war, denn sie erinnerte sich daran, dass sie sich gefragt hatte, welcher General wohl streikte und ob es sich um de Gaulle handelte. Doch die Erinnerung daran hatte sich von Emilie, vom Mittagstisch mit vier Gedecken, von der Szene mit ihrer Mutter gelöst.

Mit den vergessenen Bildern wurde auch die Beklemmung an die Oberfläche geschwemmt, die Kränkung, die sie damals empfunden hatte, das Gefühl der Bloßstellung durch ihre Mutter, der sie doch ihr größtes Geheimnis offenbart hatte. Und die Verwirrung, die sie empfand, denn die Eltern unterhielten sich, als habe es die Szene mit dem Tischdecken gar nicht gegeben.

Wahrscheinlich, dachte Louise und sah auf die schaukelnden Boote hinunter, hat Paulette Vater diesen Zwischenfall gar nicht erzählt. Sie fragte sich, wie es sein konnte, dass Emilie ihr entfallen war. Und ob sie die Beklemmung damals tatsächlich als solche empfunden oder erst als Erwachsene die passenden Sensoren dafür entwickelt hatte.

Noch immer hing eine abwartende Stille über der Bucht, in die hinein sich erst verhalten, dann immer lauter ein Rauschen erhob. In einer mächtigen Welle schob das Wasser sich landeinwärts, und die Fischerboote, die draußen vor der Bucht gewartet hatten, schossen ruckartig los. Alles schien plötzlich in Bewegung, musste in Bewegung sein, nichts konnte dem Wasser standhalten, selbst die aus riesigen Granitbrocken aufgestapelte Mole auf Dauer nicht, und erst recht nicht die Düne, auf der sie saßen. Das Schauspiel hatte seine Macht und Unheimlichkeit nicht eingebüßt, es rief bei Louise das gleiche Gefühl des Ganz-auf-sich-gestellt-Seins, der Verlorenheit hervor, das sie als Kind und Jugendliche angesichts der in die Bucht einströmenden Flut empfunden hatte.

Dann ebbte das Getöse ab, wich dem gleichmäßigen, sanftmütigen Platschen der Wellen, die an die Mole schwappten, die Möwen waren wieder zu hören, und hin und wieder das

Tuckern eines Bootsmotors. Die Bucht glich einer riesigen, bis zum Rand gefüllten Wanne.

Ungefähr an dieser Stelle, oberhalb der Mole mit Blick auf die Bucht, hatte Louise oft mit Grégoire gesessen. Sie kannte ihn von den Pfadfindern, bei denen ihre Eltern sie angemeldet hatten, freundete sich mit ihm an und vergaß nach und nach Emilie. Er war ihr Bruder, auch wenn Louise sich hütete, ihn je so zu nennen. Ihre Mutter duldete es, dass er bei ihnen am Tisch saß, wenngleich sie Louise zu verstehen gab, dass sie die Freundschaft mit ihm für übertrieben eng hielt.

Erst hast du keine Freunde, und dann kannst du dich von deinem Freund keine Minute trennen, du könntest auch mal den Mittelweg nehmen, beschwerte sie sich.

Grégoire war genauso alt wie Louise und in der Parallelklasse, sie durchlebten, bis auf die Einschulung, bei der sie sich noch nicht kannten, die wichtigsten Ereignisse ihrer Kindheit zusammen: die Kommunion, die Entdeckung der Rockmusik, den ersten Kuss.

Sie waren für den Sonnenuntergang mit den Rädern nach Lemoulin-Plage gefahren, hatten ihre Räder wie immer an eine Mauer gelehnt und waren das letzte Stück am Strand entlanggegangen. Grégoire war schweigsamer als sonst und ließ sich auch nicht mit Scherzen aus der Reserve locken. Er schien über etwas zu grübeln, doch auf Louises Nachfrage hin winkte er ab. Als sie oben auf der Düne ankamen, machte Louise es sich bequem, legte sich auf den Rücken, den Kopf auf die zusammengerollte Jacke aufgestützt, während Grégoire seltsam steif sitzen blieb. Als der Horizont den letzten Sonnenstrahl verschluckt hatte, stellte Louise die Frage, ohne die ein Sonnenuntergang kein Sonnenuntergang war.

Und, hast du das grüne Leuchten gesehen?

Statt wie üblich darauf einzugehen, beugte Grégoire sich zu ihr herunter und küsste sie. Nach einem Moment der Überraschung ging Louise auf den Kuss ein, aus Neugier und weil Grégoires Lippen weich waren und gut schmeckten, doch dann stieß sie ihn zurück, Grégoire, wir sind Geschwister!

In Grégoires Blick bekämpften sich Überraschung und Verzweiflung.

Sind wir nicht!

Nein, natürlich nicht, aber für mich bist du wie ein Bruder. Ich kann dich nicht küssen.

Später am Abend weinte Louise sich in den Schlaf, denn sie wusste, dass die Freundschaft mit Grégoire nicht mehr dieselbe sein würde und, auch wenn sie das nicht hätte in Worte fassen können, dass ihre Kindheit zu Ende war.

Noch immer stieg das Meer, man konnte es an der Mole beobachten, die nach und nach vom Wasser überspült wurde. Wenn das Meer seinen Höchststand erreicht hätte, würde eine plane Wasserfläche den Strand und die Bucht bedecken und vergessen machen, dass es zwischen ihnen, durch die Mole aufrechterhalten, eine Differenz von mehreren Metern Höhe gab. Louise merkte, dass sie, wie schon am Morgen auf dem Bahnsteig, Grégoire vermisste. Womöglich sollte sie ihren Aufenthalt verlängern und einen Abstecher nach Rouen machen. Aber um zu erfahren, ob Grégoire noch dort wohnte, müsste sie mit seinen Eltern sprechen und in Belay mehr als nur das Archiv des Rathauses aufsuchen, sie müsste sich im Ort bewegen, wäre sichtbar, würde womöglich Paulette begegnen. Die Vergangenheit war, nicht anders als die Gegenwart, ein Netz von Beziehungen, das man nicht einfach an einem Ende anpacken und bewegen konnte, ohne das gesamte Netz zu verrücken.

Louise wandte den Kopf und bemerkte, dass Ida sie beobachtete. Sie lächelte verunsichert und fragte, wobei ihr bewusst war, dass sie nur ihre Verunsicherung überspielte, woher wusstest du eigentlich, dass ich es bin, vorhin, auf der Beerdigung? Dass du mich auf Deutsch ansprechen kannst?

Ida ließ Sand durch die Finger rieseln.

Ich habe mich gefragt, wer die junge Frau mit der aparten Frisur wohl sein könnte, antwortete sie. Dann habe ich deinen Rucksack bemerkt. Ich kenne die Marke aus Deutschland, also habe ich mir gedacht, dass du Paulettes Tochter bist. Adrienne hat letztes Jahr erwähnt, dass du in Deutschland lebst. Sie hat nicht nur die Geschichte mit dem Fischer wiederholt, sondern auch andere Geschichten. Die Schallplatte, die man immer wieder abspielt. Und auf der Schallplatte gab es natürlich auch das Lied, sie habe alles für mich getan, und ich sei nach Deutschland, ausgerechnet nach Deutschland gegangen, wo wir doch so gelitten hätten unter den Deutschen. Was außer Frage steht, doch sie stellte es dar, als habe der Krieg ihr persönlich gegolten, als habe sie mehr als andere gelitten, dabei ist Honoré-le-Manoir im Vergleich zu anderen Orten auf der Halbinsel noch gut weggekommen. Viel besser als Belay zum Beispiel.

Das Aufnahmegerät, dachte Louise, ich muss das Aufnahmegerät aus dem Auto holen.

Ida nahm noch eine Handvoll Sand, ließ ihn diesmal durch die geschlossene Faust rieseln.

In einem Nebensatz, der mehr an sie selbst als an mich gerichtet war, meinte Adrienne, dass ein Faible für Deutschland wohl in der Familie läge, Paulettes Tochter lebe schließlich auch dort. Ich habe nachgehakt, denn ich wusste ja nicht einmal, dass es dich gibt. Ich wollte von Adrienne wissen, wann

Paulette dich bekommen hatte und wo genau du in Deutschland lebst, aber Adrienne hat nichts dazu sagen wollen.
Du wusstest nicht von mir?
Louise war die Frage herausgerutscht, sie bereute sie sofort. Es war schließlich nicht undenkbar, dass man von ihr nicht wusste. Außerdem hatte Ida sie nach Geschwistern gefragt und schien also genauso wenig über die Familie Duhamel Bescheid zu wissen wie Louise über die Familie Leconte. Aber Ida zeigte sich nicht erstaunt.
Nein, woher denn? Nach der Beerdigung meines Großvaters Georges habe ich den Kontakt zu meiner Familie abgebrochen. Obwohl es da nicht viel abzubrechen gab. Einzig Robert hat später, ein paar Jahre vor seinem Tod, begonnen, mich gelegentlich anzurufen.
Bist du eigentlich nicht auf seiner Beerdigung gewesen?, fragte Louise. Dann wären wir uns vielleicht schon einmal über den Weg gelaufen. Ich habe zu diesem Zeitpunkt ja noch bei meinen Eltern gewohnt.
Ida lachte.
Wer weiß, ob wir uns füreinander interessiert hätten? Ich habe damals lange überlegt, ob ich hinfahre oder nicht. Gerade weil Robert ab und zu zum Hörer gegriffen und sich nach mir erkundigt hatte. Aber Beerdigungen sind nicht für die Toten da, sondern für die Hinterbliebenen, und ich war nicht bereit, mich mit Adrienne und meinem Bruder auseinanderzusetzen. Und möglicherweise mit Paulette. Man kann sich in Belay ja tatsächlich ungeplant über den Weg laufen. Natürlich hat Adrienne mir letztes Jahr auch vorgeworfen, nicht zu Roberts Beerdigung gekommen zu sein. Du warst nicht auf der Beerdigung deines Vaters! Wahrscheinlich ist dir auch egal, ob ich im Sammelgrab lande oder im Straßengraben, hat sie gejammert.

Stiefvater, habe ich sie verbessert, zur Beerdigung meines Vaters hätte ich beim besten Willen nicht kommen können. Daraufhin hat sie beleidigt geschwiegen.

Die Bucht lag nun geradezu heiter im Spätnachmittagslicht, es schien unvorstellbar, dass sie jedes Jahr Menschen verschluckte, die sich ohne Kenntnis der Gezeiten auf den Weg nach draußen machten und nicht rechtzeitig umkehrten.

Unvermittelt fragte Ida, und Louise verstand nicht sofort, wovon sie sprach, warum hast du dir die Haare so kurz schneiden lassen?

Meine Haare? Louise strich sich über den Kopf, wie um sich zu vergewissern, dass das, wovon die Rede war, noch existierte. Ich habe sie nicht kurz geschnitten, sondern völlig abrasiert. Ich wollte niemanden damit provozieren, sondern einfach wissen, wie sich das anfühlt. Es hatte nur mit mir selbst zu tun, auf der Straße habe ich immer eine Mütze getragen. Aber vor ein paar Wochen habe ich damit aufgehört. Ich finde, mein Haarschnitt kann jetzt als Frisur gelten. Als aparte Frisur, wie du es so schön formuliert hast.

Ida blickte sie skeptisch an.

Sollen wir zurückgehen?, fragte sie.

Auszug aus Idas Aufzeichnungen,
datiert *Sommerferien 1938 bis 3.9.1939*
(Kriegserklärung Frankreich an Deutschland),
überschrieben mit
Lemoulin-Plage, Honoré-le-Manoir I

Ich war elf, als Paulette mir 1938 am Ende der Sommerferien eröffnete, dass Robert nicht mein Vater war. Wie jedes Jahr verbrachten wir die Ferien in dem von Jean erbauten Chalet in Lemoulin-Plage. Lemoulin liegt ungefähr sechs Kilometer südwestlich von Belay, besteht, wie viele Dörfer dieser Gegend, aus zwei Ortsteilen, dem von der Küste etwas entfernten Dorfkern und dem Stranddorf, das ursprünglich aus kaum mehr als ein paar Fischerhütten bestanden haben dürfte, längst jedoch zu einem Feriendorf angewachsen ist.

Kurz vor den Sommerferien lüftete und putzte Renée das Chalet für gewöhnlich und zog mit uns Kindern für zweieinhalb Monate dort ein. An den Wochenenden kamen Serge, Alphonse und Théodora mit ihren zwei Söhnen und manchmal Rose zu Besuch. Nanie und Großvater Georges habe ich nie dort erlebt. Wäre es nach ihnen gegangen, hätte ich nicht mitdürfen, denn das Meer war für sie in erster Linie ein Ort, an dem man ertrank. Doch man verbrachte nun mal seine Sommerferien mit seinen Cousins, und weil es väterlicherseits keine Cousins in Reichweite gab, ließen sie mich schweren Herzens ziehen. Hätten sie gewusst, dass wir die meiste Zeit unbeaufsichtigt am Strand und in den Dünen spielten, wären sie entsetzt gewesen.

An dem Morgen, an dem ich erfuhr, dass Robert nicht mein Vater war, veranstalteten Paulette und ich ein Strandfloh-Wettrennen. Während Paulette versuchte, ihren Strandfloh mit einem Halm Dünengras zu größeren Sprüngen zu bewegen, sagte sie beiläufig: »Aber es ist doch gut, dass dein Stiefvater deine Mutter trotz allem geheiratet hat und dich als sein Kind anerkennt.«

Im Graben, der als Rennstrecke diente – wenn man ihn tief genug aushob, konnten die Strandflöhe nicht herausspringen, und man musste nur darauf achten, dass sie sich nicht in den Sand bohrten und verschwanden –, näherte sich Paulettes Strandfloh dem meinen, der bis dahin einen Vorsprung gehabt hatte.

»Was soll das heißen«, fragte ich, während ich versuchte, Paulettes Worten einen Sinn zu geben. »Was soll das heißen, mich als sein Kind anerkennt? Ich bin sein Kind. Ich habe keinen Stiefvater. Und was meinst du mit ›trotz allem‹?« »Nein, du bist nicht sein Kind«, erwiderte Paulette triumphierend. »Er hat deine Mutter geheiratet, als sie schon schwanger war.« Sie fügte mit verschwörerisch gesenkter Stimme hinzu: »Und zwar nicht von ihm.«

Paulettes Strandfloh überholte meinen kurz vor der Ziellinie.

»Gewonnen!«, rief sie. »Du musst mir nachher ein Stück von deiner Schokolade abgeben!«

Ich starrte auf meinen Strandfloh, der versuchte, die Wand des Grabens zu erklimmen, sich festklammerte, wieder abrutschte und schließlich begann, mit seinen winzigen Beinen Sand hinter sich zu schaufeln, bis er in der Wand verschwunden war, und dachte, dass er es gut hatte, einfach so verschwinden zu können.

»Wenn du solche Lügen verbreitest, bekommst du nicht das

kleinste Eckchen von meiner Schokolade«, sagte ich. »Und woher willst du das überhaupt wissen?«

Paulettes Gesicht nahm einen siegesgewissen Ausdruck an.

»Ich bin gestern Abend, als du schon schliefst, noch einmal aufgestanden und habe oben an der Treppe meine Eltern belauscht.«

»Und was haben deine Eltern gesagt?«, fragte ich und schüttete den Graben zu.

Paulette protestierte.

»He, was machst du da? Wir können doch noch eine Runde Wettrennen machen!«

»Ich habe keine Lust mehr«, erwiderte ich. »Also, was haben sie gesagt?«

»Dass deine Mutter Glück gehabt hat. Nicht jeder Mann hätte eine Frau geheiratet, die von einem anderen schwanger ist. Und dass du ihnen leidtust, weil deine Mutter so hart zu dir ist. Ist deine Mutter hart zu dir?«

»Meine Mutter ist nicht hart«, sagte ich, »sie muss sich nur erholen.«

Mit zusammengebissenen Zähnen stapfte ich durch den heißen Sand zurück zum Chalet. Wie konnte Robert nicht mein Vater sein, wenn meine Eltern doch verheiratet waren? Würden mir die Kinder von nun an »Bastard« hinterherrufen wie den Kindern der Eierfrau in Lemoulin-Plage? Aber die Eierfrau hatte keinen Mann, wohingegen wir eine richtige Familie waren, auch wenn ich vorübergehend bei meinen Großeltern lebte.

Ich musste herausbekommen, ob Paulettes Behauptung stimmte und wer mein richtiger Vater war, durfte jedoch nicht preisgeben, dass Paulettes Bemerkung mich zu meinen Nachforschungen veranlasste. Wir hatten geschworen, uns alle Geheimnisse zu erzählen und die andere niemals zu verraten, und den Schwur mit unserer Blutsschwesternschaft besiegelt.

Im dunklen Inneren des Chalets brauchte ich eine Weile, bevor ich Renée und Serge erkennen konnte. Sie schienen überrascht, mich zu sehen. »Schon zurück?«, fragte Serge und rückte ein wenig von Renée ab.

Renée stand auf.

»Bist du sicher, dass du nicht lieber noch weiter mit Paulette spielen willst?«

Ich nickte.

»Habt ihr euch gestritten?«, fragte sie.

Ich merkte, wie mir die Tränen kamen und schüttelte erneut den Kopf.

»Stimmt«, Renée schlug sich mit der Hand an die Stirn. »Wir hatten abgemacht, dass du mir beim Bettenmachen hilfst. Aber weißt du was, viel nützlicher wäre es, wenn du Eier für das Omelette heute Mittag holen würdest.«

Die Eierfrau lebte am anderen Ende von Lemoulin-Plage mit ihren acht Kindern und unzähligen Hühnern in einem kleinen, ewig feuchten und nach Hühnermist stinkenden Haus, in dem die Hühner auf den Möbeln herumstolzierten. Ging es ums Eierholen, versuchten wir, uns davor zu drücken, bestritten, an der Reihe zu sein, tauschten das Eierholen gegen unsere nachmittägliche Madeleine oder Schokolade ein.

Jetzt war ich froh über die Gelegenheit, mir die Kinder der Eierfrau von Nahem ansehen zu können, mit denen ich plötzlich und auf unerwartete Weise verbunden war, zumindest wenn Paulette recht hatte. Was bedeutete es, einen Stiefvater zu haben? Ich kannte nur Stiefmütter aus den Märchen, und die waren böse, ihre Stieftöchter arm und hässlich, bis ihre wahre Schönheit schließlich von einem Prinzen offenbart wurde.

Im Dünengras vor dem Haus der Eierfrau scharrten Hühner, ich hörte die Kinder hinter dem Haus spielen, vernahm die durchdringende Stimme der Eierfrau. Ich betrachtete die verschlossene Tür und malte mir aus, wie es wäre, hier zu wohnen, nach Hause zu kommen und von meinen Bastard-Geschwistern begrüßt zu werden. Doch selbst wenn ich die Augen zusammenkniff und mich konzentrierte, stellte sich kein unbekanntes Gefühl ein. Also hatte Paulette recht. Ich hatte schon immer in einem Bastard-Körper gelebt, ohne es zu merken.

Ich klopfte und betrat das Haus. Die Eierfrau stand am Herd und rührte in einem großen Topf. Auf der Ablage neben dem Herd saß ein Huhn, und ich fragte mich, ob die Eierfrau das Huhn gleich packen und in den Topf stecken würde. Ein Hahn lief aufgeplustert auf dem Tisch herum, zwei Hühner pickten Krumen unter dem Tisch auf. Ich unterdrückte den Ekel und sah mich verstohlen in der Küche um, während die Eierfrau vorsichtig meinen mit Stroh ausgelegten Eimer füllte. Ich entdeckte nichts, was ich mit meinem Leben in Verbindung hätte bringen können. Weder bei Nanie noch bei Adrienne gab es angeschlagenes Geschirr, das sich neben der Spüle stapelte, es gab keine heruntergekommenen Stühle, keinen Sprung im Fensterglas. Ich konnte kein Bastard sein, wenn sogar der Geruch der Suppe, die in dem Topf kochte, anders war, als ich ihn kannte.

Auf dem Rückweg dachte ich darüber nach, wie sich mein Leben verändern würde, sollte Robert wirklich nicht mein Vater sein. Wären wir noch eine richtige Familie? Zählten Stiefväter wie Väter? In Gedanken versunken schob ich das Tor zum Chalet auf, setzte auf dem ausgetretenen Pfad zur Terrasse wie immer einen Fuß vor den anderen, als balancierte ich auf einem Seil, da hörte ich eine bekannte Stimme, die nicht hierher gehörte. Auf der Terrasse stand – wie die Frauen in Roses Modezeitschriften in locker fallender Strandkleidung und Sonnenhut – Adrienne. Ich war so überrascht, dass ich ihr den Eimer entgegenstreckte.

»Was soll ich mit dem Eimer«, sagte sie und stellte ihn mit einer ungeduldigen Geste auf den Terrassentisch hinter sich. Ich glaubte, das Knacken der Eierschalen zu hören, die zerbrachen. »Pack deine Sachen, du fährst heute mit mir nach Honoré. Wir müssen den letzten Zug in Belay noch bekommen.«

Renée versuchte, Adrienne davon zu überzeugen, noch ein paar Tage im Chalet mit uns zu verbringen, doch Adrienne lehnte ab. »Ich kann meine Männer nicht so lange allein lassen«, sagte sie.

Serge hantierte hinter dem Haus an seinem Boot herum und kam nur kurz herein, um anzukündigen, er führe nun doch hinaus, es gäbe gerade reichlich Wolfsbarsch vor der Küste. Wolfsbarsch war Paulettes und mein Lieblingsfisch, und ich dachte, dass Paulette an diesem Abend meine Portion haben könnte. Paulette wiederum verzichtete auf die ihr zustehende Schokolade, als sie hörte, dass Adrienne mich mitnehmen würde.

»Aber was ist mit dem Internat«, fragte sie, »kommst du nach den Ferien aufs gleiche Gymnasium wie ich oder gehen die Schüler von Honoré auf ein anderes?«

»Ich komme auf gar kein Gymnasium«, antwortete ich.

»Auf gar kein Gymnasium? Aber du hast doch die Prüfung bestanden!«

Ich zuckte mit den Schultern. »Um Volksschullehrerin zu werden, hätte ich sowieso kein Gymnasium gebraucht. Die Ergänzungskurse kann ich in Honoré bestimmt genauso gut besuchen.«

Ich behielt für mich, was Adrienne gesagt hatte, als Renée aus der Küche gegangen war, um die zwei kaputt gegangenen Eier draußen zu entsorgen. »Aufs Internat zu gehen ist etwas für Notarstöchter wie Paulette. Wir haben nun mal das Geld dafür nicht. Genau deshalb hole ich dich.«

»Ich habe ein Stipendium fürs Internat«, hatte ich protestiert.

»Stipendium hin oder her«, hatte Adrienne geantwortet, »es bin immer noch ich, die über deine Ausbildung entscheidet.«

Adrienne entschied auch, dass es nicht nötig war, sich von Nanie und Großvater zu verabschieden.

»Verabschieden!«, schnaubte sie. »Du tust ja geradezu, als würde ich dich entführen. Nanie und Großvater wissen Bescheid. Ich habe vorhin deine Sachen geholt und zur Gepäckaufbewahrung zum Bahnhof gebracht. Du kommst jetzt nach Hause, zu deiner Familie.« Und in bemüht versöhnlichem Ton fügte sie hinzu: »Freust du dich denn nicht?«

Wir hatten die Strecke von Lemoulin-Plage nach Belay zu Fuß zurückgelegt und den Bahnhof erreicht. Ich war erschöpft und hatte Mühe, mit Adrienne Schritt zu halten.

»Paulette hat behauptet, Robert sei nicht mein Vater,« sagte ich, außer Atem. Adrienne blieb abrupt stehen, drehte sich um. Ihr Gesichtsausdruck erinnerte mich an Roses, als diese mit der fliederfarbenen Bluse in der Hand Augustine durch die Scheibe des Ladens nachgesehen hatte. »Woher will Paulette das wissen?«

Ich druckste herum, hoffte, dass Paulette mildernde Umstände geltend machen würde, und gab schließlich zu: »Sie hat es von Serge und Renée. Sie hat gelauscht.«

»Und haben Serge und Renée sonst noch etwas gesagt?«, fragte Adrienne argwöhnisch.

Ich schüttelte den Kopf. »Aber hat Paulette nun recht?«

Adrienne ließ sich am Bahnsteig auf eine Bank sinken, machte mir ein Zeichen, mich neben sie zu setzen, und erzählte mir die Geschichte von dem Fischer, von der sie nie wieder abgewichen ist und von der ich bis heute überzeugt bin, dass sie sie erfunden hat.

»Ich hatte an dem Morgen ein komisches Gefühl«, begann sie. »Am liebsten wäre mir gewesen, dein Vater wäre an dem Tag gar nicht zum Fischen rausgefahren. Aber man muss ja von etwas leben, mit der Spinnerei allein kommt man nicht über die Runden. Immerhin habe ich deinen Vater überzeugen können, nicht mit dem Boot hinauszufahren, sondern zu Fuß fischen zu gehen. Nach ein paar Stunden fuhr ich mit dem Rad los, um ihn abzuholen, wie ich es oft tat. Es herrschte besonders heftiger Gegenwind, so dass ich etwas länger brauchte als geplant. Als ich ankam, ragten von den Felsen draußen nur noch Inseln aus dem Wasser. Ich dachte, dein Vater sei vielleicht früher zurückgegangen, dann habe ich sein Fahrrad entdeckt. Ich fragte die anderen Fischer, ob sie deinen Vater nicht gesehen hätten, doch sie zuckten nur mit den Schultern. Ich wartete noch, bis das Meer bei den Dünen angekommen war, wartete, bis es dunkel wurde und das Meer sich längst wieder zurückgezogen hatte. Und du hast in mir gestrampelt, als wüsstest du Bescheid. Dein Vater ist nicht wiedergekommen. Gott hab ihn selig.«

Ich weiß noch, dass ich am liebsten geweint hätte. Ich hatte einen Vater verloren, einen Vater bekommen, einen Vater verloren. Ich fuhr zu meiner Familie, die nicht mehr meine Familie war, oder nicht ganz. Ich würde nach den Sommerferien auf eine andere Schule gehen als Paulette, und nicht auf ein Gymnasium. Doch ich schluckte die Tränen herunter. Meine Mutter holte mich zu sich nach Hause. Das war, worauf ich all die Jahre gewartet hatte. Jeder andere hätte sich gefreut, nur ich war traurig, und das machte mich noch trauriger. Ich war froh, als der Zug in Belay einfuhr und ich Adrienne helfen konnte, die Taschen in den Zug zu hieven. »Bist du schon einmal Zug gefahren?«, fragte sie. Sie schien enttäuscht, als ich nickte. »Mit Nanie bin ich ein paar Mal in Coutances gewesen.« Ich nahm mir vor, sie zukünftig nicht mehr zu enttäuschen und mich einer richtigen Familie würdig zu erweisen.

Während die Landschaft vor dem Zugfenster an mir vorbeizog, dachte ich, dass ich von nun an kein Bastard mehr, sondern eine Halbwaise war, was mich ein wenig tröstete. Wie mochte mein Vater ausgesehen haben? Groß und breitschultrig, mit rotblondem Haar wie ich und dem wettergegerbten Gesicht der Fischer von Lemoulin-Plage? Ich stellte mir vor, wie er im dunkelblauen, engmaschigen Seemannspullover in der Ferne auf einem Felsen stand und winkte, schon ganz vom Wasser eingekreist, und ich war die Einzige, die es bemerkte, aufsprang und rufend und gestikulierend den Bademeister alarmierte. Der kam aus seinem Wachturm gerannt, blies in seine Trillerpfeife, und schon stürzten mehrere Männer mit einem Rettungsboot zum Wasser hinunter, sprangen ins Boot, ruderten im Gleichtakt und holten meinen Vater vom Felsen. Am Ende klopfte mir der Bademeister auf die Schulter, und mein Vater schloss mich mit Tränen in den Augen in seine Arme. »Du hast mich gerettet«, sagte er, und der Pullover kratzte an meiner Wange. »Das werde ich dir nie vergessen.«

Als der Zug in Honoré einfuhr, sagte Adrienne: »Die Geschichte mit dem Fischer behältst du für dich. Robert kennt sie sowieso schon, es ist nicht nötig, ihn damit zu belasten. Er ist ein guter Vater, lass ihn damit in Ruhe, hörst du? Und erzähl nichts deinem Bruder, du weißt, er ist empfindlich und hat eine schwache Gesundheit.«

In dem Jahr, das ich in Honoré-le-Manoir verbrachte, war François allerdings kein einziges Mal krank. Vielmehr sprühte er vor Energie und setzte sie dafür ein, mir das Leben schwer zu machen. Er wühlte in meinen Sachen, versteckte meine Schuhe, und einmal legte er mir eine tote Maus ins Bett und behauptete, sie sei unter der Bettdecke erstickt. Adrienne nahm ihn in Schutz, schob sein Alter, seinen Gesundheitszustand oder ihr eigenes Bedürfnis nach Ruhe vor, um zu rechtfertigen, warum sie ihn nicht zur Verantwortung zog. Robert vergrub sich, wenn er von der Arbeit kam, hinter seiner Zeitung, die er, das mag seine Art zu kommunizieren gewesen sein, laut kommentierte. »Unsere Regierung hat mit Ribbentrop einen Nichtangriffspakt geschlossen. Das ist doch mal etwas Sinnvolles. Deutschland erkennt unsere Grenze an.« Und ein paar Monate später, als sich abzeichnete, dass England und Frankreich Polen im Falle eines deutschen Angriffs militärische Unterstützung gewähren würden, hörte man ihn hinter seiner Zeitung murmeln: »Warum sollen wir für Danzig sterben?« Manchmal lächelte er mir zu, aber nur dann, wenn Adrienne nicht im Raum war. Immerhin bevorzugte er François nicht, so dass ich mich fragte, ob François wirklich sein Sohn war oder ob er ebenfalls einen ertrunkenen Fischer zum Vater hatte und es nur noch nicht wusste.

Es war nicht so, dass Adrienne sich gar nicht um mich bemüht hätte. Einmal nahm sie mich mit in den Zirkus, ohne François, »unter Frauen«, wie sie sagte.

»Ist das dein erster Zirkusbesuch?«, fragte sie, und ich war erleichtert, dies ohne zu lügen bejahen zu können. Die Akrobaten, die dressierten Tiere, der Clown begeisterten mich, doch ich vermochte nicht, Adriennes Gegenwart neben mir zu vergessen. Ihr unverhofftes Interesse verwirrte mich, und als sie mir in der Pause Zuckerwatte kaufte und betont unbefangen mit mir plauderte, wäre ich am liebsten wieder nach Hause gegangen. Natürlich hoffte ich, sie werde mich von nun an genau wie meinen Bruder verwöhnen. Eine Mutter liebt ihr Kind, das war allgemein bekannt, und wenn Adrienne mich nicht liebte, lag es daran, dass ich mich noch nicht genug bemühte.

Ich wohnte in einer winzigen Kammer, die zuvor als Abstellraum gedient hatte. »Gerümpel gehört in die Abstellkammer«, sagte mein Bruder, als ich meinen Koffer auspackte und versuchte, meine Habseligkeiten in dem übervollen Wandschrank der Kammer unterzubringen.

Von Paulette erhielt ich regelmäßig Post. Die ersten Briefe öffnete Adrienne noch. »Wir haben keine Geheimnisse voreinander«, sagte sie, doch bald ließ ihr Interesse nach. Einmal versuchte François, einen von Paulettes Briefen über einer Flamme zu öffnen. Sogar Robert ließ sich dazu bewegen, Stellung zu beziehen, und verbot ihm, meine Briefe anzufassen. Es war das einzige Mal in dieser Zeit, dass er sich vor meinen

Augen für mich eingesetzt hat. Danach verschwand er wieder, als hätte dieses eine Mal ihn alle Energie gekostet, hinter seinen Zeitungen.

Wenn ich von der Schule nach Hause kam, galt mein erster Blick dem Küchenschrank, wo Paulettes Briefe mich erwarteten. In ihnen erzählte sie mir von ihrem Leben im Internat, von Belay, von Nanie, Rose, Renée.

Hier ist alles beim Alten, schrieb sie, und in der Schule fehlst du. Es wäre viel lustiger, wenn ich mit dir über die Lehrerinnen lästern könnte, über die eingebildeten Klassenkameradinnen.

Ich vermisse euch alle, schrieb ich zurück, aber ich bin froh, dass ich bei meiner Familie bin.

Ich hielt mich an Adriennes Ermahnung und erzählte Paulette nicht, dass ich herausgefunden hatte, wer mein wirklicher Vater gewesen war. Paulettes Briefe sammelte ich in einer Schachtel, die ich in den Tiefen des Wandschranks meiner Kammer versteckte, zwischen all den Dingen, die hätten weggeworfen werden müssen, von denen Adrienne sich jedoch nicht trennen konnte. Immerhin barg das Gerümpel im Wandschrank Verstecke, die sogar François entgingen, der meine Kammer und den Wandschrank, wie ich an winzigen Verschiebungen bemerkte, regelmäßig durchforstete.

Wenn Adrienne ihre Launen an mir ausließ und mich dumm, kindisch oder selbstsüchtig schimpfte, stellte ich mir vor, mein echter Vater würde noch leben und stünde eines Tages unerwartet vor der Tür. »Du hast mir einmal das Leben gerettet«, würde er sagen, »deshalb nehme ich dich jetzt mit auf eine Reise um die Welt.«

Denn dahin war mein echter Vater in Wirklichkeit verschwunden: in die Welt. Ich malte mir die Reise in all ihren Details aus und ließ mich dabei von Phileas Foggs Abenteuern inspirieren, die ich mit Begeisterung las, nachdem ich das Buch aus dem Zimmer meines Bruders entwendet hatte. Mein Vater und ich kehrten in meiner Fantasie allerdings niemals von unserer Reise zurück, denn wie hätte ich meinen Vater und Robert in ein und derselben Geschichte unterbringen sollen?

Als Adriennes Geburtstag nahte, beschloss ich, ihr etwas Besonderes zu schenken, und nicht wie die anderen Kinder ihren Müttern Schokolade oder Blumen. Dieses Zeichen könnte sie unmöglich übersehen und würde mir endlich ihr Herz öffnen. Renée hatte mir ein paar Wochen zuvor bei einem Besuch in Honoré Geld zugesteckt und geflüstert: »Hier, das ist schon mal für deinen Geburtstag. Kauf dir etwas Schönes für dich, und wenn Adrienne fragt, woher du das Geld dafür genommen hast, so sag ruhig, dass es von mir kommt.«

Es reizte mich, das Geld für Süßigkeiten auszugeben, die ich vor den Augen meines Bruders genussvoll verspeisen würde, ohne ihm etwas davon abzugeben, doch dann fiel mir Adriennes Geburtstag ein. Wenn meine Mutter mich am Ende lieben würde, so war dies ohne Zweifel auch etwas Schönes für mich.

Ich musste nicht lange darüber nachdenken, was ich ihr schenken wollte. Meine Tischnachbarin in der Schule besaß einen roten Druckbleistift mit Radiergummi. Ich hätte gerne einmal damit geschrieben und vor allem radiert, doch sie gab ihn nicht aus der Hand. »Er ist zu wertvoll, um ihn zu verleihen«, sagte sie.

Etwas, das zu wertvoll war, um es zu verleihen, war genau das Richtige für meine Mutter. Ich betrat mit klopfendem Herzen den Laden, denn ich hatte noch nie eigenes Geld besessen und immer nur für Nanie, Théodora oder meine Mutter eingekauft.

Doch der Schreibwarenhändler behandelte mich, als sei ich erwachsen, fragte, ob er den Stift als Geschenk einpacken solle, wickelte die Schachtel in rosafarbenes, seidiges Papier und versenkte das Geschenk in einer hellblauen Tüte. Vorsichtig schob ich sie in meinen Ranzen und versteckte sie zuhause im Wandschrank.

An Adriennes Geburtstag war ich bereits im Morgengrauen wach. Ich holte die etwas geknickte Papiertüte aus ihrem Versteck und stellte sie neben mein Kopfkissen. Im Liegen streichelte ich sie und flüsterte ihr liebevolle Worte zu, wie ich sie gleich von meiner Mutter zu hören bekäme. »So etwas Schönes hat mir noch niemand geschenkt«, sagte ich und legte in den Blick, mit dem ich die Tüte ansah, alle mir zur Verfügung stehende Zärtlichkeit.

Als ich endlich meine Eltern die Treppe hinuntergehen hörte, stand ich auf, zog mein schönstes Kleid an und stieg mit der hellblauen Tüte in der Hand langsam die Treppe hinunter. Feierlich überreichte ich meiner Mutter die Tüte. Sie nahm sie wortlos entgegen, warf einen Blick hinein und fischte mit zwei Fingern das rosa Päckchen heraus. Hinter mir hörte ich meinen Bruder kichern. Meine Mutter schaute von dem Päckchen zu mir und wieder zurück, entfernte das rosa Papier, hob den Deckel der Schachtel, hielt einen Moment verblüfft inne und brach in schallendes Gelächter aus. »Das sieht dir ähnlich«, sagte sie, »viel Wind um nichts!« Sie hielt mir die offene Schachtel entgegen. Darin lag ein alter, angekauter Bleistiftstummel.

Es war, als hätten ausgerechnet die Kriegsgötter meine Gebete erhört, die ich von nun an allabendlich an den Himmel richtete, lieber Gott, mach, dass Nanie mich zurückholt.

An Maria Himmelfahrt nahm mich Adrienne mit nach Belay und fragte Nanie: »Kannst du Ida für den Rest der Ferien behalten? Ich muss übermorgen wieder arbeiten, und mit zwei Kindern zuhause schaffe ich das nicht. Ich hole sie Ende September wieder ab.«

Zwei Wochen später überfiel Deutschland Polen, und am 3.9.1939 erklärte Frankreich Deutschland den Krieg. Meine Mutter schrieb, ich sei besser in Belay aufgehoben als in Honoré-le-Manoir, denn das läge schließlich näher an Deutschland und somit am potentiellen Kampfgeschehen.

Paulette
(Warten 3)

Rührend, dass Vincent noch vorbeigeschaut, ihr ein Aspirin gebracht hatte, ein Glas Wasser, einen kühlen Waschlappen für die Stirn, rührend, wie sich in letzter Zeit alle um sie sorgten, wie sie fragten, ob alles in Ordnung sei. Natürlich war alles in Ordnung, obwohl man erst einmal hätte bestimmen müssen, was Ordnung bedeutete, es war einfach nur zu spät für so viel Rührung, für so viel Umsorgen, da hätten sie früher dran denken müssen, als sie sich von morgens bis abends allein um das große, sperrige Kind kümmerte. Ihr Mann unterwegs, immer im Auftrag seiner Firma unterwegs, und sie zuhause, in diesem Nest, wo sie die Blicke der Leute spürte, wenn sie Louise im Kinderwagen vor sich herschob. Die Leute beugten sich über den Kinderwagen und lächelten, sie sagten, ach wie süß, aber ihre Augen lächelten nicht, ihre Augen suchten nach Ähnlichkeiten mit dem Vater, denn wer konnte schon wissen, ob er wirklich der Vater war, einmal Hure immer Hure, dachten sie, das spürte Paulette, das hörte sie wispern hinter den Türen, den Fenstern, und wenn sie sich vor dem Wispern ins Haus flüchtete, schrie das Kind, ließ sich nicht beruhigen, war nur ruhig, wenn man es spazieren fuhr, als würde das Kind von dem Wispern, vor dem sie floh, beruhigt. Statt des Glücks nur Geschrei, und keiner da, der sich um sie sorgte, der ihr gesagt hätte, wie man das Kind zum Schweigen brachte, bring endlich jemand das Kind zum Schweigen! Warum hatte Renée nicht mit dem Sterben gewartet, warum hatte sie ihr nicht beigestanden, dafür waren doch Mütter da, dass sie einem beistanden, wenn man selbst Mutter wurde. Aber was war das überhaupt, Mutter werden, was, wenn die Verwandlung von einer Nichtmutter in eine Mutter missglückte, an wen wandte man sich? Gewiss nicht an Alphonse, gewiss nicht an Théodora mit ihrem falschen Mitgefühl, wie geht es dir, immer diese säuselnde Stimme, diese umherwandernden Augen, immer unruhig ihre Augen, immer auf der Lauer. Gewiss nicht an Rose mit ihrer Strenge, die an Härte grenzte, und erst recht nicht an Adrienne, an Adrienne zu allerletzt. Im ersten Sommer nach der Geburt, während der Ferien im Chalet in Lemoulin-Plage, war das Kind ruhiger geworden, schrie nicht mehr so oft, schlief die Nächte durch, und wenn sie mit dem Kinderwagen auf einer Bank an der Strandpromenade saß und das Kind im Schlaf die Lippen spitzte oder schmatzte, stieg etwas in ihr auf, das sie sogar als Glück zu bezeichnen gewillt gewesen wäre, wenn es nur etwas länger angehalten, diesem Morgen standgehalten hätte, an dem sie früher als ihr Mann wach geworden war, leise aufstand, vor die Tür trat, der Stille, dem Geschrei der Möwen in der Ferne lauschte, die salzige, noch frische Luft einatmete und Lust bekam, mit dem Kind zum Strand hinunterzugehen, Lust bekam, den Morgen und die Stille mit ihm zu teilen. Sie war ins Zimmer zurückgeschlichen und hatte gesehen, dass es wach lag, mit den Armen wedelte, gar nicht so sperrig, eigentlich sogar recht hübsch war, sie hatte in der Küche ein Fläschchen erwärmt, das Kind gefüttert, es in den Wagen gelegt und das Chalet verlassen. Das Meer weit draußen zog sich schon zu einem blauen Streifen zusammen, kaum dunkler als der Himmel, der sich in den nassen Flächen des Sandes spiegelte, so dass man nach einer Weile nicht mehr wusste, was oben und was unten war, Paulette wollte die riesige Sandfläche durchmessen, wollte an die Grenze des Wassers und darüber hinaus wandern, bis von ihr und dem Kind nur der Himmel bliebe, bis sie sich auflösten in diesem Blau. Es war viel einfacher als gedacht, den Kinderwagen auf dem feuchten Sand zu schieben, obwohl die Räder ein wenig einsanken und knirschten, wenn sie sich durch den Sand frästen. Paulette betrachtete die Spur, die sie hinterließ, zwei Schlangenlinien und dazwischen ihre Füße, sie schaute wieder in Richtung Meer und verspürte den Drang zu rennen, zu schreien oder zu lachen, doch als sie sich nach vorne beugte, um Schwung zu holen, begann das Kind zu weinen, schraubte seine Stimme in den Himmel, schrie und schrie und hörte auch nicht damit auf, als sie es aus dem Wagen holte, ihm das Meer zeigte, den Sand. Dem Kind war das egal, es sperrte den Mund auf und brüllte, Paulette blickte sich um, ob jemand es hören konnte, doch so früh am Morgen waren nur ein paar Traktoren und Boote in der Ferne zu sehen, und das Kind brüllte, wollte ihr Glück nicht, nicht einmal ihr kleines Stück Glück an diesem Morgen am Strand, sie steckte das Kind wieder in den Wagen und ließ den Wagen mit dem brüllenden Kind stehen. Natürlich hatte sie das Kind zurückgeholt, sonst gäbe es Louise heute nicht, auf halber Strecke zum Ufer hatte sie sich umgedreht und bemerkt, dass der blaue Streifen des Wassers schon zum Balken anwuchs, sich hinter dem Kinderwagen heranschob, und sie war erschrocken, war ohne zu denken zum Meer gerannt, außer Atem beim Kinderwagen angekommen. Die Wellen umspülten schon die Räder, das Kind lag ruhig im Wagen, es schaute sie an und begann auch nicht wieder zu weinen, als sie den Kinderwagen an sich riss, wendete, was schon gar nicht mehr einfach war so nah dem Wasser, und mit ihm Richtung Strand zurücklief, immer ein wenig vor dem Wasser her, bis sie es schließlich abgehängt hatte. Zum Strand wollte Paulette danach nicht mehr, und auch nicht auf die Digue, da konnte Louise noch so betteln, noch so enttäuscht sein, nie gehst du mit mir baden, nie gehst du mit mir fischen. Frag deinen Vater, sagte Paulette, und deshalb ging Louise, als sie schon älter war und nicht mehr enttäuscht, mit ihrem Vater baden, mit ihrem Vater Rad fahren, mit ihrem Vater Muscheln essen, wenn Paulette zur Kur fuhr. Aber wenigstens besaß Louise einen Vater, der für sie da war, wohingegen Serge immer nur Augen für Ida gehabt, immer nur Ida bewundert hatte, sie wird ihren Weg gehen, sagte er, und als Paulette nach dem Krieg dasaß ohne Abitur, ohne Studium, ohne Kind, fragte sie sich, ob er es schon immer gewusst hatte, dass sie ihren Weg im Gegensatz zu Ida nicht gehen würde. Immer hatte Serge Augen für andere, nie für seine Familie, bildete er sich ein, dass es niemandem auffiel, wenn er anderen Frauen hinterhersah, glaubte er, irgendetwas bliebe in diesem Nest unbemerkt? Von wegen Dienstreise, und in der Gefangenschaft war er auch kein Kind von Traurigkeit, so etwas sagten die Leute im Dorf und grinsten, nur als Paulette nicht mehr hinausging, zu keiner Feier kam, mit niemandem sprach, weil es nach dem Krieg, bevor sie ihren Mann kennenlernte, keine Paulette mehr gab, da grinsten sie nicht, da beschwerten sie sich, Paulette Colin hält sich wohl für was Besseres. Das mochten sie nicht, wenn man eigene Wege ging, so wie Ida, so wie Louise, bestimmt zerrissen sich die Leute schon die Mäuler, weil Ida und Louise aufgetaucht waren, man tauchte nicht unbemerkt auf nach so vielen Jahren, in diesem Nest.

Chalet

Sie liefen hintereinander den Pfad entlang, der auf der Rückseite der Dünen nach Lemoulin-Plage führte. Landeinwärts erstreckten sich die Dünen bis hinunter zu einem Arm der Bucht, in den sich das Meer, so wie heute, nur an Tagen sehr mächtiger Flut ergoss. Springflut, wie man es auf Deutsch nannte, was Louise nicht an ein stetiges Vor und Zurück, sondern an Sturm, gefährliche Wellen und Überschwemmung denken ließ, auch wenn ihre Freundin ihr versichert hatte, dass das, was sie meinte, eine Sturmflut war.

Hinter den Dünen herrschte Windstille und Louise wurde es warm. Sie klemmte den Rucksack zwischen die Knie, zog ihre Jacke aus und knotete sie um die Taille. Sie betrachtete Ida, die in ihrer hellen Windjacke und in Stoffhosen mit winzigem Karomuster, mit der geschulterten Tasche und den in der Hand baumelnden Stoffschuhen vor ihr durch den Sand stapfte, und hatte unvermittelt Lust, sie zu umarmen, weil sie so zerbrechlich und zugleich zäh wirkte, und weil Louise dankbar war für etwas, das sie nicht zu benennen vermochte. Sie hätte nicht einmal sagen können, wem die Dankbarkeit galt, Ida, sich selbst, den Koinzidenzen, die sie hierher geführt hatten, oder der Landschaft, dafür, dass sie existierte, sie geprägt hatte und immer noch da war. *Retour*, hallte es in ihrem Kopf, *attention retour!* Um Ida wieder einzuholen, rannte sie ein paar Schritte, wovon ihr noch wärmer wurde. Sie fühlte sich albern und ausgelassen, hatte Lust, laut *attention retour!* zu rufen oder Lemoulin-Plage! oder *Ida-ma-grande-cousine!*, sie kicherte und stellte fest, dass es ihr wider Erwarten gefiel, nicht zu wissen, was heute noch passieren, was Ida ihr noch erzählen würde und warum.

Gehen wir gleich am Chalet vorbei?, fragte sie außer Atem, als sie bei Ida anlangte.

Wir können sogar hineingehen, erwiderte Ida. Ich habe, wie gesagt, den Schlüssel.

Louise stellte sich das Chalet vor, wie sie es im Gedächtnis behalten hatte, ein sandfarbenes, zweistöckiges Haus mit einem ebenerdigen Eingang und einer Außentreppe, über die man auch ohne das Erdgeschoss zu betreten in die obere Etage gelangte. An der Südseite eine quadratische Fläche aus Beton als Terrasse, einfach nur in die Düne gesetzt, ohne Umrandung oder Geländer, schnörkellos, wie das ganze Haus, das objektiv betrachtet keine architektonische Schönheit war. Doch für Louise stellte es den Inbegriff von Sommerferien dar, weckte Erinnerungen an grelles Mittagslicht, erhitzte, salzige Haut und den Hunger, den man verspürte, wenn man vom Strand zurückkam und sich die Fußsohlen am Sand und am Beton der Terrasse verbrannte. Man trat ins kühle Haus und fröstelte, nahm die Teller fürs Tischdecken entgegen, wärmte sich am Tisch unter dem Sonnenschirm auf der Terrasse wieder auf und aß mit Appetit, weil noch das einfachste Gericht wie ein Festmahl schmeckte. Das Kahle, Funktionale des Hauses unterstrich nur die Unmittelbarkeit des Empfindens, Hitze, Hunger, Müdigkeit, die Reduzierung des Alltags auf wesentliche Tätigkeiten wie am Strand sein, essen, schlafen. In dem Maße, in dem die Gezeiten sich täglich um eine Dreiviertelstunde nach vorne verschoben, glich kein Tag dem anderen. Es war niemals zur gleichen Zeit, niemals im gleichen Licht Ebbe oder Flut, jeder Tag barg von neuem alle Möglichkeiten, so dass sich auch später, als Louise schon kein in sein Spiel vertieftes Kind mehr war, nie Eintönigkeit einstellte. Die Gezeiten bestimmten, wann man aufstand, baden ging, aß, Spaziergänge auf dem feuchten Sand unternahm, fischen ging, schlafen ging. Bereitwillig unterwarf man sich ihrer Herrschaft.

Wusstest du, dass das Chalet im Krieg zerstört wurde?, fragte Ida.

Nein, erwiderte Louise. Oder ich habe es vergessen.

Im Sommer 1944 ist das Chalet von einer Bombe getroffen worden, erklärte Ida. Nach dem Krieg haben Alphonse und Théodora dafür gesorgt, dass es wieder aufgebaut wurde. 1951, bei Großvaters Beerdigung, stand gerade einmal das Fundament.

Sie hatten die ersten Häuser von Lemoulin-Plage erreicht und betraten die Straße. In den vergangenen Jahren waren zahlreiche neue Häuser am Rand des Dorfes dazugekommen. Wie die Jahresringe einer Muschel, dachte Louise. Die Steinchen im groben Teer drückten sich in ihre Fußsohlen. Früher hatten ihr die Steinchen nichts ausgemacht, sie war sogar barfuß auf den mit Seepocken überzogenen Felsen fischen gegangen. Früher früher früher, murmelte sie. Sie holte ihre Schuhe und Socken aus dem Rucksack und schlüpfte hinein. Ida schienen die Steine nicht zu stören, sie hielt immer noch ihre Schuhe in der Hand. Es war still an diesem Ende des Dorfes, nur hin und wieder hörte man ein Hämmern, ein Sägen, Häuser wurden winterfest gemacht. Louise erkannte von weitem die kleine Mauer, die das Grundstück zur Straße hin begrenzte. Beim Näherkommen schob sich das Chalet hinter den anderen, die es verdeckt hatten, hervor. Es war hellblau gestrichen worden, die Fensterrahmen und Türen leuchteten dunkelblau und nicht mehr dunkelgrün. Louise war irritiert und registrierte, dass es ihr missfiel, nicht gefragt worden zu sein, ob sie Hellblau mochte. Nein, Hellblau nicht, das ist zu kalt als Farbe für diese Gegend, wieso denn nicht wieder Sandgelb, hätte sie gesagt. Hätte hätte hätte, es ging sie nichts mehr an.

Es ist nicht mehr aus Holz, stellte Ida erstaunt fest, sondern aus Beton. Aber das hätte ich mir denken können.

Wer verbringt hier eigentlich seine Ferien, fragte Louise, dann fiel ihr ein, dass Ida das genauso wenig wissen konnte wie sie.

Die Kinder und Enkel von Théodora und Alphonse, nehme ich an, antwortete Ida.

Sie griff in die Innentasche ihrer Windjacke, zog einen Schlüssel heraus, der an einer blauen Plastikschnur befestigt war, und reichte ihn Louise.

Möchtest du aufschließen?

Louise nahm den Schlüssel entgegen.

Was, wenn gerade jemand hier wohnt und nur heute Nachmittag draußen beim Fischen ist? Das ist doch ziemlich wahrscheinlich, oder? Wir können doch nicht einfach hineingehen, ohne gefragt zu haben.

Ida zuckte mit den Schultern.

Die Verwandten sitzen beim Leichenschmaus und ärgern sich, dass Adrienne ihnen den Fang des Jahres vermasselt. Wir werden schon merken, wenn das Haus bewohnt ist. In diesem Fall gehen wir eben gleich wieder.

Louise klopfte an, bevor sie den Schlüssel im Schloss drehte, und als sich drinnen nichts rührte, öffnete sie die Tür. Im

Chalet roch es ein wenig muffig, wie in einem Haus, das den Winter über unbewohnt und ungelüftet gewesen ist. Louise wartete, bis ihre Augen sich an das Dämmerlicht gewöhnt hatten, das um diese Uhrzeit in der Wohnküche herrschte. Alles war sauber und aufgeräumt, nirgendwo eine Spur von Lebensmitteln, es schien tatsächlich so, als sei das Chalet gerade nicht in Benutzung.

Sie stellte fest, dass sich kaum etwas verändert hatte, seit sie im Sommer 1978 vor ihrem Aufbruch nach Berlin das letzte Mal hier gewesen war, dass sie sich jedoch bis eben an eine Küche erinnert hatte, die es seit 1972 nicht mehr gab, dem Jahr, als ihr Vater und sie die Küche umräumten und neu strichen. Eine Überraschung für deine Mutter, wenn sie aus der Kur zurückkommt, sagte ihr Vater, als er Louise am Bus abholte, der sie vom Ferienlager zurückbrachte.

Louise dachte an die schmerzenden Muskeln vom Möbelrücken und Streichen, und an die Nähe, die sie zu ihrem Vater während dieser Tage empfunden hatte. Sie erzählte ihm vom Ferienlager, er hörte zu und fragte nach, sie lachten zusammen, schwammen bei Flut hinaus und machten sich sogleich wieder an die Arbeit. Abends aßen sie *moules frites* im Restaurant, eine Woche lang Muscheln mit Pommes. Sie ließen sich die Speisekarte bringen, blätterten eine Weile darin, schauten sich an, nickten sich wissend zu und bestellten zweimal Moules frites. Ließen sich am nächsten Abend erneut die Speisekarte bringen, blätterten, als müssten sie sich erst entscheiden, Louise fühlte sich zum ersten Mal erwachsen.

Möchtest du nicht eintreten, forderte Ida Louise auf, die noch immer auf der Schwelle stand.

Sie bewegten sich beide ziellos durch den Raum, wie Insekten, die sich kreuzen, ohne sich wahrzunehmen, und setzten sich, als hätten sie sich abgesprochen, an den langen dunklen Holztisch. Sofort machte sich die Stille wieder breit, wie eine Flüssigkeit, die man zurückgehalten hat und die sich, einmal freigelassen, in alle erreichbaren Winkel ergießt. Eine schwere, dichte Stille, die aus einem anderen Stoff schien als die vibrierende, belebende in bewohnten Räumen.

Da sitzen wir nun, als würden wir unsere Ferien zusammen verbringen, stellte Louise fest und bemerkte, dass noch die harmlosesten Worte wie ein Schnitt in der Stille wirkten.

Warum nicht? Ida sprang auf. Wenn wir Bettzeug finden, können wir heute Abend hier übernachten. Ich wollte eigentlich nach der Beerdigung ein Taxi nach Granville nehmen und mir dort ein Hotel suchen. Wollte ein paar Tage in Granville verbringen, von dort aus vielleicht noch einmal Belay besuchen, mir die Abtei in Ruhe anschauen. Als ich sie 1951 das letzte Mal gesehen habe, waren die Aufbauarbeiten noch nicht beendet. Ich habe meine Sachen in der Gepäckaufbewahrung gelassen, bis auf diese Tasche hier. Was ist mit dir? Hattest du schon etwas gebucht?

Louise gefiel die Idee, dass sie Ida schon auf dem Bahnsteig von Granville hätte kreuzen können. Sie hätte ihr beim Aussteigen mit dem Koffer geholfen, hätte ihr einen Kofferkuli besorgt und *bon séjour* gewünscht, ohne dass ihr nur die geringste Ähnlichkeit mit Paulette aufgefallen wäre, und dann, auf dem Friedhof, hätten sie sich wiedergetroffen.

Sie machte eine unschlüssige Handbewegung.

Ich wollte in Richtung Norden fahren und ein Hotel oder ein Gästezimmer suchen. Aber du hast recht. Vielleicht ändere ich meine Pläne. Lass uns nach oben gehen und die Zimmer anschauen.

Louise spürte die Erschöpfung der Reise. Sie war seit zwei

Tagen unterwegs, hatte im Zug übernachtet und wäre, hätte sie den Kopf auf den Tisch gelegt, sofort eingeschlafen. *Coup de pompe*, dachte sie, Pumpenschlag, wie sie auf Deutsch scherzhaft zu übersetzen pflegte, weil ihr »erschöpft« zu pathetisch klang. Die Vorstellung, sich kein Hotel mehr suchen zu müssen und sich stattdessen einfach oben aufs Bett legen zu können, kam ihr verlockend vor.

Ida zog sich die Schuhe wieder an.

Ist doch ganz schön kalt, der Betonboden, sagte sie. Früher war hier ein Holzboden. Glaube ich zumindest. Aber den Grundriss haben sie beibehalten.

Die hölzerne Treppe knarzte unter ihren Schritten. Sie mündete in einen hellen Flur, von dem mehrere Türen abgingen. Das Haus war dafür konzipiert worden, im Sommer auf kleinem Raum eine weitläufige Familie empfangen zu können. In jedem Zimmer standen zwei Betten, im unteren Raum konnten zwei Kanapees zu Betten ausgeklappt werden. Louise öffnete die Tür zu dem Zimmer, in dem sie während der Ferien immer geschlafen hatte. Wenn sie auf einer Reise innerhalb kurzer Zeit in unterschiedlichen Betten übernachtete, konnte es noch heute geschehen, dass sie sich beim Aufwachen in dem Bett im Chalet wähnte, nein, nicht wähnte, sondern wirklich dort lag. Ihr Körper simulierte eine Räumlichkeit, die realer war als der wirkliche Raum, und erst nach einer gewissen Zeit ordnete sich der Raum um sie herum zu der Wirklichkeit an, die den offenen Augen standhielt. Als ob ihr Körper, des häufigen Wechsels müde, sich ins Bewährte, Bekannte, in sein Phantombett flüchtete. Das erste Mal war ihr dies im Ferienlager bewusst geworden, nicht gleich in der ersten Nacht, aber nach ein paar Nächten im Schlafsaal, als sie sich tagsüber schon eingewöhnt hatte. Sie wachte morgens auf und glaubte, in ihrem

Zimmer im Chalet zu liegen, glaubte, den Atem von Grégoire wahrzunehmen, der, solange sie noch Kinder waren, während der Ferien oft bei ihr im Chalet übernachtete.

Deine Mutter geht diesen Sommer in Kur, hatte ihr Vater gegen Ende des Schuljahres gesagt.

Ist sie schlimm krank?

Zu diesem Zeitpunkt bekämpften Louise und ihre Mutter sich meist, doch der Gedanke, dass ihrer Mutter etwas zustoßen könnte, hatte Louise erschreckt, worüber sie sich jetzt, wenn sie darüber nachdachte, wunderte.

Nein, keine Sorge, hatte ihr Vater sie beruhigt. Es ist nichts Schlimmes, aber sie ist sehr erholungsbedürftig. Es wird ihr guttun, sich auszuruhen.

Dann kommt sie nicht mit nach Lemoulin?

Der Vater verneinte und fügte hastig, fast schamhaft, hinzu, wir haben dich für ein Ferienlager angemeldet, an der Atlantikküste in der Vendée.

Ein Ferienlager?

Ich kann nicht die ganzen Ferien Urlaub nehmen, und keiner in der Familie hat Zeit, sich um dich zu kümmern.

Es muss sich doch auch keiner um mich kümmern, hielt Louise ihm trotzig entgegen. Ich kümmere mich allein um mich.

Du bist erst zwölf, sagte ihr Vater und machte deutlich, dass er dies für ein unwiderlegbares Argument hielt.

Ich will aber nicht an ein anderes Meer. Ich will nicht mit anderen Kindern Ferien machen. Dann hätte ich auch mit den Pfadfindern zelten gehen können.

Ihr Vater malte mit dem Finger die Umrisse einer Küste auf die Tischplatte.

Das ist kein anderes Meer. Wenn du an der Küste entlang

nach Norden und um die Bretagne herum spazieren würdest, kämst du zum Mont-Saint-Michel und schließlich hier in Lemoulin-Plage an.

Louise folgte seinem Finger mit den Augen.

Dann haue ich ab und laufe die Küste entlang.

Ihr Vater kramte in seiner Hosentasche und zog eine Armbanduhr hervor.

Die habe ich als Jugendlicher getragen, meinte er. Ich schenke sie dir. Damit die Zeit im Ferienlager schneller vergeht.

Mit einer ungeschickten Geste strich er ihr übers Haar und verließ die Küche.

Louise hörte Ida eine Tür nach der anderen öffnen und in den Schränken der Zimmer nach Laken kramen. Sie ließ sich rücklings aufs Bett sinken. Das Gefühl von Verrat stieg wieder in ihr auf, das sie, mit der Uhr in der Hand am Küchentisch sitzend, empfunden hatte. Die Ferien im Chalet waren für sie das Takt gebende Ereignis im Jahr gewesen, das sich, einmal vorbei, entfernte und schon wieder näher kam, und das sich gerade aus der Wiederholung, der Vorfreude und dem Wiederfinden des Vertrauten speiste. Eine Gewissheit, über die sie bis zu jenem Moment in der Küche nie nachgedacht hatte und von der sie feststellen musste, dass sie für ihre Eltern keinesfalls so unantastbar war wie für sie.

Aber die Frage ist ja, führte Louise ihre Überlegungen fort und folgte mit den Augen der Spur eines Wasserschadens an der Decke, ob die angenommene Gemeinsamkeit je existiert hat. Ob die jährlichen Ferien im Chalet für Paulette nicht immer eine Last gewesen sind, schon allein des Aufwands wegen, den es bedeutet, auch in den Ferien einen Haushalt aufrechterhalten zu müssen, oftmals sogar für die Verwandtschaft. Und wenn Paulette nie mit uns an den Strand gegangen ist, so war es für sie womöglich der einzige Weg, eine Weile Ruhe vor uns zu haben. Oder sie mochte das Meer im Grunde gar nicht und wäre viel lieber in die Berge gefahren.

Louise schloss die Augen. Vielleicht könnte sie ein paar Minuten wegnicken.

Sie wurde von der Bewegung der Matratze wach, öffnete die Augen wieder. Ida saß neben ihr auf dem Bett.

Du hast geschlafen, sagte sie.

Louise schaute sich um.

Lang?

Nein, es können nur ein paar Minuten gewesen sein.

Louise setzte sich auf und versuchte zurückzuverfolgen, woran sie gerade noch gedacht hatte.

In diesem Bett habe ich fünfzehn Sommer lang geschlafen, erklärte sie und strich mit der Hand über den blaugrauen, geriffelten Bettüberzug. Vielleicht waren es auch nur vierzehn oder dreizehn.

Sie erinnerte sich nicht an die erste, wohl aber an die letzte Nacht in diesem Bett. Vor ihrem Aufbruch nach Berlin hatte sie ein paar Tage allein im Chalet verbracht und so getan, als handele es sich nicht um einen Abschied.

Ida erhob sich wieder und ging zum Fenster.

Schade, dass das Haus in der ersten Reihe die Sicht aufs Meer verdeckt.

Stimmt, pflichtete Louise ihr bei. Aber im Nebenzimmer sieht man zwischen den Häusern ein schmales Stück Meer.

Und, hast du dir schon überlegt, ob du deine Pläne ändern und hier übernachten willst?, fragte Ida. Ich habe Laken, Kissenbezüge und Wolldecken gefunden. Ist zwar alles ein wenig klamm, aber für eine Nacht wird es gehen.

Louise mochte den Geruch von klammen Laken, und die Vorstellung, sich einem Ort auszusetzen, an dem es kaum einen Zentimeter erinnerungsfreie Fläche gab, reizte sie. Es wäre ein interessantes Experiment, dachte sie, dafür bin ich aber nicht hier.

Sie stand auf.

Ein anderes Mal. Ich habe in den nächsten Tagen noch ein paar Dinge vor. Im Chalet meiner Kindheit zu übernachten, gehört nicht dazu.

Wie du willst, sagte Ida. Darf ich dich fragen, was genau du vorhast? Ich war, ehrlich gesagt, ziemlich überrascht, dich auf Adriennes Beerdigung zu treffen. Man reist nicht unbedingt von weit her zur Beerdigung der Tante seiner Mutter an, es sei denn, man hatte ein besonderes Verhältnis zu ihr.

Die Sonne war im Begriff, hinter dem Dach des gegenüberliegenden Hauses zu versinken und tauchte das Zimmer für ein paar Minuten in Helligkeit. Louise hatte Mühe, Idas Gesichtszüge im Gegenlicht zu erkennen.

Ein besonderes Verhältnis zu Adrienne? Nein. Obwohl sie auch charmant und witzig sein konnte. Ja, wirklich. Wenn sie jemandem imponieren wollte, blühte sie regelrecht auf, wurde geradezu unterhaltsam. Aber deshalb hätte ich nicht eigens den Weg von Berlin auf mich genommen. Ich war wegen dir auf der Beerdigung.

Wegen mir?

Ich bin wegen dir zu der Beerdigung gekommen, aber nicht wegen dir auf den Cotentin.

Louise registrierte eine fast unmerkliche Bewegung des Lichts, eine Abtönung, an der man die Bewegung der Sonne wahrnahm. Gleich würde die Sonne hinter dem Nachbarhaus verschwinden und das Licht mit sich nehmen.

Wir sollten aufbrechen, drängte Louise. Oder genauer gesagt: Ich sollte aufbrechen. Wenn du hier übernachten möchtest, kann ich dich auch morgen früh hier abholen und nach Granville bringen. Wir könnten aber auch gemeinsam ein Hotel in der Gegend suchen. Dann erkläre ich dir in Ruhe, warum ich eigentlich hier bin.

Gute Idee, erwiderte Ida. Allein im Chalet übernachten möchte ich nicht, und nach Granville kann ich immer noch morgen. Ich habe ja das Wichtigste dabei. Sie klopfte auf ihre Umhängetasche.

Vor dem Chalet gab Louise Ida den Schlüssel zurück.

Ich habe aufgeschlossen, sagte sie, du schließt ab.

Ida drehte den Schlüssel im Schloss, zog noch einmal prüfend an der Tür, schaute an der Fassade hoch, wie um sich zu vergewissern, dass die Fenster geschlossen waren, und versenkte den Schlüssel in der Jackentasche. Als hätten wir wirklich die Ferien hier verbracht, dachte Louise.

Vom Chalet kommend, wo jeder Bewegung etwas Schleppendes, Träges innegewohnt hatte und man am Vergehen der Zeit zweifeln konnte, schien es, als beträten sie mit der noch sonnenbeschienenen Strandpromenade eine andere Welt. Familien aus der Umgebung, Rentner, späte Touristen schlenderten die Digue entlang, lehnten an der Brüstung oder saßen auf Bänken und Mauern, Kinder rannten, in ihre Spiele vertieft, vor den Erwachsenen her. Es ging etwas Unbeschwertes, Heiteres aus von der Leichtfüßigkeit der Kinder, vom aufgeregten Schlingern der Wellen und von der Wärme, die vom Asphalt aufstieg, als sei ein heißer Sommertag gewesen. Die Selbstverständlichkeit, mit der die Leute sich zusammenfanden, zufällig, doch von einer gemeinsamen Absicht getrieben, nämlich dem Meer zu-

zuschauen, wann immer sich die Gelegenheit bot, hatte Louise gefehlt, und für einen Augenblick hätte sie wieder dazugehören wollen, wäre gerne nicht mehr diejenige gewesen, die gegangen war, um anderswo dazuzugehören, weil sie noch nicht wissen konnte, dass Dazugehören eine Illusion war, dass es eine Illusion war zu glauben, die Menschen hier auf der Digue gehörten dazu, gehörten wozu, keiner gehörte irgendwo ganz und keiner überhaupt nicht dazu. Beim Gedanken an Berlin blitzte eine ferne Vertrautheit auf, so etwas wie Sehnsucht. Sie würde später noch eine Telefonzelle aufsuchen und ihrer Freundin Bescheid sagen, dass sie gut angekommen war.

Louise und Ida ließen sich auf einem der wenigen, nicht mit Menschen besetzten Granitblöcke oberhalb der Strandzufahrt nieder. Das Meer begann schon, sich zurückzuziehen. Nur einzelne Wellen schafften es noch bis an den Fuß der Digue, Zungen, die über den Sand huschten, unter Aufwendung ihrer letzten Kraft das Ziel berührten, ihren Widerstand aufgaben und, wie von einem Gummiband gezogen, wieder zurückschnellten.

Es fiel Louise schwer, sich gedanklich vom abendlichen Treiben am Meer loszureißen und Ida zu erklären, was sie in den kommenden Tagen vorhatte, und noch schwerer fiel es ihr, zur Weiterfahrt aufzubrechen. Sie hätte gerne noch eine Weile die Schönheit des Abends ausgekostet, als Ausgleich für die vergangenen elf Jahre oder für die Zukunft, in der Louise wieder weit weg wäre.

Das ist der Preis für das Zurückkommen, dachte sie, dass man merkt, wie sehr einem die Landschaft gefehlt hat. Aber warum sollte ich nicht im nächsten Jahr wieder hierher fahren, ohne Forschungsprojekt, ohne Beerdigung, nur für die Landschaft. Oder für Paulette.

Nun, da der Anfang gemacht war, kam ihr all das, was sie die vergangenen Jahre daran gehindert hatte, zurückzukehren, nicht mehr unüberwindbar vor. Es war vorstellbar, die Ferien hier an der Küste zu verbringen, sie musste sich nur entscheiden, musste die Vorstellung in Tat umsetzen. Es war wie bei den Dekalkomanie-Bildern ihrer Kindheit, die ihr unvermittelt einfielen. Ihr Reiz hatte darin bestanden, kleine Figuren von transparenten Bögen auf eine vorgegebene Landschaft zu rubbeln. Gab es diese Art Bögen noch? Louise sah eine Strandkulisse vor sich, sah sich den Bogen mit Rubbelbildern gegen das Licht halten, eine geeignete Position für die Menschen, Hunde, Schiffe, Traktoren bestimmen, den Bogen mit Herzklopfen wie bei einer nicht rückgängig zu machenden Entscheidung auf das Papier legen, sah sich mit Nachdruck und Vorsicht reiben, mit angehaltenem Atem den Bogen vom Bild trennen und das Ergebnis betrachten, diese von ihr geschaffene Welt, deren weitere Zusammensetzung sie bestimmen würde, wenn sie die nächste Figur der Kulisse hinzufügte. Louise Duhamel in den Ferien am Strand von Lemoulin-Plage war eine der möglichen Figuren.

Eher zufällig streifte ihr Blick im Vorbeigehen die Aufschrift an der Wand des Cafés, wo sie am Nachmittag gesessen hatten. »Hôtel au Joyeux Pêcheur« stand da, und Louise fragte sich, warum ihr das zuvor nicht aufgefallen war. Eine aus der Wand ragende Halterung warf einen länglichen Schatten auf das Zirkumflex über dem »Fischer«, so dass Louise zuerst »Hôtel au Joyeux Pécheur« las, Hotel zum fröhlichen Sünder.

Sie tippte Ida an die Schulter und zeigte ihr die Aufschrift. Ida zog die Augenbrauen hoch.

Das wäre wohl am einfachsten, sagte sie. Aber ob wir hier heute Abend unangemeldet zwei Zimmer bekommen, am Wochenende der *marée d'équinoxe*, bezweifle ich.

Die Frau, die auf der Terrasse serviert hatte, stand auch hinter dem Empfangstresen des Hotels. Sie war in Louises Alter, und Louise überlegte, ob sie sie womöglich kannte und nur nicht wiedererkannt hatte. Sie erkundigte sich, wobei sie sich bemühte, deutlich zu machen, dass sie Bescheid wusste, denn sie wollte keinesfalls als Touristin wahrgenommen werden, ob wider Erwarten noch Zimmer frei wären, nur für eine Nacht, zufälligerweise. Mach dir nichts vor, dachte sie, für die Leute hier bist du eine Touristin.

Was unterschied einen Touristen von einem Nicht-Touristen? Die Ortskenntnisse? Einblick hinter die Kulissen, Freunde, Bekannte? Konnte man an einem Ort Tourist sein, an dem man aufgewachsen war? Wann überschritt man die Grenze, die einen von einem Nicht-Touristen in einen Touristen verwandelte und umgekehrt?

Zufälligerweise hat mir vorhin jemand abgesagt, antwortete die Frau. Ich hätte ein Zimmer frei für eine Nacht, mit einem Doppel- und einem Einzelbett. Wenn es Ihnen also nichts ausmacht, ein Zimmer zu teilen ...

Louise sah Ida fragend an.

Warum nicht, sagte diese achselzuckend.

Louise merkte, dass sie im Grunde froh war, die Weiterfahrt noch hinauszögern zu können, und sei es nur für eine Nacht. Es wäre ihr unpassend vorgekommen, am Abend noch aufzubrechen, so als würde sie ein neues Buch beginnen, ohne das vorige fertig gelesen zu haben. Sie hätte lieber ein Zimmer für sich alleine gehabt, aber sie waren schließlich zwei erwachsene Menschen und würden in der Lage sein, mit der unerwarteten Intimität umzugehen.

Gut, bestätigte Louise, wir nehmen das Zimmer. Wir holen nur noch unsere Sachen aus dem Auto.

Deine Sachen, korrigierte Ida sie.

Wie man's nimmt, entgegnete Louise. Ich habe deinen Koffer dabei.

Meinen Koffer? Der steht in Granville in der Gepäckaufbewahrung, hast du ihn mitgebracht?

Wenn das Gehirn auf Widersprüche stieß, war es in der Lage, die Welt so lange umzugestalten, bis ein Widerspruch aufhörte, ein Widerspruch zu sein.

Nein. Deinen Koffer von früher. Oder den deines Mannes. Jedenfalls klebt darin ein Etikett mit deinem Namen.

Ida runzelte die Stirn.

Warte hier, schlug Louise vor, ich hole ihn, und dann verstehst du vielleicht, was ich meine.

Das ist er, sagte sie, als sie mit dem Koffer zurückkam.

Ein schöner Koffer, antwortete Ida, aber ich kenne ihn nicht.

Du kennst ihn nicht?

Ich habe diesen Koffer noch nie gesehen. Und ob er meinem Mann gehörte, keine Ahnung, kann sein. Aber wie ist er dann in deine Hände gekommen?

Ich habe ihn auf dem Dachboden meiner Eltern gefunden.

Louise ließ den Kofferdeckel aufspringen. Im selben Augenblick fiel ihr ein, dass er keine Spur mehr von Idas Namen trug, dass sie auf dem Dachboden das Etikett entfernt hatte und nur noch Reste des Etiketts im Inneren des Deckels klebten, zarte, ausgefranste Inseln auf beige-braun gemustertem Papier.

Nicht eben das aussagekräftigste Beweisstück, stellte sie fest, der Koffer trägt deinen Namen nicht mehr, und du kennst den Koffer nicht. Aber auf dem Dachboden hat er ihn noch getragen. Oder sagen wir so: Ich bin mir ziemlich sicher, dass der Name auf dem Etikett »Kempf« gelautet hat, nur dass ich ihn damals nicht entziffern konnte und das Schild entfernt habe.

Sie lachte.

Dass ich mir nur ziemlich sicher bin, macht die Sache auch nicht besser.

Auszug aus Idas Aufzeichnungen,
datiert 3.9.1939 *bis* 5.6.1944
(Vorabend der alliierten Landung),
überschrieben mit
Belay II

Großvater begann, im Garten einen Schützengraben auszuheben, und sprach davon, sein Auto zu beladen und mit Nanie und mir in den Süden zu fliehen, falls die Deutschen Frankreich angreifen sollten. Vorerst war das nicht zu befürchten. »Die Maginot-Linie schützt uns«, hieß es im Radio, »die französische Armee ist unbesiegbar!«

Wir Kinder liefen im Takt der Marschmusik, die krächzend und zittrig aus den Fenstern drang, durch die Straßen.

Nanie zog abends die Vorhänge zu, weigerte sich aber, die Scheiben mit blauer Farbe zu bemalen und Klebestreifen anzubringen, die im Falle von Bombenangriffen die Fenster vor dem Zerspringen bewahren sollten. »Erstens möchte ich tagsüber nicht im Blauen stehen, zweitens müssen sie sich entscheiden. Ist die Maginot-Linie nun unüberwindbar oder nicht?« Mich stimmte es bedenklich, dass alle auf eine einfache Linie setzten, die ich mir als schwarzen Strich auf dem Boden vorstellte.

Ich war erleichtert, wieder in Belay zu sein, und zugleich enttäuscht, denn es war nicht das Belay, von dem ich in Honoré geträumt hatte. Die Leute waren besorgt und sprachen vom Krieg, Paulette kam nur am Wochenende vom Internat nach

Hause, und sogar Serge und Alphonse fehlten. Alphonse lag mit seiner Transporteinheit im Elsass, Serge war in der Verwaltung in einem kleinen Ort im Norden Frankreichs eingesetzt worden. In seinen Briefen schrieb er »Grüße an meine kleine Paulette«, und ich fragte mich, ob Robert, der ebenfalls an der Front war, mich auch so gegrüßt hätte, lebte ich noch bei Adrienne. Alphonse erzählte in seinen Briefen von Langeweile, klagte über kalte Füße und schwärmte vom elsässischen Wein. Wir können den Feind auf der anderen Seite des Rheins beobachten, beschrieb er die Lage.

Die Abende ohne Paulette waren lang, und ich strickte Strümpfe für die Soldaten, genau wie das Mädchen auf dem Plakat in der Schule. »Die Schule ist die Patentante der Kämpfer«, prangte in großen Lettern unter dem Bild des strickenden Mädchens. Die Vorstellung, dass sich die Mütter der Kämpfer bei der Geburt ihrer Söhne an die Schule gewandt und gefragt hatten, ob sie Patentante sein wollte, brachte mich zum Lachen.

Wenn ich bei Claudine einkaufen ging und einen Blick in die Kneipe erhaschte, sah ich dort nur alte Männer Karten spielen. »Wie sollen wir allein mit der ganzen Arbeit klarkommen«, klagten die Frauen der Bauern, »und wie wird das erst im Frühjahr sein, wenn die Arbeit so richtig losgeht.«

Die Viehmesse fiel klein aus, es gab nur wenig Spieße mit gebratenen Ziegen und mir scheint, als habe der Geruch nach Holzkohle und Mist, der mit dem Wind über die Stadt wehte, gefehlt. Aber es kann sein, dass ich das mit später verwechsle, als es während des Krieges keine Holzkohle und keine Ziegen mehr gab.

Rose verzichtete auf einen eigenen Stand, obwohl ihr Laden in den ersten Wochen nach der Kriegserklärung einen

Aufschwung verzeichnete, da dicke Vorhangstoffe sehr gefragt waren. Während der Messe kamen die Zirkusleute, die auf Roses Stoffe nicht verzichten wollten, in den Laden, wenngleich sie mit ihren Käufen zurückhaltender waren als in den Jahren davor.

Paulette und ich nahmen an den Wochenenden unser Versteck im Schuppen wieder in Beschlag. Wir setzten die Gasmasken auf, die an alle verteilt worden waren, und spielten Schmeißfliegen, indem wir brummend und mit leicht abstehenden Armen im Schuppen herumrannten. Oder wir stellten uns einen Gasangriff vor und krochen unter einen alten Tisch.

»Stell dir vor, die Deutschen kommen doch«, sagte Paulette.

»Wie soll das denn gehen«, fragte ich.

Paulette zuckte mit den Schultern.

»Im Großen Krieg sollen sie ziemlich grausam gewesen sein und jetzt in Polen auch. Wer weiß, wozu sie noch fähig sind.«

Der Winter verging mit Warten. Mich beschlich das Gefühl, dass das Leben möglicherweise aus nichts anderem bestand als aus Warten: darauf, von Adrienne nach Hause geholt zu werden, von Paulette Post zu erhalten, dann wieder von Adrienne wegzukönnen und nun auf den Krieg.

Im Frühjahr erhielten die Männer, die einen Hof besaßen, Heimaturlaub, und man begann sich zu fragen, ob vielleicht alles nur eine groß angelegte Inszenierung gewesen war, mit deren Ende die Normalität wieder Einzug halten würde.

Am 10. Mai 1940 meldete die sich überschlagende Stimme des Radiosprechers, dass die Deutschen unter Umgehung der Maginot-Linie die Niederlande, Belgien und Luxemburg überfallen hätten und unterwegs nach Frankreich seien. Ich fühlte mich bestätigt, dass eine simple Linie keinen ausreichenden

Schutz gegen feindliche Angriffe bieten konnte. Großvater begann, das Auto zu beladen, stemmte mit Hilfe des Nachbarn eine Matratze aufs Dach, füllte den Kofferraum mit haltbaren Lebensmitteln und hieß mich und Nanie, unsere Koffer zu packen. Doch noch wollte er abwarten. »Die Leute im Norden und im Osten tun gut daran zu fliehen«, sagte er, »aber wir hier ... Sie werden doch nicht über Paris hinauskommen! Und wenn man hört, dass sie Flüchtlingszüge bombardieren ... Nein, hier sind wir vorerst sicher, wir haben ein Dach über dem Kopf, einen Garten und einen Schützengraben.«

Am 14. Mai überschritten die Deutschen die Maas bei Sedan, am 14. Juni marschierten sie in Paris ein. Großvater war bleich, als er die Nachricht aus dem Radio vernahm. Jetzt hätte er uns ins Auto packen und mit uns südwärts fliehen sollen. Doch er schob unsere Abfahrt hinaus, vermutlich, weil er trotz allem nicht glauben wollte, dass die Normandie, die zuletzt während des Hundertjährigen Krieges besetzt worden war, tatsächlich Schauplatz von Kampfhandlungen werden könnte.

Am 17. Juni hörten Großvater, Nanie und ich beim Mittagessen die Ansprache des Maréchal Pétain im Radio, in der er erklärte, sich Frankreich höchstpersönlich zur Verfügung zu stellen, um das Unglück der Nation, die ihm vertraue, zu lindern. Schweren Herzens fordere er die Armee auf, die Kampfhandlungen einzustellen. Großvaters Gabel blieb in der Luft stehen, schwankte ein wenig, dann legte er sie vorsichtig, fast geräuschlos auf den Teller, stand auf und verließ den Raum. Ich versuchte zu verstehen, was diese Wendung der Dinge für mich in Belay bedeutete, rechnete mir aus, ob die Wahrscheinlichkeit stieg oder sank, dass Adrienne sich meiner erinnerte, da sagte Nanie: »Hast du deine Sachen für die Schule heute Nachmittag schon vorbereitet, du musst zurück zur Schule, wo kommen wir denn hin, wenn du nicht zur Schule gehst.«

Am nächsten Tag schien die Kette der Lastwagen voller englischer Soldaten, die die Hauptstraße in Richtung Norden entlangdonnerten, nicht abreißen zu wollen. Die gehetzten Gesichter und die Überstürztheit, mit der ihr Aufbruch vonstatten ging, machten mir Angst. Nanie fragte: »Wäre es nicht Zeit zu gehen?« – »Aber wohin denn«, antwortete Großvater, »und mit der Kleinen.« Ich widersprach, denn ich fand mich mit dreizehn Jahren keineswegs mehr klein. Vor allem wäre ich nur zu gerne mit Großvater, Nanie und einer Matratze auf dem Dach ins Unbekannte gefahren.

Dann riss der Strom der Lastwagen ab, und Stille senkte sich auf das Dorf. Hin und wieder sah man jemanden über die Straße huschen, in leicht vorgebeugter, angespannter Haltung, ansonsten rührte sich nichts. In der Stille klangen das erneute Dröhnen von Lastwagen und das Knattern von Motorrädern wie Detonationen. Wir stürzten in den Verkaufsraum der Metzgerei, von dessen Vitrine aus man, wenn man einen bestimmten Winkel einnahm, ein Stück der Hauptstraße überblicken konnte. »Wie viele Engländer waren denn hier stationiert«, fragte Nanie. »Das sind keine Engländer«, sagte Großvater, »das sind die Deutschen.«

Wenn Großvater seine Fluchtgedanken nie umsetzte, weil er die Flucht hinausschob, bis es zu spät war, so zögerte er in einer anderen Sache nicht. Er holte die Matratze wieder vom Autodach, packte die Lebensmittel zurück in die Speisekammer und machte sich an das Abschrauben der Räder seines Wagens.

»Was tust du da«, fragte Nanie, »erst willst du möglichst weit weg, und nun willst du sichergehen, dass wir auf gar keinen Fall fliehen können?«

»Sie werden die Autos beschlagnahmen«, antwortete Großvater, während er eine Schraube zwischen den Zähnen festhielt, weshalb das »sch« in »beschlagnahmen« mit einem leisen Pfeifton entwich. »Wenn das Auto nicht fahren kann, kann man es auch nicht beschlagnahmen.«

Ich stand dabei und dachte, dass ich das Pfeifen mit einer Schraube im Mund üben und Paulette im Schuppen vorführen würde, vor allem aber freute ich mich darüber, dass ein Auto ohne Räder mich nicht nach Honoré-le-Manoir bringen konnte. Einen Augenblick lang war ich den Deutschen dankbar, dann schämte ich mich, denn solche Gedanken waren ohne Zweifel Verrat am Vaterland.

Nachdem wir die Engländer hatten fliehen und die Deutschen hatten durchfahren sehen, passierte ein paar Tage lang nichts. Ich fragte mich, ob die Deutschen den Engländern über den Ärmelkanal gefolgt waren, ob also die ganze Aufregung umsonst gewesen war. Ungefähr eine Woche später saß ich am späten Nachmittag nach der Schule bei Rose im Laden, als die Türglocke klingelte, heftiger als sonst, wie mir schien, doch es kann auch an meinem Schreck gelegen haben, dass mir das Klingeln sehr laut vorkam. Ich schaute entsetzt zu Rose, die entsetzt auf die zwei deutschen Soldaten starrte. »Bonjour«, sagte der eine, und es klang wie »bonschuhr«. Rose antwortete nicht.

Die zwei Männer, die Anfang zwanzig sein mochten, mir aber alt, wie »echte Männer« erschienen, blickten sich um, sichtlich beeindruckt von den Kisten mit Knöpfen, von den

Stoffen, über die sie ehrfürchtig strichen. Rose machte eine Bewegung, als wolle sie verhindern, dass sie die Stoffe anfassten, zog ihre Hand aber wieder zurück. Die Soldaten unterhielten sich in einer Sprache, die in meinen Ohren kehlig und hart klang, zeigten auf den einen, dann auf einen anderen Stoffballen, schienen über die Wahl des Stoffes zu diskutieren.

Das Herz klopfte mir bis zum Hals, und doch vermochte ich den Blick nicht abzuwenden von den zwei Männern in Uniform, die selbstbewusst und herrisch im Laden standen und zugleich verloren wirkten, tollpatschig, als wüssten sie, dass sie nicht hierher gehörten, und müssten dies mit besonders kantigen Bewegungen überspielen. Der eine spürte wohl meinen Blick und sah mich erstaunt an, als habe er meine Anwesenheit erst jetzt bemerkt. Er zwinkerte mir zu. Ich war starr vor Angst. Was bedeutete es, wenn er mir zuzwinkerte, was hatte er mit mir vor?

Doch schon wandte er sich ab und äußerte in einem merkwürdig ausgesprochenen Französisch seine Wünsche. Wie eine Aufziehpuppe schnitt Rose Seidenstoffe, maß Gummibänder ab, zählte Knöpfe. Als sie fertig war, schob sie die Sachen über die Theke und verschränkte die Arme. In die angespannte Stille hinein fragte der Soldat: »Und was kostet das?« Rose blickte ihn verständnislos an. »Was kostet das«, wiederholte er, und, als er verstand, was Rose nicht verstanden hatte, fügte er hinzu: »Wir bezahlen natürlich, wir haben Geld!«

Höfliche Plünderer, nannte Rose fortan die Deutschen, die im Ort die Regale leerkauften, Seife, Parfüm, Hüte, Kaffee, Kakao, alles was sie, wie sie erklärten, in Deutschland schon lange nicht mehr gesehen hatten. »Für unsere Frauen, für unsere Kinder zuhause«, sagten sie, als sei dies eine Entschuldigung, und ließen sich gleich den Karton für die Verschickung mitgeben. »Unser Geld ist nichts mehr wert«, beklagte sich Rose, und Nanie erwiderte: »Na und, verreisen, und womöglich ins Ausland, können wir sowieso nicht.«

Ins Chalet zogen wir in jenem Sommer nicht. Der Zugang zur Küste war eingeschränkt worden, und abgesehen davon hätte Renée, die in der Schreinerei mitarbeitete, keine Zeit gehabt, sich um das Chalet und um uns zu kümmern. Ich war nicht unglücklich darüber, denn in Belay zu sein, wo die Deutschen waren, erschien mir ungleich spannender als den Tag in einem Fischerdorf am Strand zu verbringen. Fasziniert beobachteten Paulette und ich, wie die Soldaten im Gleichschritt, starr geradeaus blickend und *ali alo* singend, mit ihren furchteinflößenden Helmen und Stiefeln durch die Straßen marschierten. *Allez à l'eau*, äfften wie sie nach und kamen uns verwegen vor. »Sie singen sogar nackt«, behauptete Paulette. »Sie waschen sich einfach so im Freien, ohne sich zu verstecken, und singen dabei.« Das Hämmern der Stiefel hörte ich manchmal im Schlaf, und ich war mir nicht sicher, ob ich geträumt hatte oder ob die Soldaten auch nachts marschierten.

Sie richteten sich auf dem Schulhof ein, weshalb der Unterricht nach den Ferien im Wohnzimmer der Lehrerin abgehalten wurde. Es fiel uns nicht leicht, uns zu konzentrieren, während wir draußen das Rumoren, die Befehle und die knallenden Schritte der Soldaten vernahmen. Die alte Lehrerin war nicht zurückgekommen, man erzählte uns, sie sei erkrankt und lebe nun wieder bei ihren Eltern. Die neue Lehrerin schwärmte vom Maréchal, der zu uns wie ein Vater sei und Frankreich gerettet habe vor den Kommunisten, den Freimaurern, den Juden.

Während ich mich in der Wohnung der Lehrerin umsah und versuchte, mir jedes Detail einzuprägen, denn dies war eine einmalige Chance zu erfahren, wie meine zukünftige Wohnung aussehen würde, dachte ich darüber nach, was die Lehrerin gesagt hatte. Ich kannte nur einen Kommunisten, und das war die Hebamme. In Honoré hatte sie ein paar Mal meinen Weg gekreuzt, doch mir war nichts an ihr aufgefallen, das Frankreich hätte gefährden können.

Was Freimaurer waren, darüber hatten Paulette und ich bereits gerätselt. Ich hatte das Wort in einer Unterhaltung von Großvater und Nanie aufgeschnappt, und wir fragten uns, wie man einen *franc-maçon*, einen aufrichtigen Maurer, von einem unaufrichtigen unterscheiden sollte und weshalb die Aufrichtigen die Bösen waren, wo doch der Maréchal Lügner bekämpfte.

Juden kannte ich aus dem Religionsunterricht. Einmal hatte ich gehört, wie Renée in Lemoulin eine Familie, die dort ihre Ferien verbrachte, als Israeliten bezeichnete. Ich nahm an, die Familie stamme aus dem Königreich Israel, von dem mir bis dahin nicht bekannt gewesen war, dass es außerhalb der Bibel existierte. Als ich eines der Mädchen, mit denen wir manchmal spielten, darauf ansprach, verdrehte es die Augen und sagte: »Und du kommst wohl vom Land.« Aber dann klärte sie mich darüber auf, dass es sich nur um eine Bezeichnung handele, dass ihre Vorfahren vor langer Zeit einmal dort gelebt hätten, dass sie aber Französin sei.

»Israeliten sind das Gleiche wie Juden«, erklärte Renée, was mich noch mehr verwirrte, denn ich verstand nicht, was diese Familie, die sich von den anderen Familien in Lemoulin nicht unterschied, mit den alten Geschichten aus dem Religionsunterricht zu tun haben sollte, die letztlich immer darauf hinausliefen, dass die Juden Jesus umgebracht hätten. Diese Familie, dafür legte ich die Hand ins Feuer, hatte mit dem Tod Jesu nichts zu tun, wie hätte sie auch, wo er doch schon vor fast zweitausend Jahren gekreuzigt worden war. Ein weiteres Rätsel blieb die Sache mit dem Königreich Israel, denn wenn man Leute nach ihren Vorfahren benannte, hätte ich nicht Französin, sondern Gallierin oder Wikingerin sein müssen.

Sollte die israelitische Familie zusammen mit der Hebamme und den aufrichtigen Maurern den Untergang Frankreichs im Sinn gehabt haben? Warum hatte ich nie etwas von dieser Verschwörung bemerkt?

Nach ein paar Tagen verlegten die Soldaten ihr Lager in den zur Abtei gehörigen Park, wo sie fortan auch Schweine züchteten. Wenn wir sonntags zur Kirche gingen, wehte der Geruch von Schweinemist über die Mauer. Zum Zerlegen und Verarbeiten des Fleischs beschlagnahmten sie die Küche der Metzgerei meiner Großeltern und schlossen die Tür von innen ab. »Wir sind hier zuhause«, schimpfte Großvater. »Für uns wird alles rationiert, und sie stellen diese unglaublichen Mengen von Wurst her.«

In einem Zimmer unter dem Dach, das meine Großeltern an Handwerker auf Durchreise vermieteten, wurde ein Offizier einquartiert. »Wie stellen die sich das vor? Dass wir einfach auf die Mieteinnahmen verzichten sollen?«, schimpfte Nanie. Großvater beschwichtigte sie: »In nächster Zeit wird es sowieso keine Handwerker auf Durchreise geben.«

Wir hörten den Offizier mehr als dass wir ihn sahen. Wenn er morgens die Treppe herunterkam und abends wieder auf sein Zimmer ging, klackten seine Stiefel auf den Stiegen. »Der macht mir mit seinen Botten den Boden kaputt. Außerdem hat er schwarze Spuren auf dem Stuhl hinterlassen, wahrscheinlich wachst er dort seine Stiefel«, beschwerte sich Nanie.

Eines Abends saß ich am Wohnzimmertisch in ein Buch über Jeanne d'Arc vertieft, über die wir anderntags einen Aufsatz schreiben sollten, als eine Männerstimme hinter mir sagte: »Dass ihr Franzosen die Engländer so mögt, verstehe ich nicht. Sie haben doch eure Nationalheldin verbrannt.« Ich erstarrte. Was war zu tun, wenn man von einem Deutschen angesprochen wurde? Der Deutsche ging um den Tisch herum, reichte mir eine Tafel Schokolade und sagte: »Ich heiße Günther.«

Ich blickte begierig auf die Tafel und versuchte, dem Namen, den er genannt hatte, einen Sinn zu geben. Als der Deutsche mit einem einladenden Kopfnicken auf die Tafel wies, streckte ich die Hand aus. Er lächelte, nickte noch einmal und verließ das Wohnzimmer. Paulette und ich hatten über die Gefährlichkeit der Deutschen gesprochen und beschlossen, niemals etwas von ihnen anzunehmen. Denn wer wusste schon, ob sie nicht versuchen würden, uns alle zu vergiften? Langsam stand ich auf, ging zu dem Schrank, wo das Geschirr für besondere Gelegenheiten untergebracht war, öffnete die Schranktür und steckte die Tafel schnell, als sei sie heiß geworden, in das unterste Fach.

Ich zeigte sie am kommenden Wochenende Paulette, und wir waren uns einig, dass es sich um eine Falle handeln musste. »Wir bekommen keine Schokolade mehr im Laden, und dann nützen die Deutschen unsere Lust auf Schokolade aus und wollen uns vergiften«, empörte sich Paulette. Wir beschlossen, die Tafel an ihrem Platz zu lassen, bis wir eine Lösung für sie gefunden hätten.

Zwei Wochen später saß ich wieder über meinen Schulaufgaben, als ich das Klacken der Stiefel auf der Treppe hörte.

Doch statt das Haus zu verlassen, kamen die Stiefel näher. Ich schaute den Deutschen, der in der Wohnzimmertür stand, unbeteiligt an, denn auch darüber waren Paulette und ich uns einig: Man sollte den Deutschen möglichst wenig verraten, was in einem vorging.

»Na, beschäftigen Sie sich wieder mit Jeanne d'Arc?«, fragte er. Ich schüttelte den Kopf und ärgerte mich über mich selbst, denn auch Kopfschütteln war eine Antwort.

Der Deutsche blieb vor mir stehen und fixierte etwas hinter meinem Rücken. Dann ging er an mir vorbei zum Wohnzimmerschrank und öffnete ihn. Ich hörte seine Stiefel knarzen, als er in die Hocke ging, und knarzen, als er sich wieder erhob, hörte seine Schritte um den Tisch herum, und als er wieder vor mir stand, hielt er die unversehrte Tafel Schokolade in der Hand. Er wickelte sie aus, roch daran, brach, während er mir ohne zu zwinkern in die Augen blickte, ein Stück davon ab, steckte es in den Mund, kaute langsam und ausführlich und schluckte den Bissen herunter. Er legte die Schokolade auf den Tisch und sagte: »Entweder Sie essen die Schokolade, oder Sie schließen die Schranktür ordentlich.«

Alphonse war schon im August nach Belay zurückgekehrt. Es war ihm gelungen, mit seiner Einheit in Richtung Süden zu fliehen, weshalb er der Gefangennahme entkommen und bei seiner Rückkehr aus dem Militärdienst entlassen worden war. Von Serge kam eine Karte. Er sei in einem Kriegsgefangenenlager in der Nähe von Hannover, es gehe ihm den Umständen entsprechend gut, wir sollten uns keine Sorgen machen. Auch Robert war in Gefangenschaft geraten.

Jetzt muss ich ganz allein für mich und François sorgen, schrieb Adrienne. Ihr habt es gut mit der Metzgerei.

Auch Théodora schwärmte für den Maréchal und seine Nationale Revolution. »Gewerkschaften und Streiks hätten Frankreich beinahe in den Abgrund gerissen«, sagte sie, »es wird Zeit, dass endlich jemand mit ihnen aufräumt.«

»Und mit den Intellektuellen und Juden muss auch Schluss sein«, kommentierte sie die ersten antisemitischen Gesetze, die im Oktober 1940 in Kraft traten und französische Juden aus dem öffentlichen Leben verbannten sowie die sofortige Festnahme ausländischer Juden erlaubte. Wenn Renée Théodora wegen ihrer politischen Haltung eine hirnlose Ziege schimpfte, winkte Alphonse ab und zuckte mit den Schultern, als wolle er sagen, wer kann Théodora schon ernst nehmen.

Aus heutiger Sicht mag es vermessen oder naiv klingen, doch ich würde das Gefühl, das ich anfänglich den Deutschen gegenüber empfand, als Enttäuschung bezeichnen, so als hätten sie oder »die dort oben«, wie Nanie unsere Regierung nannte, etwas versprochen, das sie nicht hielten. Zwar traten die Deutschen, wenn sie ein Haus oder die Ernte requirieren wollten, als Sieger und Herrscher auf und gingen davon aus, dass man ihre Befehle befolgte. Doch sie überließen es dem Bürgermeister und der Ortsverwaltung, Verordnungen und Befehle bekanntzugeben und über ihre Einhaltung zu wachen. Es war nicht auszumachen, ob die Besatzer oder die lokalen Autoritäten an uns appellierten, als »friedliche Bevölkerung« dafür zu sorgen, »Störern« und »subversiven Elementen« das Handwerk zu legen, die Telefonkabel durchtrennten, das Lothringer Kreuz oder das V für *Victoire* an Wände malten.

Den meisten Soldaten war offenbar daran gelegen, von uns gemocht zu werden. »Sie wollen sich verbrüdern und verlangen von uns zu vergessen, dass sie Besatzer sind«, sagte Nanie,

»und sie sind fassungslos oder verärgert, wenn wir das nicht wollen.«

Zunächst war es – neben der rasch einsetzenden Knappheit an Lebensmitteln – vor allem die Flut an Regeln und Einschränkungen, die unser Leben veränderte. Es verging kaum ein Tag, an dem nicht eine neue Verordnung am Rathaus angebracht oder in den Zeitungen abgedruckt wurde, und immer war die Strafe, die bei Nichtbeachtung drohte, schon von vorneherein mit angekündigt. »Jetzt bestimmen sie schon, welches Trottoir wir in welche Richtung zu benutzen haben«, sagte Nanie. »Bald wird es Paragraphen dazu geben, wann wir auf die Toilette gehen, welchen Schuh wir zuerst anziehen und in welchen Ärmel wir zuerst schlüpfen dürfen. Und dann frage ich mich, ob sie auch andere Vokabeln kennen als müssen, verbieten, bestrafen.«

Eine der ersten Maßnahmen der Besatzer war es gewesen, die Uhr auf deutsche Zeit, um eine Stunde vorzustellen. Ich erinnerte mich an die Geschichte meiner Geburt und dachte, dass Robert, würde ich jetzt geboren, die Uhrzeit nicht mehr zu verändern bräuchte. Der Schulbeginn wurde morgens um eine Stunde verschoben und abends wollte es gar nicht mehr dunkel werden, was die Ausgangssperre, die ab einundzwanzig Uhr galt, noch länger erscheinen ließ.

Im Schuppen diskutierten Paulette und ich über die Frage, was die Deutschen denn nun seien. »Unsere Feinde, sie haben Frankreich besetzt«, sagte Paulette.

»Aber Pétain fordert uns auf, ihnen zu folgen«, gab ich zu bedenken.

Ich dachte darüber nach, was Pétain gesagt hatte. *La terre, elle, ne ment pas*, und fragte mich, ob er wirklich glaubte, dass

Erde lügen konnte, und wer diejenigen waren, die, im Gegensatz zur Erde, logen und uns wehgetan haben sollten. *Je hais ces mensonges qui vous ont fait tant de mal,* wenn ich darüber nachdachte, welche Lügen mir wehgetan hatten, so fielen mir nur mein Bruder und meine Mutter ein.

Bei Claudine im Café hing ein Porträt von Pétain, und ich hatte, wenn ich in der Schlange um Lebensmittel anstand, reichlich Zeit, es mir genau anzusehen. Mit seinem Schnurrbart erinnerte mich Pétain an meinen verstorbenen Großvater Jean, von dem ein Bild auf dem Buffet in Roses Wohnzimmer stand. Dass Petain unser aller Vater sein sollte, wollte mir nicht einleuchten, denn er sah ohne Zweifel nicht wie ein Vater, sondern wie ein Großvater aus.

Auch Claudine war eine Verfechterin der neuen Zeit und schimpfte auf die Juden, die den Franzosen alles weggenommen hätten. Als ich es Nanie erzählte, runzelte sie die Stirn. »Ab jetzt gehst du zu den Bourgeois einkaufen, auch wenn es weiter weg ist«, sagte sie.

Im Laden der Bourgeois hing kein Bild von Pétain, doch die Schlangen waren genauso lang. Ich vertrieb mir die Wartezeit damit, die in unterschiedlichen Farben gehaltenen Lebensmittelmarken zu studieren, die ich in der Hand bereithielt. Die undurchschaubaren Kodierungen erschienen mir wie die gedruckte Verkörperung der Ge- und Verbote, die unser Leben nun bestimmten.

Bald bekam man fast nichts mehr ohne Marken, es gab sie für Lebensmittel, Kohlen, Kleidung, Schuhe, Benzin, und was man für die Marken bekam, war spärlich. »Spätestens jetzt, wo Benzin so knapp ist, hätte ich das Auto sowieso nicht mehr benutzen können«, sagte Großvater.

Am Wochenende verschwand er gelegentlich, und wenn er

zurückkam, gab es einige Tage lang wieder Milch, Eier und Käse. Ich fragte Nanie, wohin Großvater ging, und sie antwortete: »In Kriegszeiten ist es besser, man weiß nicht immer alles.«

Paulette wusste auch in Kriegszeiten Bescheid. »Er geht zu heimlichen Schlachtungen, und wenn die Deutschen das erfahren, erschießen sie ihn.«

»Aber wenn sie ihn erschießen, können sie keine Wurst mehr in seiner Küche herstellen«, wandte ich ein und hoffte, dass dieses Argument die Deutschen überzeugen werde.

Einmal im Monat schnürte Nanie ein Paket und schickte, soweit sie es hatte auftreiben können, haltbare Wurst, Tabak, warme Unterwäsche an ihren Sohn Robert. In der Schule gedachten wir der französischen Gefangenen. Ich war stolz, dass ich zu den Kindern gehörte, deren Vater in Gefangenschaft saß, auch wenn es sich in meinem Fall um meinen Stiefvater handelte, und dankte Robert in Gedanken, dass er trotz allem meine Mutter geheiratet hatte.

Es muss Ende August 1941 gewesen sein, als ich nach dem Mittagessen zu Paulette hinübergehen wollte und an der Haustür beinahe mit Adrienne zusammengestoßen wäre. Ich wich einen Schritt zurück, als sie sich zu mir herabbeugte, um mich zu begrüßen. »Du könntest deiner Mutter gegenüber etwas mehr Begeisterung an den Tag legen. Meinst du, es war einfach, eine Genehmigung zu bekommen, um dich zu besuchen?« Nanie nahm mich wortlos bei der Schulter und bat Adrienne herein. »Wie lange bleibst du«, fragte sie, »wir müssen dich anmelden.«

Sie nahm mich mit zur Kommandantur, für dessen Einrichtung das Rathaus geräumt worden war, und beruhigte mich. »Deine Mutter ist mit dem Fahrrad da, wie soll sie dich nach

Honoré mitnehmen. Außerdem müsste sie dich dann auch noch ernähren.«

Uniformierte Männer kamen uns auf der Freitreppe entgegen, andere überholten uns, nahmen mehrere Stufen auf einmal. Ich schloss die Augen und hörte nur noch das Dröhnen der Stiefel auf dem Granit. Als ich die Augen wieder öffnete, sah ich in das Gesicht des Soldaten, der mir in Roses Laden zugezwinkert hatte. Er lächelte, nickte mir zu. Er erinnert sich an mich, dachte ich, fühlte mich geschmeichelt und zugleich bei etwas Verbotenem ertappt.

Adrienne blieb zwei Tage. Sie verbrachte ihre Zeit in erster Linie damit, Lebensmittel zu ergattern, die sie in einem eigens dafür genähten Mantel nach Honoré zu transportieren gedachte. Sie hatte ihn mit raffinierten Innentaschen ausgestattet, denen man ihre Füllung von außen nicht ansah.

Beim Abendessen, während Nanie Adrienne einen zweiten Teller Suppe auftat und dafür den Topf leerte, was ich mit neidvollem Blick beobachtete, erzählte Adrienne, dass die Hebamme festgenommen worden sei. »Sie ist zwar Kommunistin«, sagte sie, »aber auch eine gute Hebamme. Gleich morgens haben sie sie geholt, nun, wo die Sowjetunion ja zu Deutschlands Feinden gehört. Sie wäre besser bei ihrem Beruf geblieben und hätte sich nicht in die Politik einmischen sollen.« Sie löffelte die Suppe, während wir ihr schweigend dabei zusahen.

»Was ist eigentlich nach den Ferien mit Ida«, wechselte Nanie das Thema. »Beginnt sie mit ihrer Ausbildung?«

Ich hatte im Juli die Volksschule beendet. Um Lehrerin zu werden, hätte ich nach den Ferien mit den Ergänzungskursen beginnen, nach zwei Jahren eine Prüfung ablegen und dann an einem *concours* teilnehmen müssen, der mir das Studium an der *Ecole Normale Primaire*, der Hochschule für Volksschullehrer erlaubt hätte.

»Das kommt nicht infrage«, sagte Adrienne. »Habt ihr keine Zeitung gelesen? Es gibt diese Ausbildung gar nicht mehr, kein Wunder, das war ja die reinste Kommunistenschmiede. Man braucht jetzt Abitur, um Volksschullehrerin zu werden und muss für das Gymnasium bezahlen. Dafür haben wir das Geld nicht. Ich habe schon mit Rose gesprochen, Ida wird ihr im Laden helfen. Ich würde sie ja auch nach Honoré mit zurücknehmen. Aber hier ist sie viel besser versorgt.«

Ich ging also nach dem Sommer nicht wieder zurück zur Schule, sondern jeden Morgen zu Rose in den Laden. Die meiste Zeit saß ich auf meinem alten Platz und las, denn es gab kaum etwas zu tun. Die leeren Regale des Ladens, die langsam vergehende Zeit erschienen mir wie ein Spiegel meiner Stimmung.

An den Wochenenden träumten Paulette und ich davon, vor dem Chalet in Lemoulin-Plage, von den Pfiffen der Jungs begleitet, auf der Promenade entlangzuspazieren, wie wir es früher die älteren Mädchen hatten tun sehen. »Es ist ungerecht«, sagte Paulette, »jetzt wären wir dran, und es ist Krieg. Wir haben nichts anzuziehen als diese Lumpen, nichts zum Schminken, man kann nicht in die Cafés, weil da nur Deutsche sitzen, und abends, wenn es interessant wird, darf man nicht aus dem Haus.« Sie verzog angewidert das Gesicht und fügte hinzu: »Stell dir vor, in unserem Chalet wohnen jetzt Deutsche, stell dir vor, ihre Hintern auf unseren Stühlen und in unseren Betten!«

Ich nickte, obwohl ich ihre Unzufriedenheit nicht so recht nachvollziehen konnte. Sie ging aufs Gymnasium und hatte somit eine Zukunft, mein Leben hingegen sah für mich nur eine Aushilfsstelle in einem Kurzwarenladen in Belay vor. Paulette hätte noch reichlich Zeit, während ihres Studiums gebildete und interessante Männer kennenzulernen, während mir nichts anderes übrig bliebe, als mit den Männern aus Belay vorliebzunehmen. Außerdem fand ich die Männerfrage weniger dringlich als die Sorge um das Essen. Oft verbrauchten wir die Lebensmittelmarken gar nicht mehr, weil man nichts dafür bekam. Ich hätte viel dafür gegeben, einmal wieder in einer geheizten Küche Weißbrot, Honig, fetten Käse zu essen und endlich echten Kaffee zu probieren, nun, da ich alt genug dafür war.

Die großen politischen Ereignisse bekamen wir meist nur aus der Zeitung oder dem Radio mit, doch immer wieder waren ihre Folgen in unserer unmittelbaren Umgebung zu spüren. In Paulettes Klasse gab es zwei Mädchen, die eines Tages den gelben Stern trugen und kurz darauf nicht mehr zum Unterricht erschienen. Eines von den beiden Mädchen habe mit ihrer Familie untertauchen können, hieß es, das andere sei von der Polizei abgeholt worden. Der Sohn eines Nachbarn wurde von Polizei und Wehrmacht gesucht, weil er sich der Verpflichtung zur Zwangsarbeit in Deutschland entzogen hatte. Mit großem Aufwand trieben die Deutschen den Bau des Atlantikwalls voran und zogen neben den Gefangenen und Zwangsarbeitern auch die Bewohner der Umgebung zu den Arbeiten heran. Die Schreinerei Castel musste Material und Maschinen zur Verfügung stellen, und ab Ende 1943 fuhr der Lieferwagen des Betriebes täglich Arbeitskräfte zu einer der Baustellen.

Die Stimmung in Belay war angespannt. Man war vorsichtig mit dem, was man sagte, und überlegte genau, wem man sich anvertraute. Nicht selten wurden persönliche Fehden ausgetragen, indem man seinen Gegenspieler denunzierte. Die Besatzer reagierten inzwischen auf Sabotageakte mit Todesstrafe und der Erschießung von Geiseln. Wie ich schon erwähnte, sind die Menschen in den ländlichen Gebieten der Normandie traditionell konservativ und nicht eben rebellisch. Doch um die Städte herum häuften sich die Anschläge auf Zuglinien und Telefonleitungen, so dass die Deutschen diese Tag und Nacht von Anwohnern bewachen ließen. Als bei einem Anschlag auf einen Zug deutsche Soldaten ums Leben kamen, wurden nicht nur Geiseln erschossen, sondern fortan französische Zivilisten in den Soldatenzügen mitgeschickt, um die Attentäter abzuschrecken.

»Man kann sagen, was man will«, sagte Großvater, »aber Ideen haben sie.«

»Sie nehmen verhaftete Kommunisten und Juden«, erwiderte Nanie, »da sparen sie noch das Geld für die Deportation.«

Großvater warf ihr einen finsteren Blick zu. »Du redest dich um Kopf und Kragen.«

Im Schuppen, der nun, da die Holzsäcke aufgebraucht und nicht ersetzt worden waren, kahl wirkte, diskutierten Paulette und ich über Politik, über die Besatzung, über den Krieg. Doch gleichzeitig blieb unser Leben merkwürdig unberührt davon, spielte sich in enttäuschend eintönigen Bahnen ab. Wir waren einem Betrug aufgesessen, wenn wir geglaubt hatten, das Leben werde in dem Maße, in dem wir älter würden, aufregender.

An einem kalten Sonntag Ende 1943 – ich sehe uns in unseren regelmäßig von Rose verlängerten Mänteln, an denen sich unser Wachstum wie Jahresringe ablesen ließ, im Schuppen sitzen – sagte Paulette nach einigem Herumdrucksen: »Ich muss dir etwas erzählen, aber wenn du mich verrätst, bringe ich dich um. Schwörst du zu schweigen?«

Ich fühlte mich zurückversetzt in die Zeiten, als wir uns gegenseitig mit Schwüren versichert hatten, und nickte. Paulette zögerte, dann flüsterte sie: »Ich habe mich mit einem Deutschen getroffen.«

Ich schaute sie entsetzt an. »Mit einem Deutschen?«

In Paulettes Blick lag etwas, das ich bei ihr nicht kannte, etwas Ängstliches, als hinge von meiner Bestätigung ihr Leben ab.

»Du meinst«, hakte ich nach, weil ich nicht glauben konnte, was ich gehört hatte, »du meinst, so richtig getroffen, du meinst, ihr hattet eine Verabredung?«

»Du hast geschworen«, erwiderte Paulette. »Schwöre, dass du geschworen hast.«

Ich hielt beide Hände mit überkreuzten Fingern in die Höhe.

»Doppelschwur«, sagte ich, und mir war mulmig zumute.

Paulette erzählte, dass ein Soldat sie in dem Café, das sie nach der Schule regelmäßig mit ein paar Freundinnen besuchte, angesprochen und um ein Treffen gebeten habe.

»Und du bist einfach hingegangen?«, fragte ich.

»Was hättest du getan? Wenn sich endlich mal jemand für dich interessiert?«

Während ich noch über eine Antwort nachdachte, sagte sie: »Heute Nachmittag treffe ich mich mit Franz in Belay. Er ist hier stationiert. Würdest du mitkommen? Damit ich sagen kann, ich war mit dir unterwegs?«

Beim Mittagessen bekam ich kaum etwas herunter. »Ist alles in Ordnung?«, fragte Nanie, und ich nickte hastig.

Ich wusste, was sich die Leute im Ort über Frauen erzählten, die sich mit deutschen Soldaten einließen. An der Haustür einer solchen Frau war einmal über Nacht ein Hakenkreuz geschmiert worden. Warum suchte Paulette sich nicht ein unproblematischeres Rendezvous? Natürlich würde ich Paulette beistehen und ihr ein Alibi verschaffen, aber ich hoffte auch, dass ihr Interesse an dem Deutschen bald zum Erliegen käme.

Paulette war im Garten einer verfallenen Villa am Ortsrand verabredet, die einmal einem spielsüchtigen Grafen gehört hatte und schon seit Jahrzehnten leerstand. Wir schlenderten nebeneinander her und bemühten uns, ein Bild zweier in ihre Unterhaltung vertiefter Mädchen abzugeben. Wir wussten beide, dass wir im Begriff waren, eine Grenze zu überschreiten, und dass diese Überschreitung unvorhersehbare Konsequenzen haben könnte. Als die Villa mit ihren schief hängenden Fensterläden und ihrem eingefallenen Dach hinter winterkahlen Bäumen sichtbar wurde, sagte Paulette: »Ob ich nun mit Franz etwas habe oder nicht, ändert schließlich nichts am Ablauf des Krieges.«

Wir vergewisserten uns, dass niemand in der Nähe war, schlüpfen durch die beschädigte Umfriedung auf das Grundstück und kämpften uns durch Unterholz zu einer Lichtung, die durch die Zweige auszumachen war. Ich bezweifelte, dass der verwilderte Garten um diese Jahreszeit Sichtschutz bot, und blickte mich immer wieder um, doch Paulette beruhigte mich. »Wer soll sich denn außer uns hier herumtreiben«, sagte sie.

Der Mann, der durch das gelbe, struppige Gras auf uns zukam, zog das Bein ein wenig nach. Ich brauchte einen Moment, bis ich begriff, dass es sich um den Deutschen aus Roses Laden handelte, dem ich ein weiteres Mal auf der Treppe der Kommandantur begegnet war. Ich hatte schon lange nicht mehr an ihn gedacht, hatte angenommen, er sei nach Russland verlegt und durch einen anderen ersetzt worden, einen sehr jungen Soldaten oder einen Verletzten, der an der Front im Osten nichts mehr nützte. Ich war empört, weil Paulette mir verheimlicht hatte, dass ich Franz bereits kannte, doch dann fiel mir ein, dass sie das nicht wissen konnte. Auch er stutzte, als er mich sah, dann wich die Verblüffung auf seinem Gesicht einer distanzierten Höflichkeit.

Auf dem Weg nach Hause erzählte mir Paulette, Franz sei bei einer Schießübung verletzt worden und habe lange im Lazarett gelegen. Er habe gehofft, für den Krieg unbrauchbar geworden zu sein und nach Hause zu können, doch sein Bein sei besser verheilt als erwartet, und seine Sprachkenntnisse würden vor Ort gebraucht, so dass er nun als Dolmetscher arbeite.

Paulettes Interesse erlahmte nicht. Ich war meist dabei, wenn sie sich mit Franz traf, oder ich wusste von dem Treffen und verschaffte ihr das nötige Alibi. Franz und ich sprachen kaum miteinander, und wenn, sparten wir aus, dass wir uns kannten, so dass ich es bald vergaß. Er war Paulettes Freund, was nur in der Logik der Dinge lag: Sie war älter als ich, wenn auch nur um zwei Monate, sie war reifer und sah besser aus. Mir genügte es, auf meine Art an der Beziehung teilzuhaben, unentbehrlich zu ihrer Verheimlichung zu sein. Ich nahm wahr, dass Paulette sich veränderte, als hätte das Verliebtsein eine andere Person in ihr geweckt, die nicht mehr ruppig und direkt war, sondern sich zwischen Schwärmerei und der Angst bewegte, Franz könne sie irgendwann nicht mehr gut genug finden. »Meinst du, ich kann so zu dem Treffen gehen?«, fragte sie oft. »All das geflickte Zeug. Ein Mann will doch etwas Schönes sehen. Ich komme mir vor wie der letzte Dorftrottel.«

Ich weiß nicht, ob Renée oder Nanie etwas ahnten. Ob überhaupt irgendjemand etwas mitbekommen hat. Einmal brachte ich Aluminiumstreifen mit nach Hause, die ich in dem verlassenen Garten aufgehoben hatte, weil mich die silbernen, knisternden Bänder faszinierten und ich sie gerne anfasste. Sie wurden von alliierten Flugzeugen zur Radarstörung abgeworfen, es war strengstens verboten, sie einzusammeln. Nanie riss sie mir aus der Hand und warf sie in den Kamin. »Paulette und du, ihr werdet euch wohl kaum eine Kette damit basteln wollen«, sagte sie.

Paulette
(Warten 4)

Immer gewartet, das sagt sich so, aber was heißt schon »immer«, es muss doch irgendwann angefangen haben mit dem Warten. Kommen Sie morgen Nachmittag an den Hinterausgang des Stadtparks, das war der Anfang des Wartens, des Herzklopfens, der Angst. Am Anfang war eine Uniform, ein höflicher Mann in Uniform, der sich für sie interessierte, es sei denn, man betrachtete die deutsche Besatzung selbst als Anfang, als Anfang vor dem Anfang, denn ohne Besatzung keine Uniform, ohne Uniform keine Treffen, ohne Treffen kein Warten. Besser Warten, besser Herzklopfen als Langeweile, als Wochenenden voller Langeweile mit Ida, das konnte doch nicht alles sein, hatten sie nicht Anrecht auf eine Jugend, eine Zukunft, eine Zukunft über die Schule hinaus, auf ein Studium, einen Beruf. Hauptsache weg, Hauptsache Hauptstadt, ein Bedienstetenzimmer unter dem Dach, dafür müsste das Stipendium reichen, das sie erhalten würde, aber wie kommt man in einem besetzten Land nach Paris, wie kommt man weg, wenn man nicht volljährig, nicht verheiratet ist, Hauptsache Zukunft, Hauptsache nicht in dem Nest bleiben wie ihre Mutter. Paulette hatte sich am Hinterausgang des Stadtparks eingefunden, nicht, weil sie in diesem Augenblick schon an ihre Zukunft gedacht hätte, das wäre übertrieben, sondern weil es Abwechslung versprach, weil Franz gut aussah und sie angesprochen hatte. Sie begann, sich in Belay mit ihm zu treffen, mit ihm und Ida, das war besser als nichts, besser zu dritt mit Ida, als entdeckt zu werden, denn ein Freund, ein richtiger Mann mit sechzehn, das gehörte sich nicht, und schon gar nicht, wenn der Freund der Feind war. Das angstvolle Herzklopfen verwandelte sich mit der Zeit in ein freudiges Herzklopfen, wenn es nicht von vorneherein das Gleiche war, Angst, Vorfreude, Verliebtsein, so wie sie jetzt auch Herzklopfen hatte, weil jeden Moment Louise an der Tür klingeln konnte. Wo sie nur blieb, wo sie nur hingegangen war mit Ida, doch nicht etwa schon wieder abgefahren. Der Wecker zeigte achtzehn Uhr fünfundvierzig, sollte sie aufstehen und etwas zum Abendessen vorbereiten, falls Louise Hunger hätte, eine Viertelstunde würde sie noch liegen bleiben, bis um neunzehn Uhr, neunzehn Uhr französischer Zeit. Französische Zeit oder deutsche Zeit, hatte man damals fragen müssen, um sicher zu sein, dass man dieselbe Zeit meinte, nur mit Franz nicht, für ihn gab es nur eine Zeit, nur seine Zeit, nur seine Heimat, um die er fürchtete, er kam nicht darauf, dass für Paulette das Brummen der Motoren am Himmel, das sich ostwärts entfernte, etwas anderes bedeutete als für ihn. Aber sie bombardieren doch auch eure Städte, sagte er, das ist etwas anderes, antwortete sie. Wie hätte Paulette Franz den Unterschied erklären sollen zwischen Bomben und Bomben, wie sich selbst den Unterschied zwischen Verliebtsein und Angst, sofern es einen gab, Frauen wie Claudine hatten keine Angst, spazierten Hand in Hand mit den Offizieren durch den Ort, kann sein, sie waren ehrlich und Paulette-Colin-geht-mit-dem-Feind war feige, aber Paulette-Colin-geht-mit-dem-Feind war erst sechzehn, sie hatte gefälligst mit gar keinem Mann Hand in Hand zu gehen, es sei denn, er war ihr Mann, doch daran war nicht zu denken. Wie sie es hasste, vorsichtig zu sein, wie sie sich auf Paris freute, wo sie durch die Straßen spazieren könnte, mit wem auch immer sie wollte, wohingegen sie in diesem Nest niemals volljährig, bis an ihr Lebensende nicht volljährig wäre, sondern Rechenschaft ablegen müsste, Paulette-Colin-geht-mit-dem-Deutschen-mit-dem-Protestanten-mit-wem-auch-immer-man-in-diesem-Nest-nicht-geht, in diesem Nest würde sie sich ihr Leben lang nachts im Schuppen verabreden müssen, um mit Wem-auch-immer-man-in-diesem-Nest-nicht-geht zu schlafen. Ich möchte Sie so gerne einmal abends alleine treffen, wie elegant das klang, wie galant er war, als er ihr half, sich wieder anzuziehen, während im Haus nebenan Ida lag und nichts ahnte, auch am nächsten Tag nichts ahnte, als Paulette ihr vom Glück erzählte, nicht vom Schmerz zwischen den Beinen, aber vom Glück, weil Franz gesagt hatte, es sieht aus, als müsse ich in den nächsten Tagen nach Cherbourg, aber ich hole Sie, warten Sie auf mich, ich hole Sie, komme, was da wolle. Er reichte ihr einen Koffer, wo kam denn der auf einmal her, der war ihr im Dunkeln der Scheune gar nicht aufgefallen, und Franz sagte, Sie können Ihre Sachen schon einmal hineinpacken, dann komme ich und wir gehen zusammen nach Paris, Sie können dort Ihre Schule beenden, dann studieren Sie und ich arbeite als Dolmetscher, denn Dolmetscher braucht man immer, im Krieg und im Frieden. Welche Art von Frieden meint er, hatte Paulette gedacht, als zwei Tage später Belay bombardiert wurde, und was ist mit dem Koffer, ihr erster Gedanke hatte nicht ihrem eigenen Leben, sondern dem Koffer gegolten, der fertig gepackt auf dem Dachboden stand und jetzt schmutzig wurde vom Staub in der Luft. Ich werde mit staubigen Sachen in Paris ankommen, ich werde die ersten Tage in staubigen Kleidern Arm in Arm mit

Franz durch die Straßen schlendern, dachte sie. Aber zuerst bekam sie Fieber, ein Fegefieber zwischen den Welten, ihrer Kindheitswelt, in der die Mutter ihr die Hand auf die glühende Stirn legte, und der Erwachsenenwelt, die Franz und ihr gehörte, die sie gemeinsam erschaffen würden und in der Paulette eine Zukunft hatte. Wie oft hat man im Leben eine Zukunft, sie wäre lieber in Belay geblieben nach der Bombardierung, in der Nähe von Franz, statt mit diesem elenden Flüchtlingszug übers Land zu ziehen, mit diesem elenden Papagei, der irgendein Kinderlied krächzte. Wie sie den Krieg hasste, der ihr eben erst begonnenes Leben, ihren Koffer auf dem Dachboden bedrohte, und ausgerechnet diesen Koffer hatte Louise aufgestöbert, ob man schwieg oder erzählte spielte keine Rolle. Der Koffer war leer, dabei konnte Paulette sich nicht daran erinnern, ihn geleert zu haben, aber jetzt war sie schon wieder mit den alten Geschichten beschäftigt, anstatt von vorne zu beginnen, anstatt mit Louise zu sprechen, jetzt, wo alles mit Erde bedeckt war, wo sie nicht mehr befürchten musste, dass Adrienne etwas erzählte aus einer Laune heraus. Sie würde Louise eine Suppe warm machen, eine Gemüsesuppe wie sie sie mochte, nach dem Rezept von Rose, und wenn Louise heute Abend noch käme, könnte sie ihr die Suppe anbieten, und Louise würde das Zeichen verstehen, würde verstehen, dass sie jetzt wie Erwachsene miteinander reden konnten, dass es eine Zukunft gab.

Hotel »Au Joyeux Pêcheur«

Es dauerte, bis die Hotelbesitzerin wieder erschien, und Louise fürchtete schon, sie hätte das Zimmer im letzten Augenblick an jemand anderen vergeben, da ihre zwei Gäste so lange auf sich hatten warten lassen. Doch die Frau entschuldigte sich.

Mein Mann ist in die Stadt gefahren, Großeinkauf machen. Eigentlich sollte an diesem Wochenende eine Aushilfe kommen, doch sie hat sich gestern Abend krankgemeldet. Deshalb bin ich alleine, und alles geht ein wenig langsamer als sonst. Es tut mir leid, dass ich Sie nicht mit aufs Zimmer begleiten kann. Aber Sie gehen in die erste Etage, links den Flur entlang, es ist das vierte Zimmer auf der rechten Seite.

Während Louise Ida die Treppe hoch und den dunklen Flur entlang folgte, wurde ihr bewusst, dass sie noch nie in einem Hotel am Meer übernachtet hatte.

Ich habe überhaupt noch nie in einem Hotel übernachtet, verbesserte sie sich.

Durch das Fenster des Zimmers hatte man einen Blick nach Norden über die Chalets hinweg zu den ersten Dünen, die bis zur Bucht reichten, doch die Bucht selbst war nicht zu sehen. Und auch nicht das Meer, wie Louise enttäuscht feststellte. Sie hätte sich ihre erste Hotelübernachtung perfekter gewünscht.

Ein Zimmer für sich, Meerblick. Sie machte ein paar Schritte nach vorne, um Ida durchzulassen, und blieb unschlüssig im Raum stehen, als habe sie sich zu weit vorgewagt und wüsste nun nicht mehr, wohin mit ihrem Körper, müsste erst über die Bewegungsabläufe nachdenken, mit denen man ein Hotelzimmer aufteilt.

Du kannst dir das Bett aussuchen, hörte sie Ida hinter sich sagen. Ich habe ja nichts auszupacken und kann schon einmal fragen, ab wann es Abendessen gibt. Ich warte auf dich im Empfangsraum. Oder möchtest du gar nicht zu Abend essen?

Doch, doch, erwiderte Louise, obwohl sie sich nicht sicher war. Aber es dauert noch ein wenig, ehe ich runterkomme.

Sie war erleichtert, das Zimmer erst einmal für sich zu haben, brauchte Zeit und Raum, um darüber nachzudenken, was Ida ihr auf dem Parkplatz erzählt hatte. Sie öffnete das Fenster, weil sie meinte, in der gedämpften, aufgewärmten Stille des geschlossenen Raumes nicht atmen zu können.

Großes oder kleines Bett, überlegte sie und wählte das Einzelbett, weil sie diese Nacht auf einer überschaubaren Schlaffläche und nicht in einem halbleeren Doppelbett schlafen wollte. Sie stellte Koffer und Rucksack ab und setzte sich auf den einzigen Stuhl im Zimmer.

Sie war müde und bereute es nun doch, nicht längst schon wieder in ihren Mietwagen gestiegen und nach Norden weitergefahren zu sein. Sie säße jetzt alleine am Tisch eines Hotelzimmers, würde ihre Arbeitsmaterialien und Landkarten um sich herum ausbreiten und die kommenden Tage in Ruhe planen. Stattdessen erfuhr sie, auf einer Bank an einem Parkplatz sitzend, von der Beziehung ihrer Mutter mit einem Wehrmachtssoldaten. Louise hatte sofort im Kopf überschlagen, ob er ihr Vater sein konnte. Dass dies zeitlich nicht möglich war, erleichterte sie. Ansonsten provozierte die Offenbarung Abwehr bei ihr. Was ging es sie an, mit wem Paulette in ihrer Jugend zusammen gewesen war? Die Geschichte zählte heute nicht mehr und hatte für sie keinerlei moralische Bedeutung. Eher schon eine persönliche, denn die strikte Haltung ihrer Mutter allem gegenüber, was mit Deutschland zu tun hatte, ließ sich aller Wahrscheinlichkeit nach darauf zurückführen, auch wenn es als Erklärung nicht genügte, sondern der Geschichte erst eine Bedeutung gab. Hatte Louises Vater von der Beziehung gewusst? Und wenn ja, änderte das irgendetwas?

Paulette war dabei, sich in Louises Leben zu drängen, und zwar in altbekannter Weise von einer völlig unerwarteten, nicht abgesicherten Seite. Offene Flanke, dachte Louise, wenn wir hier schon vom Krieg sprechen.

Idas Geschichte hatte nicht etwa eine überraschende Wendung genommen, sie hatte von vorneherein auf Paulette abgezielt, oder auf Idas Beziehung zu Paulette. Und plötzlich wurde Louise klar, dass es sich andersherum verhielt, dass nicht Paulette sich ihr aufdrängte, sondern dass sie es bei diesem kurzen Einblick in das unbekannte Leben ihrer Mutter nicht belassen wollte. Sie verspürte eine Leere im Kopf, wie man sie verspürt, wenn man im Begriff ist, willentlich einen wahnwitzigen Schritt zu unternehmen, und im nächsten Augenblick erfasste sie wieder der wohlbekannte Schwindel. Nur dass diesmal kein Missverständnis zwischen Verstand und Körper vorlag, eher schon zwischen Verstand und Verstand, zwischen der vernünftigen Entscheidung, die familiären Recherchen aufzuschieben, bis sie ihre berufliche Aufgabe erledigt hätte, und der ebenso vernünftigen Entscheidung, die Gelegenheit zu nutzen, die sich bot, nach Belay zu fahren, Paulette aufzusuchen und sie mit dem, was Ida ihr erzählt hatte und noch erzählen würde, zu konfrontieren. Dass der Schwindel schon etwas Vertrautes hatte, beruhigte Louise, denn er bestätigte, indem er die Schleife schloss, dass es die richtige Entscheidung gewesen war, schon zur Beerdigung und nicht erst wie vorgesehen zwei Tage später anzureisen.

Von draußen drang ein Luftzug herein und machte Louise frösteln. Sie wäre am liebsten aufgesprungen und zu Ida hinuntergestürzt, hätte sie gebeten, gleich, ohne abzuwarten, weiterzuerzählen. Aber es war Ida, die hier die Geschwindigkeit bestimmte, und wenn Louise sie drängte, erführe sie möglicherweise gar nichts mehr. Eins nach dem anderen, sagte sie laut zu sich selbst.

Sie rutschte vom Stuhl und öffnete den Koffer. Sie nahm den Kulturbeutel heraus, sinnierte über das seltsame deutsche Wort und suchte unter den Kleidern nach dem Aufnahmegerät. Doch da war nichts Kühles, Eckiges unter ihren Händen. Sie räumte alles aus und saß wie betäubt vor dem leeren Koffer, registrierte, nebenbei, als gehöre dieser Gedanke zu einem anderen Sender, der sich um ein vergessenes Aufnahmegerät nicht zu scheren brauchte, dass das beige-braune Papier an den Ecken riss. Sie war sich sicher, das Gerät in den Koffer gepackt zu haben, und ohne wirklich an eine andere Möglichkeit zu glauben, tauchte sie die Hand in den Rucksack und zog das Gerät heraus, langsam, um die Erleichterung auszukosten oder die Erkenntnis hinauszuzögern, dass sie es den ganzen Nachmittag herumgetragen hatte, ausgeschaltet, während Ida erzählte.

Die Tonqualität wäre draußen und beim Gehen ohnehin schlecht gewesen, tröstete sie sich und stopfte die Kleidungsstücke wieder in den Koffer. Sie brachte den Kulturbeutel ins Bad, betrachtete sich seitlich im Spiegel und fragte sich, was ihren

Hinterkopf wohl als elegant auszeichnete. Sie stellte wieder einmal fest, wie sehr sie ihrem Vater ähnelte, oder vielmehr der Erinnerung an ihn, die im Laufe der Jahre mit den wenigen in ihrem Besitz befindlichen Fotos verschmolzen war.

Im Zimmer hob sie die Bücher vom Boden auf und legte sie auf den Tisch. Fachliteratur zu ihrem Thema, vielleicht würde sie am Abend noch darin lesen. Mein Thema, dachte sie, welches ist denn nun mein Thema.

Sie klappte ihren Reisewecker auf, den sie auf einem Flohmarkt erstanden hatte und der ein leises, angenehmes Ticken von sich gab. Er war von einem nicht näher bestimmbaren Braun, dem gleichen, nicht näher bestimmbaren Braun wie die Nylonschürze ihrer Nachbarin in Berlin, einer achtzig Jahre alten Frau, die Louise manchmal von früher erzählte, wobei früher sehr weit zurückliegen konnte oder nur ein paar Jahre. Hatte sie irgendetwas an sich, das ältere Frauen dazu bewegte, ihr bereitwillig ihre Geschichten anzuvertrauen? Ich muss in Berlin anrufen, dachte Louise.

Sie erhob sich, schloss das Fenster, steckte das Aufnahmegerät wieder in den Rucksack, vergewisserte sich ihres Geldbeutels und ihres Notizheftes darin und verließ das Zimmer.

Der Speisesaal wies nach Osten, und Louise hätte gerne gefragt, ob sie draußen auf der Terrasse in den letzten Strahlen der Abendsonne essen könnten. Sie wollte jedoch nicht mit ihren ausgefallenen Wünschen zusätzliche Arbeit verursachen und vertröstete sich auf die Morgensonne beim Frühstück.

Sie hatte sich keine Gedanken darüber gemacht, was sie essen wollte, doch als sie auf der ersten Seite *moules frites* las, blätterte sie nicht weiter.

Ich weiß schon, was ich nehme, sagte sie, und du?

Sole meunière, antwortete Ida, und Louise überlegte, ob dieser Fisch auf Deutsch wirklich Seezunge hieß, wie sie annahm.

Oder welche flachen Fische gibt es sonst noch, würde sie ihre Freundin später am Telefon fragen. Ida hat einen dieser flachen Fische gegessen und ich *Moules frites*, Muscheln mit Pommes, auf normannische Art, mit *crème*. Was sollte sie ansonsten erzählen? Ja, ich habe Ida auf der Beerdigung getroffen, wir waren im Chalet, ja, das von früher, nein, Paulette war wie immer, ich habe gar nicht erst das Ende der Beerdigung abgewartet. Ach, übrigens, Paulette ist während des Krieges mit einem deutschen Soldaten zusammen gewesen.

Erzählte man so etwas am Telefon? Auf einem Parkplatz?

Ida klappte die Speisekarte zu.

Wenn dieser Koffer meinen Namen getragen hat und du ihn auf dem Dachboden deiner Eltern gefunden hast, so gibt es meiner Meinung nach nur eine Möglichkeit, wie der Koffer dorthin gelangt sein kann, sagte sie.

Ohne Ida aus den Augen zu lassen, griff Louise nach dem Rucksack, der neben ihr auf dem Stuhl stand, und tastete nach dem Aufnahmegerät. Ida beachtete Louises Bemühungen nicht. Sie hing ihren Gedanken nach und schaute erst auf, als die Hotelbesitzerin an den Tisch trat.

Haben Sie schon gewählt?

Sie bestellten, und als sie wieder sich selbst überlassen waren, fragte Louise, hast du etwas dagegen, wenn ich aufnehme, was du erzählst?

Wenn du aufnimmst, was ich erzähle? Für dein Studium?

Es ist nicht mein Studium, verbesserte Louise sie in Gedanken und erwiderte, ja, für die Recherche.

Ich höre meine Stimme nicht gerne auf Tonband.

Niemand außer mir wird deine Stimme hören.

Aber wir essen doch gleich. Dann hast du Besteckgeklapper auf dem Tonband.

Macht doch nichts.

Was, wenn ich etwas erzähle, das mit historischen Ereignissen nichts zu tun hat.

Alles kann jeden Moment zu einem historischen Ereignis werden.

Wenn du meinst.

Louise stellte das Aufnahmegerät auf den Tisch, positionierte das Mikro, testete den Ton, indem sie bababa in das Mikro sprach, zurückspulte, das Band abspielte. Bababa, klang es metallisch aus dem kleinen Lautsprecher, routinierte Gesten, die aus der familiären Situation eine berufliche machten. Sie drückte die Aufnahmetaste und hoffte wie immer, weil es eine letzte Sicherheit nicht geben konnte, es möge funktionieren.

Aber eigentlich brauchst du gar nichts aufzunehmen, unterbrach Ida Louises Vorbereitungen. Ich habe alles, was ich dir von früher erzähle, aufgeschrieben. Ich habe es sogar dabei.

Sie deutete auf die Tasche, die über der Stuhllehne hing. Ich hatte also recht, dachte Louise, nur dass es sich nicht um eine Kassette handelt, sondern um einen Text.

Ida schien auf die Wirkung des Gesagten zu warten.

Aufgeschrieben?, fragte Louise, weil sie Ida nicht enttäuschen und etwas erwidern wollte.

Aufgeschrieben. Für meine Kinder. Für mich. Vielleicht auch für Paulette. Meine Kinder wissen nichts über meine Familie. Wenn sie früher nach ihren Großeltern, ihren Onkeln und Tanten, ihren Cousins fragten, habe ich nur ausweichende Antworten gegeben. Irgendwann haben sie aufgehört zu fragen. Und wie soll man zu erzählen beginnen, nachdem man es jahrelang vermieden hat? Es fällt leichter, etwas aufzuschreiben, als es auszusprechen. Aber der eigentliche Anlass ist der Tod meines Mannes Anfang 1980 gewesen. Ich bin wegen ihm nach Deutschland gekommen, und wenn er auch nicht die Ursache dafür war, dass ich mich von meiner Familie entfernt, zeitweise sogar den Kontakt abgebrochen habe, so doch der Auslöser. Sein Tod hat natürlich Erinnerungen an die Umstände unseres Kennenlernens geweckt, hat Fragen neu aufgeworfen, die ich für verjährt hielt, namentlich die, warum meine Cousine Paulette und ich, die wir einmal beste Freundinnen gewesen waren, nichts mehr miteinander zu tun hatten. Ich fragte mich, ob mir womöglich etwas entgangen war. Das Ende des Krieges, die Zeit danach kam mir rückblickend wie ein unglaubliches Chaos vor, durch das ich schlafwandlerisch gegangen und am Ende in Deutschland gelandet war. Ich hatte das Gefühl, mir die Gründe für mein Weggehen noch einmal bewusst machen zu müssen, verstehen zu wollen, welchen Anteil meine Familie, Paulette, mein Mann, ich selbst daran gehabt hatten. Es war eine schwierige Zeit, ich trauerte nicht nur um meinen Mann, sondern auch, was mir völlig unerklärlich war und wofür ich mich hasste, um meine Familie, vor der ich doch nach Deutschland geflüchtet war, oder besser gesagt, um die Familie, die sie hätte sein können. Ende 1980 begann ich dann, meine Erinnerungen aufzuschreiben. »Es ist gut, dass du schreibst«, sagten die Kinder, »eine gute Therapie.« Was ich da aufschrieb, das wollten sie nicht wissen. Sie haben auch später nicht danach gefragt. Nachdem ich das erste Heft gefüllt hatte, stellte ich fest, dass meine Schrift nicht besonders leserlich war, und fing an, das Heft abzutippen. Danach habe ich gar nicht erst mit der Hand weitergeschrieben, sondern gleich in die Schreibmaschine hinein. Nach ungefähr einem Jahr hatte ich das Gefühl, an einem Endpunkt angelangt zu sein. Eine Erkenntnis hinsichtlich Paulette war mir nicht gekommen. Aber ich hatte meine Vergangenheit geordnet und festgestellt, dass ich keineswegs schlafwandlerisch durch diese Zeit gegangen war. Das versöhnte mich ein wenig mit mir selbst. Und die Beschäftigung mit meinen Erinnerungen hatte die Trauer um meinen Mann gelindert. Ich habe also die Blätter in die Schublade geräumt und gedacht: Wenn eines der Kinder doch noch einmal etwas wissen will, drücke ich ihm den Packen Papier in die Hand. Nach ein paar Jahren, mit etwas Abstand, reizte es mich, meine Aufzeichnungen noch einmal zu lesen. Ich fand, dass ich eher eine Anklageschrift als einen Bericht verfasst hatte. Da ich wollte, dass meine Kinder möglichst objektive Antworten auf ihre Fragen bekämen, habe ich mich darangemacht, das Ganze zu überarbeiten. Seither habe ich immer wieder an dem Text gefeilt. Immer wenn ich ihn ein paar Monate liegen lasse, finde ich einen neuen Grund, weiter daran zu arbeiten.

Ida nahm einen Schluck Wasser und ordnete gedankenverloren Messer, Gabel, Löffel erst zu einem Dreieck, dann zu einer Linie an.

Siehst du, sagte sie, ich lege mir die Welt immer noch auf Tischen zurecht.

Das Interessante aber ist, fuhr sie fort, dass mir die aufgeschriebenen Erinnerungen inzwischen realer vorkommen als die ursprünglichen. Wenn ich mich heute erinnere, erinnere ich mich an das, was in den Aufzeichnungen steht.

Mythos und Wahrheit, dachte Louise. Die Mythen sind das Original. Und das Original gibt es nicht. Sie konnte sich nicht entsinnen, wo sie das gelesen hatte.

Ida hob die Schultern und ließ sie mit einer Mischung aus Ungläubigkeit und Resignation wieder fallen.

Ich habe also überarbeitet und überarbeitet, und erst nach Jahren ist mir aufgefallen, dass meine Kinder meine Aufzeichnungen gar nicht lesen können! Natürlich schreibe ich auf Französisch, aber meine Kinder sprechen kein Französisch.

Du hast ihnen kein Französisch beigebracht?

Beigebracht ist leicht gesagt. Man denkt immer, das sei so einfach mit der Zweisprachigkeit, denkt, es genüge, mit Kindern in seiner Sprache zu sprechen, und schon würden sie diese Sprache auch lernen. Meine Kinder haben sich irgendwann geweigert, französisch zu sprechen, haben mir nur noch auf Deutsch geantwortet. Was hatte ich erwartet, es steht Weigerung gegen Weigerung. Du erzählst uns nichts aus deinem französischen Leben, warum sollen wir dann mit dir französisch sprechen.

Louise warf einen Blick auf das sich gleichmütig drehende Band. Eigentlich hatte das alles nichts mit ihrem Projekt zu tun. Sie ließ die Aufnahme dennoch weiterlaufen, man wusste nie, zu was sie noch gut sein könnte.

Hast du das, was du gerade erzählt hast, ebenfalls aufgeschrieben?, fragte sie.

Noch nicht, entgegnete Ida. Meine Aufzeichnungen enden 1948. Meine Ankunft in Deutschland, die Zeit danach, das ist eine andere Geschichte. Mal sehen, vielleicht schreibe ich sie eines Tages doch noch auf.

Hast du eigentlich für deine Aufzeichnungen recherchiert? Ich meine, die Daten, die Zusammenhänge, gerade wenn es um die Besatzung geht, das weiß man ja nicht unbedingt, wenn man mittendrin steckt.

Bei der ersten Fassung nicht, erklärte Ida. Später schon. Es war nicht einfach, ich wohne in einer Kleinstadt, und abgesehen davon gibt es nicht viele Veröffentlichungen zur deutschen Besatzung der Normandie. Ich habe Bücher per Fernleihe ausgeliehen und kam mir wieder wie eine Studentin vor.

Wieder?, fragte Louise. Du hast also doch noch Abitur gemacht und studiert?

Nachdem meine Kinder aus dem Gröbsten heraus waren, habe ich das Abitur nachgeholt und an der PH auf Lehramt studiert. Ich war mit meinen damals sechsunddreißig Jahren die älteste Studentin des Jahrgangs. Danach habe ich als Grundschullehrerin gearbeitet.

Ida wurde von der Hotelbesitzerin unterbrochen, die mit dem Essen an den Tisch kam.

Willst du wirklich das Essen aufnehmen?, fragte Ida.

Warum nicht? Als Souvenir? 15. September 1989, Abendessen mit Ida Kempf, Hôtel Au Joyeux Pêcheur, Muscheln, Pommes, Fisch, Reis. Kratz- und Kaugeräusche. Aber du hast recht. Ich schalte das Gerät ab, während wir essen.

Die Aufnahmetaste sprang mit einem deutlich vernehmbaren Klicken zurück. Auch die leeren Muschelschalen klickten, wenn Louise sie auf den dafür vorgesehenen Teller warf. Das Leeren der Muschel mit Zähnen und Lippen, das Tunken der Pommes in den Sud hatten nichts von ihrem Reiz verloren. Früher hätte sie sich für so ein Essen die große, weiße Restaurantserviette umgebunden, die am Ende voller Sudflecken gewesen wäre. Konnte man sich als Erwachsene eine Serviette umbinden, ohne sich der Lächerlichkeit preiszugeben? Es kennt mich ja keiner hier, beruhigte sich Louise, ich bin Touristin, und Touristen machen sich grundsätzlich lächerlich. Tourist sein ist an und für sich lächerlich, so wie jede Situation, in der man als Erwachsener nicht weiß, wie man sich verhalten soll, lächerlich ist.

Sie faltete das steife, weiße Tuch auseinander und band es sich um den Hals.

Ida schien sich auf ihren Teller zu konzentrieren, und Louise überlegte, wie sie das Gespräch noch einmal auf den Koffer bringen könnte. Bevor ihr etwas dazu einfiel, fragte Ida, hast du das eigentlich von mir erfahren, dass deine Mutter mit einem Wehrmachtssoldaten liiert war, oder wusstest du es schon?

Nein, antwortete Louise, ich wusste es nicht.

Ida stocherte in ihrem Teller herum.

Aber wenn Paulette es dir, also ihrer Tochter verheimlicht hat, warum hätte sie es dann Adrienne erzählen sollen?

Adrienne? Wie kommst du darauf, dass sie es getan hat?

Ida holte tief Luft, wie um sich auf eine gewichtige Antwort vorzubereiten.

In Wirklichkeit hat Adrienne nicht gesagt, »Paulettes Tochter lebt ja auch in Deutschland«, sondern »sogar Paulettes Tochter lebt in Deutschland«. Und dieses »sogar« ist mir erst aufgefallen, als ich wieder weg war. Ich habe überlegt, ob ich Adrienne noch einmal anrufe, aber wie hätte ich sie fragen können, ob sie etwas von Paulettes Beziehung wusste, ohne zu riskieren, Paulette zu verraten? Du weißt, ich habe geschworen zu schweigen. Und diesen Schwur habe ich erst dir gegenüber gebrochen.

Louise bemerkte die Flecken auf ihrer Serviette und war froh, sich für die lächerliche Variante entschieden zu haben.

Aber warum denn gerade mir gegenüber?, fragte sie ungläubig und behielt den Gedanken für sich, dass von Paulettes Wehrmachtssoldaten zu wissen ihr Leben weder im guten, noch im schlechten Sinne veränderte.

Das ist eine gute Frage, erwiderte Ida. Nur musst du dich mit der Antwort noch ein wenig gedulden. Aber wenn du mehr über den Krieg wissen willst, kann ich dir einiges erzählen.

Auszug aus Idas Aufzeichnungen,
datiert 6.6.1944 *(Landung der Alliierten)*
bis Anfang Februar 1945,
überschrieben mit
Flucht, Honoré II

Der Krieg, wie wir ihn von Anfang an befürchtet hatten, mit Bombardierungen, Gefechten, Toten auf den Straßen, kam für uns in Belay erst am Ende der Besatzung. Im Mai wurden Cherbourg und Caen und mehrere Städte der Bretagne bombardiert. Nachts hörten wir Flugzeuge über den Ort fliegen. Sie seien nach Deutschland unterwegs, hieß es, und diejenigen, die heimlich BBC hörten, berichteten von großflächigen Zerstörungen. Franz bangte um seine Eltern, schimpfte auf die Alliierten, die unschuldige Zivilisten umbrachten. Paulette und ich hüteten uns einzuwenden, dass seine Landsleute nicht eben zimperlich mit Zivilisten umgingen, dass auch französische Städte bombardiert wurden und dass das Eingreifen der Alliierten das Kriegsende herbeiführen werde. Franz hatte mehrmals angedeutet, wie müde er des Krieges sei und wie wenig er noch an einen Sieg glaubte. Zugleich lebte in ihm die Hoffnung weiter, es könne ein Kriegsende ohne deutsche Niederlage geben. Er träumte davon, sich in Frankreich niederzulassen und dort als Dolmetscher zu arbeiten.

Vielleicht bilde ich mir im Nachhinein ein, am Morgen des 6. Juni ein dumpfes Grollen gehört zu haben, das sich vom sonstigen Brummen der Geschwader unterschied. Die Strände der Landung sind ungefähr 50 Kilometer Luftlinie entfernt von Belay, ich weiß nicht, ob Geräusche so weit tragen können. Meine Großeltern jedenfalls behaupteten, dass in der Nacht die Flugzeuge tiefer geflogen seien als in anderen Nächten. »Wie hätte man sie ansonsten durch den Sturm hindurch gehört«, sagte Großvater. »Was für ein Sturm! Wir können froh sein, dass er das Dach nicht abgedeckt hat. Wahrscheinlich war es eine Übung. Die Deutschen sind nervös. Sie wissen, dass die Landung bevorsteht.«

Dann ertönte, am helllichten Morgen und nicht wie üblich am Abend, die Glocke für die Ausgangssperre. »Sollten sie bei diesem Wetter wirklich gelandet sein?«, fragte Nanie.

Wie wir uns tagsüber im Haus beschäftigten, vermag ich nicht mehr zu sagen. Wir hatten im Jahr davor unser Radio abgeben müssen, hatten also keinerlei Informationen.

Ich hätte gerne Paulette besucht, die mit Fieber im Bett lag und die ich wegen der Ansteckungsgefahr bereits am Vortag nicht hatte sehen dürfen. Doch Nanie ließ nicht mit sich reden. »Und wenn es nur drei Häuser sind«, sagte sie, »du gehst mir nicht hinaus. Wozu bringe ich dich heil durch den Krieg, wenn du am Ende erschossen wirst. Und zu Ende wird er gehen, dieser Krieg, ob sie nun gelandet sind oder nicht. Paulette kannst du noch dein ganzes Leben besuchen!«

Ich weiß nicht mehr, wann und von wem wir erfuhren, dass die Landung der Alliierten tatsächlich stattgefunden hatte. Dafür sehe ich noch sehr genau den Morgen des 7. Juni vor mir, weiß noch, dass ich dabei war, mein Brot in den Ersatzkaffee zu tunken, als ich ein anschwellendes Brummen vernahm, das aus unmittelbarer Nähe zu kommen schien. Ich hob den Kopf und sah an der gegenüberliegenden Seite des Platzes Flugzeuge über den Häusern auftauchen und auf uns zufliegen, sah kleine, dunkle Brocken fallen und wurde im nächsten Augenblick von der Detonation vom Stuhl gerissen. Ich nahm die Erschütterung und den Knall zeitversetzt wahr, stellte verwundert fest, dass ich an der Tür zur Kellertreppe lag und nicht wusste, wie ich dorthin gekommen war, dass ich lebte und mich bewegen konnte. Mich an der Kellertür abstützend stand ich auf, und mein Blick fiel zuerst auf die Frühstücksschalen, die noch an ihrem Platz standen, auf das angebissene Brot, das Messer, den Staub, der alles überzog. Dann erst nahm ich Nanie und Großvater wahr, die sich in einer Ecke vom Boden erhoben. »Es ist Krieg«, sagte Nanie.

Draußen brannten zahlreiche Häuser, in der Luft hingen Rauch und Staub und machten das Atmen schwer. Man hörte das Fauchen der Flammen und dazwischen grelle, kippende Stimmen, die nach einem Kind, einer Schwester, einem Vater riefen. Es herrschte ein unglaubliches Durcheinander, ich erkannte unsere Nachbarn, den Bürgermeister, Claudine. »Dort drüben sind Renée, Rose, Théodora und die Kinder«, sagte Nanie, während ich noch an der Tür stand und fassungslos auf den Platz starrte. »Die Kinder?«, fragte ich, weil ich nicht verstand, wen sie damit meinte. »Na, deine Cousins und deine Cousine«, erwiderte Nanie und zog mich mit sich über den Platz.

Großvater und Nanie stritten darüber, ob man mit den anderen Belay verlassen und in der Umgebung nach einem halbwegs sicheren Flecken suchen oder besser bleiben sollte. Großvater hielt es für übertrieben zu fliehen. »Warum sollten sie unseren kleinen Ort zweimal bombardieren? Ich bleibe hier und passe auf das Haus auf.« »Es sind über zwanzig Menschen umgekommen«, wandte Nanie ein. »Und wer weiß, wie schnell die

Front heranrückt. Wir haben die Verantwortung für Ida. Wenn du nicht mitkommen willst, dann bleib eben hier.«

Es waren an die Hundert Frauen, Kinder und alte Männer, die sich mit Taschen, Bündeln und Koffern beladen bei strömendem Regen auf den Weg machten. Großvater wollte Nanie und mich am Ende doch nicht alleine gehen lassen, und Renée, Paulette und Rose schlossen sich uns an. Théodora, Alphonse und meine Cousins zogen es vor zu bleiben und richteten sich in der Schreinerei ein, weil sie Plünderungen fürchteten. In der Mitte des Zugs thronte der Arzt der Gemeinde neben seinem Papagei auf einem Pferdewagen, vor den ein gebrechlicher und deshalb nicht zu Kriegszwecken eingezogener Gaul gespannt war. Der Papagei kreischte unablässig *au secours* und den Beginn des Liedes *Savez-vous plantez les choux* und flatterte hektisch mit seinen gestutzten Flügeln. Die Apothekerin, der nur die Schlüssel ihres Hauses geblieben waren, folgte stoisch dem Zug und schien nicht zu bemerken, dass sich die schwarze Imprägnierung ihres Hutes im Regen auflöste und ihr an Haar und Gesicht hinunterlief. An der Spitze des Zuges schritt der Bürgermeister wie ein würdevoller Hirte, als gälte es, das Gesicht des Dorfes zu wahren.

Die Deutschen, die wir kreuzten, beachteten uns nicht. Sie wirkten hektisch und ziellos. Wie Ameisen, deren Nester man aushebt, dachte ich. Mir schien, als gehörten sie schon einer vergangenen Zeit an, aus der wir gerade auszogen, an der sie jedoch noch verbissen festhielten.

Es sah aus, als befände sich die gesamte Region auf der Flucht. Andere Flüchtlingszüge schlossen sich uns an, man tauschte begierig Informationen, versuchte, sich ein Bild von der Lage zu machen, Prognosen über den Frontverlauf zu treffen.

Paulette sah müde aus. »Hast du noch Fieber? Kann ich dir etwas abnehmen?«, fragte ich. Doch sie schüttelte nur abwesend den Kopf. Wir liefen eine Weile schweigend nebeneinander her, dann flüsterte ich, nachdem ich mich vergewissert hatte, dass keiner uns beachtete: »Hast du etwas von Franz gehört?«

Paulette sah mich an, als tauche sie aus einer anderen Welt auf.

»Ich habe ihn vor zwei Tagen getroffen«, antwortete sie. »Oder ist es drei Tage her? Ich bin abends aus dem Fenster gestiegen, wir waren im Schuppen verabredet. Aber wo er jetzt ist, weiß ich nicht.«

»Du meinst, in Großvaters Schuppen?«

Ich war gekränkt. Natürlich wusste ich, dass Paulette ein Recht hatte, sich ohne mich oder mein Wissen mit Franz zu treffen, aber sie hätte zumindest einen anderen Ort wählen können, nicht unseren Schuppen.

»Habt ihr euch schon öfter im Schuppen getroffen?«, fragte ich.

Paulette ging auf keine meiner Fragen ein.

»Franz hat mir versprochen, dass er mich nach dem Krieg nach Paris mitnimmt und ich dort studieren kann«, sagte sie, und ihre Augen leuchteten. »Er arbeitet als Dolmetscher weiter, und ich studiere.«

»Weißt du denn jetzt, was du studieren willst?«, fragte ich und fühlte mich wie eine Spielverderberin.

»Pharmazeutik«, antwortete Paulette. »Das geht auch als Frau.«

Unterwegs erinnerte sich Großvater an einen alten Freund, der ihm einmal angeboten hatte, im Fall der Fälle bei ihm unterzukommen. Und da jetzt der Fall der Fälle eingetreten war und der Hof des Freundes auf dem Weg lag, gab Großvater dem Bürgermeister Bescheid, dass wir nicht mit den anderen weiterziehen würden. »In so einem Tross sind wir eine perfekte Zielscheibe«, rechtfertige Großvater seinen Entschluss. »Als sie einmarschiert sind, haben die Deutschen auch Flüchtlinge beschossen, warum sollten sie es bei ihrem Rückzug nicht ebenfalls tun?«

Großvaters Freund brachte uns in einem leerstehenden Häuschen auf seinem Grundstück unter. Mit Matratzen, von denen ich nicht weiß, woher wir sie hatten, richteten wir uns ein Lager ein. Rose breitete die Laken, die sie in ihrem Rucksack mitgeschleppt hatte, auf den Matratzen aus. In der kargen Szenerie wirkten sie wie Requisiten. »Für irgendetwas muss meine Aussteuer doch gut sein«, sagte sie und strich die Laken glatt.

Ich habe nur noch vage Erinnerungen an die ersten Tage in dem Häuschen. Wir hatten Hunger, Durst und Angst, noch einmal bombardiert zu werden oder in ein Rückzugsgefecht zu geraten. Wir lauschten dem fernem Artilleriebeschuss, dem Jaulen der Raketen, den Explosionen, und versuchten, an der Intensität der Geräusche die Entfernung der Front abzuschätzen. Paulette war wieder in ihre Welt versunken, zu der ich keinen Zugang hatte. Wenn ich versuchte, sie in ein Gespräch zu verwickeln oder sie mit Anekdoten aufzuheitern, lächelte sie nur abwesend und schwieg.

Eines Morgens, es muss nach ungefähr zwei Wochen gewesen sein – zumindest erinnere ich mich an zwei Gottesdienste, an denen wir im angrenzenden Dorf teilnahmen –, verkündete Großvater, er wolle zurück nach Belay und nach dem Rechten sehen. Alle begannen gleichzeitig, auf ihn einzureden, um ihn von dieser Idee abzubringen. Ein unglaubliches Stimmengewirr erfüllte den Raum, mit dem sich die Anspannung der letzten Tage entlud. Dann verebbten die Stimmen wieder, und in der Stille klang meine Stimme sehr laut: »Ich komme mit.«

Bevor die nächste Diskussion anheben konnte, sagte Großvater: »Einverstanden. Das ist gar keine schlechte Idee. Es ist weniger gefährlich, wenn wir ein Erwachsener und ein Kind sind.«

»Ida ist kein Kind mehr«, widersprach Nanie. »Sie ist siebzehn. Und seit wann lassen sich Soldaten, vor allem deutsche, von Kindern erweichen?«

Großvater überging ihre Bemerkung und nickte mir zu. »Bist du bereit?«

Ich war erleichtert, der Enge des Hauses, in dem wir zu sechst in zwei winzigen Räumen hausten, entkommen zu sein. Mich zu bewegen, auch wenn es gefährlich war, schien mir wesentlich angenehmer, als zu warten und darüber nachzudenken, ob Paulette sich schon länger hinter meinem Rücken mit Franz traf und warum sie nicht mit mir sprach. Wir liefen schon eine Stunde, da blieb Großvater stehen und sagte: »Wo ist die Abtei? Von hier aus müsste man die Abtei sehen.«

»Die haben die Deutschen bei ihrem Rückzug gesprengt«, sagte der Bäcker, den wir am Ortseingang trafen. Er erzählte uns auch, dass Belay ein weiteres Mal bombardiert worden sei. »Aber Ihr Haus ist auch dieses Mal stehen geblieben, Sie haben Glück gehabt.«

Wir liefen durch Ruinen und geisterhafte Straßen zum Marktplatz. Das Haus, wo Großvater seine Garage angemietet hatte, stand nicht mehr. »Das war einmal mein Auto«, murmelte er. »Zum Glück habe ich die Reifen abmontiert und bei mir im Keller untergebracht.«

Die Frühstücksschalen, die Nanie noch vor unserem Aufbruch abgespült und auf das Abtropfgitter gestellt hatte, waren längst wieder mit einer Staubschicht bedeckt. Um den Mülleimer herum schwirrten Fliegen. Durch das Küchenfenster sah man einen Mann durch den Garten streifen. Großvater griff nach einem Messer und riss die Tür auf. Ein deutscher Soldat stand vor den Johannisbeersträuchern und stopfte sich Beeren in den Mund. Er wandte sich kauend um und sagte mit vollem Mund: »Bedienen Sie sich, sonst bekommen das alles die Amerikaner.« Ich war mir sicher, Großvater werde sich auf den Mann stürzen, doch er fluchte nur, schloss die Tür wieder und machte sich daran, weitere Messer und ein Beil in seinem Rucksack zu verstauen. »Wenn sie jetzt schon dabei sind, unsere Gärten zu plündern, werden sie sich nicht um meinen Rucksack scheren. Das hier sind meine Arbeitsutensilien, die waren teuer.« Aus der Vorratskammer nahmen wir mit, was haltbar war und in meinen Rucksack passte.

Wir wollten gerade aufbrechen, als es an der Haustür klopfte. »Hallo? Ist da wer?«, rief eine Frauenstimme. Die Frau mit Fahrrad und Rucksack, die vor der Tür stand, hatte ich noch nie gesehen. Auch Großvater schien sie nicht zu kennen und sah sie fragend an. Als sie den Rucksack auf dem Boden absetzte, bemerkte ich das aufgenähte rote Kreuz.

»Hier sind ja noch Menschen!«, sagte die Frau und streckte Großvater die Hand entgegen. »Marguerite Castel«, stellte sie sich vor. »Sie kennen mich wahrscheinlich von früher aus der Nachbarschaft. Aber wir haben uns lange nicht gesehen.«

Es war das erste Mal, dass ich Marguerite begegnete, der Tante mit der Erleuchtung. Jetzt, wo ich wusste, dass es Marguerite war, fand ich, dass sie Adrienne ähnelte. Sie wirkte auf eine groteske Art frisch in dem Staub und Dreck der Umgebung. Seit

Tagen hatte ich nur müde und erschöpfte Gesichter um mich herum gehabt, Marguerite jedoch strahlte, und mir schien, es lag nicht nur daran, dass sie uns gefunden hatte. Das muss die Erleuchtung sein, dachte ich, und unterdrückte meine Lust zu lachen.

»Und du«, sie betrachtete mich prüfend, »bist sicherlich Ida. Oder vielleicht Paulette?«

»Ida«, antworte ich.

»Da wird sich deine Mutter aber freuen«, sagte sie. »Ich habe sie in Honoré-le-Manoir getroffen, und sie hat mich gebeten, nach dir zu schauen.«

Ich wich einen Schritt zurück. Dass eine mir unbekannte Person, die meiner Mutter ähnelte, sich freute, mich zu sehen, machte mich misstrauisch.

»Und wo sind die anderen?«, fragte Marguerite. »Ich meine Renée und Rose. Ich bin bei ihnen vorbeigegangen, sie waren nicht da. Roses Laden hat etwas gelitten, aber Renées Haus steht noch. Und mein Bruder Alphonse und seine Familie sind wohlauf.«

Sie fahre als Krankenschwester übers Land, erzählte sie, es gäbe viele Verletzte, um die sie sich kümmern müsse. Dabei sei sie auch durch Honoré-le-Manoir gekommen, wo noch alles friedlich sei. Adrienne und François gehe es gut. »Aber in Lemoulin steht gar nichts mehr, da ist alles in die Luft geflogen.«

Ich dachte an die Ferien, an das Chalet, den Strand und das Meer, das ich seit Jahren nicht gesehen hatte und war mir plötzlich nicht mehr sicher, ob ich diese ferne Zeit wirklich erlebt oder nur darüber gelesen hatte, ob das Mädchen, das ich vor mir sah, ich gewesen war oder eine Gestalt aus einer Geschichte.

»Wo finde ich euch? Oder wohnt ihr weiterhin hier?«, fragte Marguerite. Großvater beschrieb ihr den Hof, in dem wir untergekommen waren. Marguerite schulterte ihren Rucksack. »Braucht ihr noch etwas?«, fragte sie. »Ich muss jetzt los, ich komme bestimmt demnächst bei euch vorbei.«

Marguerite kam nicht noch einmal bei uns vorbei, dafür hielt ein paar Tage später ein Krankentransporter im Hof des Anwesens, in dem wir untergebracht waren. »Wir sollen Ida Leconte nach Honoré mitnehmen«, sagte einer der Sanitäter und zeigte einen Brief, auf dem ich die Handschrift meiner Mutter erkannte. »Das geht nicht«, antwortete ich und blickte mich hilfesuchend nach Nanie um. »Es ist viel zu gefährlich, im Auto unterwegs zu sein, mit den Fliegern in der Luft und den Bomben und Minen.« Nanie las den Brief durch, reichte ihn weiter an Großvater. »Ida«, sagte sie, »ich würde dich sehr gerne behalten. Aber Adrienne ist deine Mutter.«

Ich sah von einem zum anderen. Nanie, Großvater, Renée, Rose blickten betreten zu Boden, Paulette saß teilnahmslos in der Ecke auf ihrer Matratze. Meine Familie, dachte ich, und sie lassen mich gehen, wegen eines Stück Papiers. Ich riss an dem Laken meiner Matratze und stopfte es in den Rucksack. Dann fiel mir ein, dass es Rose gehörte, zog es zerknüllt wieder heraus und warf es auf den Boden. Mir gehört hier sowieso nichts mehr, dachte ich.

Nanie machte eine Bewegung, als wolle sie sich von mir verabschieden, doch ich wich ihr aus. Ich schob mich an den Sanitätern vorbei zum Wagen, stieg ein und schlug die Tür zu, hoffend, dass Nanie gleich herausstürzen, mich aus dem Auto ziehen und in ihre Arme schließen werde. Doch nur die Sanitäter folgten mir. »Keine Sorge«, versuchten sie mich zu beruhigen, »wir fahren immer an der Küste entlang, die Deutschen sind dort schon längst nicht mehr, die sind an der Front im Hinterland.«

Wir kamen nur langsam voran, die Straßen waren voller Flüchtlinge. Einmal machten wir einen Abstecher ins Landesinnere, um noch einen Verletzten aufzunehmen. Rechts und links von uns waren die Felder und Hecken verwüstet, auf den Wiesen lagen tote Kühe mit geblähten Bäuchen, wir fuhren an verlassenen, mit Einschusslöchern übersäten Häusern vorbei. Als wir hielten und die Sanitäter mich aufforderten, auszusteigen, um mir die Beine zu vertreten, nahm mir der Geruch von Verwesung, Schwefel und Rauch den Atem. Wir erfuhren, dass Saint-Lô und Coutances völlig zerstört waren, dass die Front nur mühsam vorankam und man nicht auf ein baldiges Ende der Kämpfe zu hoffen brauchte. Von mir aus kann unser Auto von einer Rakete getroffen werden, immer noch besser, als zu meiner Mutter und meinem Bruder zurückzumüssen, dachte ich und schämte mich für den Gedanken.

Bei unserer Ankunft in Honoré sagte eine Nachbarin: »Wie gut, dass sie jetzt da ist. Ein Kind gehört zu seiner Mutter, vor allem in harten Zeiten.«

Mein Bruder lehnte mit gekreuzten Armen im Türrahmen und zischelte mir zu, als ich mich an ihm vorbeidrückte: »Willkommen, kleiner Bastard.« Ich bin kein Bastard, ich bin Halbwaise, dachte ich und betrat das Haus, ohne ihn eines Blickes zu würdigen.

Adrienne verheimlichte mir nicht, warum sie mich bei der ersten sich bietenden Gelegenheit zurück nach Honoré geholt hatte. »Ich habe Arbeit für dich gefunden«, sagte sie, »als

Haushälterin. Da lernst du mehr fürs Leben als bei Rose im Laden. Und deinen Lohn und deine Marken können wir hier gut gebrauchen.«

Ich habe nicht viele exakte Daten aus dieser Zeit behalten, aber ich weiß noch, dass ich am 3.7.1944 meine Stelle bei Frau Delamare antrat. Frau Delamare lebte mit ihren drei Kindern in einem geräumigen Haus am Rande von Honoré. Ihr Mann war Oberst bei der französischen Armee gewesen und 1940 in Nordfrankreich gefallen.

Ich hatte mich noch nie um ein Haus, um eine Küche, um Kinder kümmern müssen und war es nicht gewohnt, um sieben Uhr morgens mit der Arbeit zu beginnen. Doch schon nach ein paar Tagen fing ich an, mich abends auf den nächsten Arbeitstag zu freuen. Frau Delamare schätzte mich und meine Arbeit, und ich vermochte es, mir Respekt den Kindern gegenüber zu verschaffen. Seit ich von der Schule abgegangen war, hatte ich erstmals das Gefühl, erfolgreich zu sein bei dem, was ich tat, einen Bereich in meinem Leben zu haben, der mir allein gehörte. Morgens stand ich vor meiner Mutter und meinem Bruder auf, bereitete für sie das Frühstück und verließ das noch stille Haus. Das Klacken der Tür, die ins Schloss fiel, war der Auftakt meines Tages, der jetzt erst begann. Alles, was sich hinter der Tür, die ins Schloss gefallen war, abspielte, abgespielt hatte oder abspielen würde, gehörte in ein anderes Leben, das erst abends nach meiner Rückkehr wieder meines wäre. Und der Abend schien morgens unvorstellbar weit weg.

Manchmal lud mich Frau Delamare ein, mit ihr zusammen im Esszimmer Mittag zu essen. Ich war eingeschüchtert und stolz, weil sie sich mit mir wie mit einer Erwachsenen unterhielt und mir persönliche Gedanken anvertraute. »Ich bin nun wirklich nicht gut zu sprechen auf die Deutschen«, sagte sie, »denn sie haben meinen Mann auf dem Gewissen. Und meine beste Freundin vermutlich auch, obwohl ich die Hoffnung noch nicht aufgegeben habe, dass sie zurückkommt. Deine Mutter kannte sie, ich glaube, sie war sogar die Hebamme bei deiner Geburt. Aber die Leute im Ort, die mit den Deutschen Geschäfte gemacht oder ihre Nachbarn denunziert haben und sich kurz vor Ende des Krieges zu Widerstandskämpfern hochstilisieren, die widern mich an. Und immer sind sie es, die am lautesten nach Rache schreien!«

Sie hatte ihr Radio in einer Kellernische durch den Krieg gebracht und holte es nun wieder in die Küche. »Die Deutschen sind mit anderen Dingen beschäftigt«, sagte sie, »und jetzt wird sich hoffentlich niemand mehr trauen, uns zu verraten.« Zusammen hörten wir nach dem Mittagessen BBC und verfolgten den Verlauf der Front.

Honoré-le-Manoir ist von den Kämpfen, die auf dem Cotentin fast zwei Monate lang tobten, weitgehend verschont geblieben. Es liegt am Rand des Cotentin, schon fast in der Bretagne, und hat, was die Front angeht, Glück gehabt. Wochenlang hatten die Alliierten die nördliche Halbinsel umkämpft, und als sie Anfang August in die Gegend von Honoré kamen, gab es dort schon keine Deutschen mehr, die ihren Vormarsch hätten aufhalten können. Vom ersten fernen Dröhnen der Panzer bis zur Ankunft der Amerikaner ging alles so schnell, dass meine Mutter nicht einmal mehr dazu kam, das weiße Laken aus dem Fenster zu hängen, das sie vorbereitet hatte, weil sie der Meinung war, eine weiße Fahne könne nie schaden, ob die Soldaten nun Deutsche oder Amerikaner seien. Wir rannten hinaus auf die Straße, stellten uns zu den winkenden, jubelnden

Menschen, die sich um den Hals fielen und vor Erleichterung weinten. Ich ließ mich vom Freudentaumel anstecken. Wenn die Amerikaner da waren, war der Krieg vorbei, wenn der Krieg vorbei war, würde ich wieder nach Belay können, und noch einmal würde Nanie mich nicht weggehen lassen.

Die amerikanische Armee hatte so wenig mit dem Bild, das ich mir von einer Armee machte, gemeinsam, dass ich zunächst glaubte, die Soldaten erlaubten sich einen Scherz. Sie hatten das Maschinengewehr wie ein Spielzeug locker geschultert, trugen Schnürschuhe statt Stiefel, erinnerten an große, saloppe Jungen. Sie fragten, als sie die schlechten Zähne der Kinder sahen, ob wir nicht genug Orangen gegessen hätten, und verteilten merkwürdig mehlig schmeckende Schokolade und Kaugummis, von denen ich erst einmal einige verschluckte, bevor ich lernte, sie so lässig zu kauen wie die Soldaten.

Sie hielten sich nicht in Honoré auf, sondern zogen weiter in Richtung Bretagne. Ich hatte mir die Befreiung spektakulärer ausgemalt. Vor allem aber hatte ich insgeheim gehofft, wir würden wieder genug zu essen haben, wenn die Deutschen weg wären. Stattdessen gab es nach wie vor alles auf Marken, nach wie vor gab es von allem sehr wenig oder nichts.

Kurz nachdem die Amerikaner Honoré wieder verlassen hatten, es muss also noch in der ersten Augusthälfte gewesen sein, kam Frau Delamare völlig aufgelöst und bleich von einem Gang zur Post zurück. »Sie haben zwei Mädchen den Kopf geschoren, fahren sie auf einem Wagen durchs Dorf, bewerfen sie mit Abfällen. Und wie sie alle glotzen und johlen. Einige sind dabei, von denen weiß ich, dass sie mit den Deutschen Schwarzhandel betrieben haben. Sind wir im Mittelalter oder feiern wir, dass die Deutschen weg sind, entweder das eine oder das andere. Ich hoffe nur, dass meine Kinder das nicht gesehen haben. Es ist beschämend für das Dorf.«

Was Frau Delamare berichtet hatte, ging mir nicht aus dem Kopf. Ein paar Tage später sprach ich Adrienne darauf an. »Ja, sicher habe ich das mitbekommen«, antwortete sie, »es war ja nicht zu übersehen. Ich finde, sie haben es übertrieben. Aber man lässt sich eben nicht mit dem Feind ein, das hätten sich die Mädchen vorher überlegen müssen.«

Ich schrieb einen Brief an Paulette.

Wir haben lang nichts mehr voneinander gehört. Bestimmt bist du sehr beschäftigt, so wie ich auch. Ich arbeite jetzt als Haushälterin und habe großes Glück mit meiner Arbeitgeberin. Hast du etwas von F. gehört? Geht es dir gut? Ich wünsche mir so sehr, dass der Krieg bald zu Ende geht und wir uns wiedersehen.

Ich hoffte, dass diese Fragen harmlos genug klangen, um Paulette nicht in Schwierigkeiten zu bringen, falls der Brief Renée in die Hände fiele.

Statt der erwarteten Antwort von Paulette kam ein Brief von Nanie.

Alle sind in Belay damit beschäftigt, die Trümmer zu beseitigen, schrieb sie. Es scheint, als würden es nie weniger werden. Der Gottesdienst findet in einer Baracke statt. Warum haben sie die Abtei gesprengt und nicht ihre Bunker?

Roses Laden sei beschädigt worden und die Schreinerei habe viel Arbeit, denn die Ausgebombten würden in Baracken untergebracht. Man müsse jetzt hoffen, dass der Krieg bald vorbei sei, die Gefangenen nach Hause kämen und das Leben sich normalisieren werde.

Ich hätte gerne etwas von Paulette gehört, doch Nanie erwähnte sie nicht.

Jetzt, da ich wusste, dass alle am Leben waren, vermisste ich Belay umso mehr. »Können wir Nanie nicht einen Besuch abstatten?«, fragte ich.

Adrienne sah mich an wie ein unvernünftiges Kind. »Noch ist Krieg«, sagte sie, »die Alliierten haben nicht einmal Paris erreicht. Wie sollen wir außerdem nach Belay kommen, es fahren keine Züge, und mit dem Fahrrad ist es viel zu gefährlich wegen der Minen. Und wer weiß, ob sich nicht noch irgendwo deutsche Soldaten herumtreiben. Abgesehen davon haben wir nur ein Fahrrad, und wenn ich irgendwo eines besorgen könnte, würde ich deinen Bruder mitnehmen, der kann mich wenigstens beschützen.«

An Weihnachten schrieb Nanie: Das erste Weihnachten seit vier Jahren ohne deutsche Uniformen, hoffen wir, dass das nächste Jahr den Frieden bringt. Dann kann auch Paulette nach Hause kommen, ich habe sie lange nicht gesehen, sie hilft einer entfernten Cousine in Cherbourg, die ausgebombt wurde. In diesen Zeiten ist es wichtig, sich gegenseitig zu helfen.

Ich war erleichtert. Wenn Paulette mir nicht schrieb, so lag es daran, dass sie genug damit zu tun hatte, ihrer Cousine beizustehen. Ob sie in Cherbourg aufs Gymnasium ging?

Anfang Februar nahm sich Adrienne ein paar Tage frei und fuhr trotz der Kälte allein und mit dem Fahrrad nach Belay. Bei ihrer Rückkehr überhäufte ich sie mit Fragen, doch sie sagte nur: »Warum willst du das alles wissen? Wie soll es in Belay schon gewesen sein? Wie immer. Es geht allen gut, sie haben ja dort die Metzgerei und das Wintergemüse im Garten, um sich zu versorgen, im Gegensatz zu uns. Und Paulette ist noch in Cherbourg, sie hat Besseres zu tun, als dir Briefe zu schreiben.«

Paulette
(Warten 5)

Deutschenflittchen, zischte es hinter ihr, Deutschenflittchen, Deutschenflittchen. Warum wiederholten die Leute immer alles dreimal, als wollten sie den anderen ihre Worte in den Kopf hämmern, als genüge es bei so einem Wort nicht, es einmal auszusprechen, damit es sich in den Kopf schob wie ein Nagel, nicht einmal klopfen musste man, wenn der Kopf aus Sand war wie ihrer, einmal ansetzen und schon steckte der Nagel bis zum Schaft im Schädel. Woher kam der Sand, sie war doch jahrelang nicht am Strand gewesen, wurde er vom Meer angeschwemmt und setzte sich ab, bildete Inseln, Rinnsale, Schichten im Kopf, bis der Kopf randvoll war, prall wie die Sandsäcke um die Schützengräben, die das Dorf nicht gerettet hatten vor den Bomben, den Sprengungen, den Trümmern? Überall lagen sie herum, die Trümmer, wurden von den Bewohnern eingesammelt, auf einen Haufen geworfen, tack tack tack, krachten die Steine auf den Haufen, ein unendlich verlangsamtes Maschinengewehr im Kopf, ein Wummern, das sich wie ein Echo als Erschütterung im Körper fortsetzte. Deutschenflittchen, geht mit dem Feind, glaubst du, das hätten wir nicht mitbekommen? Konnte sie das wirklich gehört haben inmitten der krachenden Steine, hätte sie sich nicht besser umdrehen, sich vergewissern sollen? Doch ihr Körper war eine Maschine, eine Trümmeraufsammelmaschine, und die ließ sich nicht bremsen, bücken greifen strecken werfen, bücken greifen strecken werfen, tack tack tack tack, ihr Körper war das Problem, wurde immer mehr zum Problem. Wenn die Leute dich sehen in deinem Zustand, wissen sie gleich Bescheid, du bleibst im Haus und gehst nicht ans Fenster, nicht an die Tür, wir sagen, du bist nicht da, du hilfst einer entfernten Cousine in Cherbourg, die ausgebombt wurde, so ist es besser für dich, besser für uns alle. Sie hätte auf ihre Mutter hören und vom Fenster wegbleiben sollen, als die Menschenmenge vorbeizog, vorneweg eine Frau mit kahlem Schädel, eine nackte Frau, die sich mit ihren Händen versuchte zu bedecken, Brüste, Scham, Gesicht, aber so viele Hände hat keiner, dass er sich damit bedecken kann, und war das nicht eigentlich sie, die da draußen nackt und mit kahlem Schädel, mit diesem Gesicht, das sie ohne Haare selbst nicht wiedererkannt hätte, an ihrem eigenen Fenster vorbeigetrieben wurde, war das nicht sie auf ihrem eigentlichen Platz? Aber warum waren die alten Geschichten so mächtig, dass sie sich ständig dazwischendrängten, in ihren Schlaf drangen, sich in Träume verwandelten, so dass sie sich nicht mehr sicher sein konnte, wo das Wachsein endete, wo es begann. Sie hatte geschlafen, musste eingeschlafen sein, nachdem sie die Suppe aus dem Gefrierfach geholt hatte, bestimmt war sie eingeschlafen, so wie sie auf dem Bett lag, quer und im Morgenmantel, bestimmt hatte sie geträumt. Deshalb war sie doch zur Kur gefahren, um ein für alle Mal die Grenze zwischen Traum und Wachsein abzustecken und um sich auszuruhen von der Müdigkeit, die sie aufs Bett drückte, aufs Bett presste, dass sie sich nicht mehr bewegen konnte und daran zweifelte, ob es das erste Kind überhaupt gegeben hatte, ob nicht ihr ganzes Leben auf einem Irrtum beruhte und ihr eigentliches Leben ein ganz anderes war, das sich unbemerkt von ihr abspielte. Wann hatte das angefangen mit der Müdigkeit, woher war sie plötzlich gekommen, hatte Louise ihr die Kraft entzogen mit ihrem Geschrei, ihrem Hadern, ihrem Aufbegehren, oder war Paulette schon vorher müde gewesen und besaß deshalb keine Kraft für Louise? Ihr Mann brachte sie zum Arzt, aber der konnte nichts finden, Sie sind kerngesund, Kreislauf, Blutbild, alles bestens. Alles bestens, sagte die Stimme im Kopf, alles bestens Deutschenflittchen, du entwischst uns nicht. Von der Stimme ging die eigentliche Gefahr aus, die Stimme drohte zu verraten, was ihr Mann nicht wusste, was Louise nicht wusste, weil Paulette alles für sich behalten hatte, die beiden nicht hineinziehen wollte in die alten Geschichten, sonst wäre sie mit dem Zählen durcheinandergekommen, mit den Zahlen. Auf die Familie konnte sie sich in dieser Hinsicht verlassen, wenn man nur lange genug schweigt, vergisst man, was man verschweigt, aber die Stimme dachte nicht daran zu vergessen, und Paulette wusste nie, ob die Stimme nur in ihrem Kopf war oder ob die anderen sie ebenfalls vernahmen. Erst nach der Kur war die Stimme verschwunden gewesen, die Ärzte verstanden ihr Handwerk, nach der Kur hatte es ein paar Jahre nur die Müdigkeit gegeben und die Auseinandersetzungen mit Louise. Aber als ihr Mann starb und sie allein ließ, als Louise wegging, ausgerechnet nach Deutschland ging, brach die schöne Ordnung wieder zusammen, kam die Stimme zurück, als hätte sie auf die Leerstelle gewartet, die ihr Mann und Louise hinterließen, um sie zu besetzen, um sich breitzumachen und Zweifel zu säen an der Zahlenfolge, am Davor und Danach. Sie hätte Louise schreiben, ihr alles erzählen, alles erklären wollen, so wie sie am Ende des Krieges Ida hatte schreiben wollen, wenn sie nur gegen ihre Mutter angekommen wäre, die sagte, es bleibt unter uns. Der Brief an Louise war eigentlich ein Brief an Ida gewesen oder umgekehrt, war auf jeden Fall ein unabgeschickter Brief geblieben, auf jeden Fall hatte sie eben geträumt, geschlafen, wie lange eigentlich, es war schon dunkel und Louise immer noch nicht da. Vielleicht war Louise mit Ida zur Küste gefahren, nahm ein Nachtbad, verspätete sich deshalb, bestimmt war das der Grund für ihre Verspätung, jetzt hätte Paulette gern einen Gezeitenkalender zur Hand gehabt, um rechtzeitig die Suppe aufwärmen zu können für Louise, denn nach dem Baden hätte sie Hunger, so wie früher, wenn sie in den Ferien vom Strand gekommen war, einen Riesenhunger, immer war das Kind hungrig, schon beim Stillen hatte Paulette gedacht, dieses Kind saugt mich aus. Aber jetzt war es in Ordnung, jetzt wärmte sie ihr eine Gemüsesuppe, und Louise würde das Zeichen verstehen, sie würden zusammen die Suppe löffeln und von vorne beginnen.

Grégoire

Als Louise die Tür zur Telefonkabine aufzog, schlug ihr Hitze entgegen, Stickigkeit, der Geruch von Urin. Null null vier neun drei null, sagte sie die Vorwahl auf und trommelte, während das System sich von Nummer zu Nummer hangelte, den Takt an die Scheibe. Sie konnte förmlich verfolgen, wie die Verbindung aufgebaut wurde, ein leises Rattern, das mit jeder Zahl neu ansetzte, ein zaghaftes Rauschen, eine Pause, in der nichts zu hören war, dann erklang das erste Tuten, tief, eher ein Röhren, sehr weit weg. Noch vor dem zweiten Freiton legte sie auf. Die Technik war schneller als sie, überwand Distanzen innerhalb von Sekunden, während sie noch in der Telefonzelle stand, zwischen ihr und ihrer Freundin tausend Kilometer, oder waren es zweitausend, das war unerheblich, der Technik kam es auf ein paar Kilometer mehr oder weniger nicht an. Der Technik war es egal, welche Sprache ihre Benutzer sprachen, sie setzte um, Schall zu Signal, Signal zu Schall, Sprache reduziert auf elektronische Impulse, Simultanübersetzung in dieselbe beliebige Sprache durch ein pantoglottes System. Nur dass bei Louise in dieser Telefonzelle auf dem Parkplatz von Lemoulin-Plage die Übertragung von Bild zu Wort zu Bild nicht funktionierte, nicht auf Deutsch, nicht mit ihrer Freundin, die nichts kannte von dem, was Louise hier vorgefunden hatte. Louise würde nicht erzählen, sondern erklären müssen, und dazu fühlte sie sich außerstande. Langsam bewegte sie sich aus der Telefonzelle heraus, rückwärts, die Wählscheibe im Blick, damit sie, falls sie es sich anders überlegte, gleich am Hörer wäre, doch die zu überwindende Distanz wurde nicht geringer. Sie schloss die Tür der Telefonzelle behutsam, als könne ihre Freundin das Geräusch hören und unnötige Hoffnungen hegen, und blieb noch einen Augenblick vor der Zelle stehen.

Wollte sie wirklich Idas Aufzeichnungen heute Abend noch lesen, so wie Ida es vorgeschlagen hatte, und wenn ja, wo war der geeignete Ort für die Lektüre? Bestimmt nicht im Zimmer, während Ida daneben lag und sie beobachtete, auf eine Reaktion wartete. Vielleicht sollte sie sich erst einmal anhören, was sie am Abend aufgenommen hatte, mit Kopfhörern, um Ida nicht zu stören, und wenn Ida eingeschlafen wäre, würde sie in die Aufzeichnungen hineinschauen.

Ihr fiel ein, dass sie vergessen hatte, nach dem Koffer auf dem Dachboden zu fragen. Stattdessen hatte sie eine andere Frage gestellt, auf die sie lieber erst gar nicht gekommen wäre, die sich aber aus dem Gewirr der möglichen Fragen herausgeschält hatte und sich nicht einfach übergehen ließ.

Weißt du, ob Paulette am Ende des Krieges für ihre Beziehung mit Franz zur Rechenschaft gezogen wurde?

Du meinst, ob sie geschoren wurde? Ich glaube nicht, hatte Ida erwidert, nein, das glaube ich nicht. Es wurden ja nicht grundsätzlich alle Frauen, die sich mit einem Deutschen eingelassen hatten, geschoren. Ich kann mir nicht vorstellen, dass mir dann gar nichts davon zu Ohren gekommen wäre. Dass nicht Nanie in ihren Briefen eine Andeutung gemacht hätte.

Oder Adrienne, als sie im Februar 1945 aus Belay zurückkam. Sie hätte es sich nicht entgehen lassen, mir zu erzählen, was für eine Schlampe doch meine Cousine ist.

Louise war dankbar über Idas Antwort. Die Vorstellung, dass eine der gedemütigten Frauen auf den Bildern vom Ende des Krieges ihre Mutter gewesen sein könnte, war zu unfassbar, als dass Louise sie zulassen wollte. Ihre Kindheit, ihre Jugend, ihr Verhältnis zu Paulette: Keine der Deutungen, die sie sich zurechtgelegt hatte, würden diesem Szenario standhalten, und dafür war sie nicht bereit, nicht jetzt. Als ob man sich das aussuchen könnte, dachte sie.

Dankbar hin oder her, für Idas Einschätzung sprach das lange Gedächtnis des Dorfes. Die Leute vergaßen nicht, wer während des Krieges auf welcher Seite gestanden hatte. Man wusste, wer Kollaborateur gewesen und wer auf dem Schwarzmarkt zu Geld gekommen war. Hätte Paulette zu den geschorenen Frauen gehört, müsste Louise auf die eine oder andere Art davon erfahren haben: eine Bemerkung auf dem Schulhof, beim Einkaufen, ein Wort von Grégoires Eltern. Louise wusste nicht einmal, ob es in Belay Scherungen gegeben hatte.

Sie war so in Gedanken versunken, dass sie das fragende »Louise?« erst beim dritten Mal auf sich bezog. Schaute auf, schaute sich um und erblickte Grégoire, der mit zwei Paletten Bohnendosen auf dem Arm vor dem Hotel stand. Er starrte sie an, ungläubig, und wiederholte noch einmal, Louise?

In ihrem Kopf spulten sich Sätze ab, die man in Filmen in so einer Situation ausspricht, was machst *du* hier, das frage ich *dich*, oder man fiel sich mit einem Blick, in dem die Zuschauer alles lesen konnten, um den Hals, rief, ich fasse es nicht, du bist es *wirklich*, aber was hieß schon wirklich, in Wirklichkeit war alles ganz anders, Grégoire stand vor ihr, und Louise fühlte nichts, nicht die Sehnsucht, die sie auf dem Bahnsteig und in den Dünen empfunden hatte, keine Freude, keine Rührung. Als habe sich die Bandbreite der in so einem Augenblick möglichen Gefühle zu einem Strich zusammengezogen, kleine Gefühle, um den großen zu entgehen.

Grégoire sah noch genauso aus wie Louise ihn in Erinnerung hatte. Aber was bedeutete »genauso«, sah sie selbst noch »genauso« aus?

Sie gingen aufeinander zu, das zumindest erinnerte an einen Film, doch die Frage, ob sie einander in die Arme fielen, stellte sich nicht, denn Grégoire hielt noch immer die Bohnendosen vor der Brust, er sagte, warum hast du nicht angerufen, ich hätte es anders eingerichtet, wäre bei deiner Ankunft da gewesen.

Louise begriff, dass Grégoire der Mann der Hotelbesitzerin war, der gerade vom Einkaufen zurückkehrte, und dass er annahm, sie sei wegen ihm hier. Es bestürzte sie, dass ihr Wiedersehen dort anknüpfte, wo sie auseinandergedriftet waren, bei den unterschiedlichen Erwartungen aneinander, und es tat ihr leid, dass sie im Vorfeld ihrer Reise nichts unternommen hatte, um mit Grégoire Kontakt aufzunehmen.

Du warst doch schon bei meiner Abfahrt da, als ich nach Berlin gegangen bin, hast mich zum Bahnhof gebracht, protestierte Louise. Und jetzt hast du genug mit dem hier zu tun.

Sie deutete zum Hotel und hoffte, dass sie seine Anwesenheit nicht ebenfalls falsch interpretierte. Grégoire zuckte mit den Schultern.

Lass mich die Dosen absetzen, entgegnete er, und mit meiner Frau sprechen. Ich weiß nicht, ob ich sie noch länger mit der Arbeit allein lassen kann, aber ich würde gerne mit dir eine Runde drehen.

Das können wir auch noch morgen, beeilte Louise sich zu sagen. Ich will nicht, dass deine Frau Unannehmlichkeiten hat, nur weil ich hier nach elf Jahren unangemeldet auftauche.

Eigentlich, dachte sie, müsste er mich stehen lassen und mich mit der vagen Versprechung, morgen sei auch noch ein Tag, abspeisen.

Elf Jahre, sagst du? Grégoire überlegte. Kann sein, stimmt, elf Jahre. Meine älteste Tochter wird bald neun. Komm mit rein, forderte er Louise auf, ich stelle dich meiner Frau Julie vor. Meine Kinder sind übers Wochenende bei ihren Großeltern in Belay.

Kann ich dir beim Tragen helfen, fragte Louise.

Nein, brauchst du nicht, das hier ist der letzte Karton. Alles andere habe ich schon hineingebracht.

Sie sind Louise, stellte Julie kopfschüttelnd fest, aber wie hätte ich das wissen können? Wie hätten Sie wissen können, dass ich Julie bin?

Und ich, dachte Louise schuldbewusst, hätte nicht einmal mehr ihren Namen gewusst.

Grégoire hat mir von Ihnen erzählt, und neulich war ja auch Ihre Mutter hier.

Meine Mutter?

Grégoire winkte ab.

Das erzähle ich dir in Ruhe.

Es war irritierend zu bemerken, dass sie im Leben der anderen noch eine Rolle spielte, während die anderen in ihrem Leben so wenig präsent waren. Wenn Paulette Grégoire in Lemoulin-Plage aufgesucht hatte, so konnte es nur um Louise gegangen sein, was sonst sollte Paulette von Grégoire wollen. Der Film war nicht angehalten worden, um sich auf der Beerdigung von Adrienne an derselben Stelle wieder in Bewegung zu setzen, der Film war in ihrer Abwesenheit und ohne ihr Wissen weitergelaufen, sie spielte darin eine Rolle, auf die sie keinerlei Einfluss hatte.

Einmal die Digue hin und zurück?, fragte Grégoire.

Ich muss vorher noch einmal aufs Zimmer, antwortete Louise. Meiner Cousine Bescheid sagen.

Als Louise wieder vor das Hotel trat, war die Sonne schon im Meer versunken. Grégoire saß an einem der Cafétische und erhob sich, als Louise auf ihn zukam.

Heute war kein grünes Leuchten zu sehen, sagte er mit einer Kopfbewegung zum Meer.

Sollen wir losgehen?, entgegnete Louise.

Sie blickte sehnsüchtig zu den Gestalten hinüber, die in einiger Entfernung ein Bad nahmen, bevor es zu kühl dafür wäre. Ein Mann und eine Frau, von denen sie auf die Entfernung nicht feststellen konnte, ob es dieselben waren, die sie am Nachmittag beobachtet hatte, ließen ein Kind über die Wellen springen, indem es jeder an einem Arm festhielt. Nein, es musste ein älteres Kind als das vom Nachmittag sein, sonst hätte es um diese Zeit längst im Bett gelegen. Warum interessiert mich das, dachte Louise.

Ihr Badeanzug lag oben im Koffer, und sie ärgerte sich, dass sie ihn nicht angezogen hatte, als sie eben auf dem Zimmer gewesen war. In Berlin hätte sie einfach ihre Kleider ablegen und ins Wasser springen können, hier würde sie damit für Empörung sorgen, ganz abgesehen davon, dass Louise es seltsam vorgekommen wäre, nackt vor Grégoire zu stehen, geradezu unanständig ihm gegenüber.

Was wollte meine Mutter von dir?, fragte sie.

Immer mit der Ruhe, erwiderte Grégoire.
Du hast recht, entschuldigte sich Louise.
Wie geht es dir, fragte Grégoire.
Gut, antwortete Louise, und dir?
Ich arbeite viel, erklärte Grégoire, wir haben das Hotel Anfang des Jahres übernommen, mussten renovieren und können uns nur während der Saison, während der Viehmesse und an Wochenenden wie diesem Angestellte leisten. Aber es war schließlich unsere Entscheidung. Und den Kindern geht es gut, sie haben in der Schule keine Probleme, was will man mehr?

Man könnte vieles mehr wollen, dachte Louise und fand sich anmaßend. Sie hatte keine Kinder, kannte keine Leute mit Kindern, wusste also nicht, wie wichtig oder unwichtig es war, dass sie keine Probleme machten. Wäre sie in Belay geblieben, hätte sie vermutlich geheiratet, hätte Kinder, eine Familie, mit der sie die Ferien in Lemoulin verbringen würde. Und obwohl ihr diese Vorstellung sehr fremd erschien, hatte sie das Gefühl, ein Teil von ihr könne problemlos und auf der Stelle in dieses andere Leben schlüpfen, von dem sie die zugehörigen Gesten, Sätze, Gefühle zu kennen glaubte, weil sie sie so oft gesehen hatte, am Strand, in Parks, in Filmen. Louise stellte sich vor, wie sie mit jedem Schritt tiefer in ein Leben drang, das das ihre hätte sein können, und am Ende des Spaziergangs wäre sie die Andere, die als Möglichkeit in ihr schlummerte, und wüsste nicht mehr, dass es ihr jetziges Leben gab, gegeben hatte. Sie besäße einen Körper, der Kinder geboren hätte, würde seit Jahren geregelten beruflichen und familiären Abläufen folgen und nähme einen anerkannten, eindeutigen Platz in der Gesellschaft, in diesem Stranddorf ein. Der Gedanke war verlockend, doch sie wusste, dass sich in diesem anderen Leben schnell das Gefühl von Fremdbestimmtheit, Vorhersehbarkeit eingestellt hätte.

Sie waren am Ende der Digue angelangt und lehnten an der Brüstung. Draußen über dem Wasser flog eine Kolonie Vögel in Richtung Bucht. Ihre gleichmäßigen Flügelschläge, das ruhige Pulsieren der Formation, in der mal der eine, mal der andere Vogel sich an die Spitze schob, und die doch unbeirrt nach vorne strebte, hatte etwas Tröstliches, das, so vermutete Louise, von der Beständigkeit herrührte, die diesem Bild innewohnte. Die Vögel flogen in der Abenddämmerung zurück zu ihren Schlafplätzen auf der Landzunge jenseits der Bucht, ganz egal, was sich bei den Menschen an der Küste abspielte. Sie repräsentierten die Dauer in der Wiederholung, während das Leben der Menschen ein kurzes Aufblinken war, Leuchttürme, die sich mit der aufkommenden Dämmerung entlang der Küste und auf vorgelagerten Felsformationen entzündeten, blinkten, Zeichen gaben, wieder erloschen.

Warum tröstlich, sie befand sich nicht in einer Kirche, aber, das musste sie sich eingestehen, sie verspürte eine vage Traurigkeit, die sie sich zu erklären versuchte. Die nicht wahrgenommenen Möglichkeiten des Lebens, die Erkenntnis, dass man genau dort anknüpfte, wo man gegangen war, der Gedanke an ihren Vater, den sie vermisste, oder an ihre Mutter und an verpasste Gelegenheiten des Aufeinanderzugehens. Vielleicht lag ihre Stimmung aber auch einfach an der Abenddämmerung, am Ende des Sommers, an der Schönheit der Küste, an irgendetwas Diffusem, das sich dem Verstand entzog.

Was wollte meine Mutter von dir, wiederholte Louise ihre Frage, nicht, weil sie es in diesem Augenblick unbedingt wissen wollte, sondern als weiteren Versuch, der Melancholie zu entrinnen.

Grégoire zögerte, als wäre er nicht sicher, was er Louise preisgeben wollte oder konnte.

Ich bin, fing er an, erst Ende letzten Jahres von Rouen zurückgekehrt, um das Hotel zu übernehmen. Ich wollte nicht von Rouen weg, oder besser gesagt, hatte nicht vor, wieder in diese Gegend zurückzukehren. Aber die Firma, für die ich arbeitete, ging bankrott, und ich stand ohne Arbeit da, musste also ohnehin etwas Neues anfangen. Mein Vater erzählte mir, dass das Hotel zum Verkauf stünde. Julie konnte sich vorstellen, sich mit mir in dieses Abenteuer zu stürzen, wir erhielten einen Kredit, und so packten wir unsere Sachen und kamen hierher. Deine Mutter habe ich in den Jahren, in denen ich in Rouen lebte, nie gesehen. Wenn ich meine Eltern besuchte, machte ich einen Bogen um euer Haus. Ich wollte nicht an dich erinnert werden – Grégoire zog eine entschuldigende Grimasse –, und deine Mutter ... Mir ist deine Mutter immer etwas unheimlich gewesen. Sie war nie unfreundlich zu mir, aber ich fühlte mich wohler, wenn sie nicht in der Nähe war. Zum Glück hat sie sich nicht allzu sehr um uns gekümmert. Als sie im Frühjahr völlig unerwartet hier auftauchte, dachte ich über mein damaliges – und ehrlich gesagt auch aktuelles – Unwohlsein nach, versuchte, es aus meiner heutigen Sicht zu erklären. Ich glaube, ich hatte immer das Gefühl, hinter der freundlichen Frau verstecke sich noch eine andere. Nicht dass ihre Freundlichkeit aufgesetzt gewesen wäre, sie *war* freundlich. Aber sie *war* auch jemand anderes, so als trete, kaum dass man sich von ihr abwandte, hinter ihr noch eine andere Person hervor.

Grégoire unterbrach sich und schien auf eine Reaktion von Louise zu warten. Als diese nicht kam, fragte er verunsichert, ich hoffe, ich trete dir jetzt nicht zu nahe. Wir haben uns elf Jahre nicht gesehen, und ich erzähle dir, dass ich mich in Anwesenheit deiner Mutter nicht wohlgefühlt habe.

Ich habe mich in Anwesenheit meiner Mutter auch nicht wohlgefühlt, erwiderte Louise.

Sie registrierte, wie überrascht sie war und wie wenig sie Grégoire Gedanken dieser Art zugetraut hatte. Nur weil man einen Alltag gegen einen anderen ausgetauscht hat, besitzt man die Arroganz zu glauben, man hätte sich im Gegensatz zu den anderen weiterentwickelt, dachte sie. Im Grunde war Louise froh darüber, dass Grégoire und sie sich womöglich nicht so sehr auseinandergelebt hatten, wie die Umstände es vermuten ließen, denn das rechtfertigte ihre gemeinsame Geschichte, überbrückte die Fremdheit, die ansonsten nicht zu ertragen gewesen wäre.

Setzen wir uns, sagte Grégoire.

Sie stießen sich von der Brüstung ab und ließen sich auf einer der Bänke nieder, die die Promenade säumten. Drüben bei der Bucht, wo das Meer schon weite Flächen Sand freigelegt hatte, spiegelte sich der Himmel heller als er noch war, verlieh dem Sand ein phosphoreszierendes Leuchten, verwandelte die Landschaft in eine gewaltige Komposition aus hellen und dunklen Schattierungen.

Grégoire steckte die Hände in die Hosentaschen, zog die Schultern zusammen, holte die Hände wieder heraus, schien nicht zu wissen, wohin mit ihnen, verschränkte schließlich die Arme vor der Brust.

Und dann stand also deine Mutter am Empfang, fuhr er fort. Ich weiß ja, dass man hier nicht unbemerkt zurückkehren kann, dass hier jeder alles weiß, aber erstaunt hat es mich doch. Und erst recht heute, als ich dich plötzlich vor dem Hotel traf. Ist durch meine Rückkehr etwas in Bewegung geraten? Diese Zufälle sind schon eigenartig, oder?

Louise nickte. Man sah sich immer nur selbst im Zentrum

der Gravitation. Sie war der Meinung gewesen, dass ihre Reise hierher die Dinge in Bewegung gesetzt hatte, aber natürlich konnte auch Grégoire der Ausgangspunkt sein. Oder Adrienne. Oder jemand, von dem sie nichts wusste. Planeten, die sich um sich selbst und umeinander drehten, wer konnte schon sagen, wann einer seine Umlaufbahn verließ und warum.

Du weißt, dass man deiner Mutter nachsagt, nicht mehr alle Tassen im Schrank zu haben?

Grégoires Stimme war vorsichtig, tastend.

Louise rückte innerlich von sich weg, vernahm ihre Stimme aus der Distanz, sachlich, interessiert.

Wie meinst du das?

Sie erzählt bizarre Geschichten, die keiner versteht, oder liegt den ganzen Tag im Bett und behauptet, müde zu sein. Wie früher auch schon, oder? Genaueres weiß ich nicht, ich habe das letztlich auch nur von meiner Mutter, und die hat es wiederum von der Nachbarin, und die wiederum ... du weißt ja, wie das ist. In so einem kleinen Ort entstehen Gerüchte, wenn jemand nur mit dem Finger schnipst, und so habe ich dem Gerede keinen Glauben geschenkt. Als sie dann vor mir stand, musste ich natürlich dennoch daran denken, obwohl nichts darauf hindeutete, dass sie, na ja, was auch immer man darunter verstehen mag, verrückt sein könnte. Sie wirkte gepflegt, hat gefragt, wissen Sie, wer ich bin?, was man eben so fragt in so einer Situation, und ich habe geantwortet, aber ja, sicher weiß ich, wer Sie sind. Natürlich hatte ich sofort ein schlechtes Gewissen, weil ich mich all die Jahre nicht bei ihr gemeldet hatte. Ehrlich gesagt hat sie mir einen Schrecken eingejagt. Warum war sie hier, wenn nicht als Überbringerin einer schlechten Nachricht? Ich fragte, ob dir etwas zugestoßen sei, und sie schaute mich an, als hätte ich eine völlig abwegige

Frage gestellt. Ich war erleichtert, hatte aber keine Vorstellung, was sie sonst zu mir ins Hotel geführt haben sollte. Ich fragte sie, ob ich etwas für sie tun könne, und sie meinte, sie wolle mit mir reden, aber nicht hier, nicht zwischen Tür und Angel.

Grégoire hatte die ganze Zeit zurückgelehnt und mit gekreuzten Armen aufs Meer hinausgeschaut, jetzt setzte er sich aufrecht, legte die Hände wieder auf den Schoß und blickte Louise an. Sie unterdrückte den Reflex zurückzuweichen, weil sein Gesicht zu nah an ihrem war.

Verzeih, sagte er, wenn ich das so direkt sage, aber ich wollte nicht mit deiner Mutter reden, ganz egal über was.

Er wandte sich wieder nach vorne.

Ich habe sie schließlich aus reiner Höflichkeit gebeten, am folgenden Montag zurückzukommen, weil montags das Hotel geschlossen ist. Obwohl ich wenig Lust verspürte, meinen freien Tag zu opfern, und seien es nur ein paar Stunden davon. Am kommenden Montag war sie pünktlich um die verabredete Zeit da. Ich schlug vor, die Strandpromenade entlangzugehen, doch das wollte sie nicht, also spazierten wir durch Lemoulin und setzten uns schließlich auf eine Bank am Rande des Parkplatzes. Wir sprachen nur über Belangloses, und ich wurde schon ungeduldig, ärgerlich, es war mein freier Tag, sofern man den im Hotelgewerbe hat, es gibt immer etwas zu tun, aber dann begann sie zu erzählen. Ich könnte dir das, was sie gesagt hat, nicht mehr im Einzelnen wiedergeben, aber ich hatte das Gefühl, die andere Person, die ich hinter ihr vermute, war tatsächlich hervorgetreten. Von einer Sekunde zur nächsten veränderte sich etwas, ihre Stimme, die Betonung der Worte, ich kann es nicht näher benennen. Es ging um den Krieg, dann wieder um die Gegenwart und auch um dich, um das Kind, das du gewesen bist, um den Tod deines Vaters, und immer wieder um Adoption. Ich hatte Mühe, ihren Gedankensprüngen zu folgen, hatte keine Ahnung, worauf sie hinauswollte. Nach einer Weile glaubte ich zu verstehen, du seiest in Wirklichkeit adoptiert worden, aber warum hätte ich das unbedingt wissen müssen? Erst als ich mich von meinem Ärger, an meinem freien Tag mit ihr auf einer Bank zu sitzen und mir wirres Zeug anzuhören, gelöst hatte und nicht mehr versuchte, die einzelnen Geschichten zu verstehen, begriff ich den Kern ihrer Aussage: Sie behauptete, mein Vater sei ihr Sohn, ich sei ihr Enkel, du demzufolge meine Tante. Stell dir das vor! Ich wusste nicht, ob ich angesichts dieser ungeheuerlichen Behauptung wütend sein oder in schallendes Gelächter ausbrechen sollte. Die Leute haben recht, Louise. Deine Mutter *ist* verrückt, so etwas zu behaupten. Ich habe natürlich meinen Vater darauf angesprochen, doch der hat mich nur verständnislos angeschaut. Grégoire, hat er gefragt, wie alt ist Frau Duhamel, rechne doch mal nach, dann hätte sie mich mit dreizehn bekommen müssen, und abgesehen davon sollte ich doch etwas davon wissen, meinst du nicht?

Aber ich muss dir sagen, Louise, obwohl alles dagegenspricht, ist ein Zweifel zurückgeblieben. Erinnerst du dich daran, als wir uns geküsst haben? Weißt du noch, was du gesagt hast?

Louise spürte wieder die Schwere, die sie auf die Bank drückte und ihr das Gefühl gab, sich nicht bewegen, nicht einmal nicken zu wollen, doch Grégoire schien keine Antwort zu erwarten.

Du hast gesagt, wir seien Geschwister. Und nun behauptet deine Mutter, wir seien verwandt.

Grégoire ließ sich zurücksinken, als habe er all seine Kraft für das Erzählen aufgebraucht und könne nun nicht mehr aufrecht sitzen. Die Küste entlang flimmerten die Lichter anderer Ortschaften, ließen nächtliche Formationen entstehen, die im Hellen keinen Bestand mehr hätten. Louise fixierte die Lichter, bis sie zu zusammenhängenden, an den Rändern ausgefransten, hellen Flächen verschwammen und wünschte sich, von ihnen aufgesogen und an einem anderen Ort wieder herauskatapultiert zu werden. Sie verspürte Unwillen gegenüber diesem neuen Stück möglicher, sie persönlich betreffender Geschichte, Unwillen gegenüber den in ihrem Kopf zeitgleich ablaufenden Gedankensträngen, die zusammenzuführen ihr wie eine unüberwindliche Aufgabe erschien. Sie wollte aufspringen und alles abschütteln, wollte sagen, danke, dass du mir das erzählt hast, aber jetzt vergessen wir's, trinken noch ein Bier zusammen, und jeder geht seines Weges. Es ist eine Illusion zu glauben, man könne alte Beziehungen wieder aufgreifen. Sie haben nicht grundlos aufgehört zu bestehen.

Doch sie blieb sitzen, fragte, was willst du von mir hören, entschuldigte sich sogleich. Das war nicht so gemeint, schließlich war ich es, die dich gefragt hat, was meine Mutter von dir wollte.

Kein Problem, erwiderte Grégoire, aber ich muss jetzt zurück, meiner Frau helfen. Kommst du mit, oder bleibst du noch?

Ich bleibe noch ein wenig sitzen.

Sie blickte Grégoire nach, wie er mit großen Schritten auf der Promenade zum Hotel zurückging, als habe er seine Aufgabe erledigt und wolle nun möglichst schnell zu seinem eigentlichen Leben zurückkehren.

Und was ist mein eigentliches Leben, fragte sich Louise, wenn möglicherweise alles ganz anders gewesen ist als gedacht.

Wenn Paulette mit dreizehn ein Kind bekommen hatte, so würde Ida ihr am Nachmittag davon erzählt haben. Sie war

1939 zu ihren Großeltern nach Belay zurückgekehrt, unmöglich, eine schwangere Paulette zu übersehen.

Louise erhob sich. Erst jetzt merkte sie, dass ihr kalt war. Tagsüber konnte es um diese Jahreszeit noch sommerlich warm werden, die kühlen Abende jedoch kündigten schon den Herbst an. Louise nahm eine der Treppen von der Promenade hinunter zum Strand und lief auf dem feuchten Sand zurück bis zur Auffahrt. Sie überlegte, ob sie auf der anderen Seite der Auffahrt weiterlaufen sollte, doch der Strand wurde dort, wo nur noch Dünen und keine Digue, keine Beleuchtung mehr waren, von der Dunkelheit aufgesogen. Sie wusste, dass der feuchte Sand alles verbleibende, mit dem bloßen Auge nicht mehr wahrnehmbare Licht reflektierte, doch ihr fehlte der Mut, in die unheimlich wirkende Dunkelheit zu tauchen.

Sie drückte vorsichtig die Klinke der Zimmertür herunter, schlüpfte hinein und schloss die Tür ebenso vorsichtig wieder. Ida schlief, zur Wand gedreht und mit einem Handtuch über den Augen, um nicht vom Licht gestört zu werden, das sie an Louises Kopfende hatte brennen lassen. Louise war gerührt von dieser aufmerksamen Geste. Sie ging ins Bad, putzte sich die Zähne, zog ihr Nachthemd an, und erst, als sie die Tagesdecke des Bettes zurückklappte und unter das Laken gleiten wollte, bemerkte sie das Manuskript auf dem Nachttisch. Sie griff danach und setzte sich auf den Bettrand. Eng mit der Schreibmaschine beschriebene Blätter, vermutlich in einem Kopierladen geheftet, schon etwas zerfleddert, stellenweise mit Bleistift korrigiert. Lebenserinnerungen, stand da in getippten Großbuchstaben, und, darunter: für meine Kinder. Noch weiter unten, als traue Ida sich nicht, es als Überschrift gelten zu lassen: *Ida (a dit)*. Louise lächelte, als sie begriff, dass Ida rückwärts gesprochen »hat gesagt« ergab. Sie legte sich ins Bett, vergewisserte sich noch einmal, dass Ida schlief, dann schlug sie, ehrfürchtig das Blatt mit den Fingerspitzen greifend, die erste Seite des Manuskripts auf.

Auszug aus Idas Aufzeichnungen,
datiert 8.5.1945 *(Ende des Krieges)*
*bis Herbst 1946,
Honoré II, Condé-les-Fleurs*

»Der Krieg ist gewonnen«, hörten Frau Delamare und ich am 8. Mai 1945 de Gaulle im Radio verkünden. Frau Delamare umarmte mich, dann schickte sie mich hinaus auf die Straße. »Gehen Sie feiern«, sagte sie, »und holen Sie die Kinder aus der Schule. Ich muss noch ein wenig allein sein.«

Ich war überwältigt von dem Gedanken, dass der Krieg nun wirklich zu Ende war, und vermochte mir zugleich nicht vorzustellen, inwiefern diese Tatsache mein Leben verändern könnte. Ich würde weiterhin bei Frau Delamare arbeiten, vermutlich noch eine ganze Weile um Brot anstehen, nach wie vor bei Adrienne leben. Ich war gerade achtzehn geworden, erst in drei Jahren wäre ich frei zu gehen, wohin es mir beliebte.

Abends saß Adrienne über einen Brief gebeugt am Küchentisch. »Hat Robert geschrieben?«, fragte ich, denn ich erkannte den vorgedruckten Umschlag der Gefangenenpost. Adrienne faltete den Brief zusammen und steckte ihn ein. »Misch dich nicht in Dinge ein, die dich nichts angehen«, sagte sie.

Was auch immer dieser Brief enthielt, das sie mir vorenthalten wollte, er war immerhin ein Zeichen, dass Robert am

Leben war. Ein paar Monate zuvor hatte ich mich gewundert, dass keine Post von Robert kam, und Adrienne darauf angesprochen. »Sein letzter Brief stammt von Anfang 1944«, hatte sie geantwortet. Und als ich sie fragte, ob sie sich keine Sorgen mache, schwieg sie und schien befremdet, dass ich mich für Roberts Wohlergehen interessierte. »Ihm wird schon nichts passiert sein«, sagte sie schließlich. »Es kommt zur Zeit überhaupt keine Post aus Deutschland. Wahrscheinlich liegen alle Briefträger an der Front.«

Unwirsche Antworten von Adrienne waren nichts Ungewöhnliches, und so wäre mir die Episode mit dem Brief vermutlich entfallen, hätte Robert nicht drei Tage später am Küchentisch gesessen. Sein Lager in der Nähe von Trier war Anfang März, also noch vor Ende des Krieges, befreit worden, und mir kam es vor, als hätte Robert, indem er schon am 11. Mai nach Honoré zurückkehrte, nicht nur seinen Brief, sondern die Zeit selbst eingeholt.

Als ich von Frau Delamare nach Hause kam und die Küche betrat, erhob er sich. Ich weiß nicht warum – die Zeit, als Paulette und ich Franz mit Handschlag begrüßt hatten, lag über ein Jahr zurück –, aber ich streckte Robert die Hand entgegen. Er schaute irritiert von meiner ausgestreckten Hand zu mir und wieder zu meiner Hand, um sie schließlich zu ignorieren und mich auf die Wangen zu küssen. »Hast wohl zu viel mit den Deutschen verkehrt«, stellte er in nüchternem Ton fest. Und zog mich, bevor ich protestieren konnte, unbeholfen zu sich heran. »Es tut mir so leid wegen Nanie«, sagte er. Ich wand mich aus seiner Umarmung heraus. Dass Robert in diesem Maße mit mir mitfühlte, hatte ich nicht erwartet. »Ja, ich vermisse sie«, antwortete ich. »Vor allem, weil sie nichts mehr von sich hören lässt. Aber sie ist bestimmt sehr beschäftigt, in Belay steht ja kein Stein mehr auf dem anderen, es gibt viel zu tun.« Robert trat einen Schritt zurück und blickte mich entgeistert an. »Aber Ida, Nanie ist tot.«

Nanie war im Februar 1945 an einer Lungenentzündung gestorben. Ihre Beerdigung war auch der Grund für Adriennes plötzliche Reise nach Belay gewesen. »Ich hab dir nichts gesagt, weil du sonst zu traurig gewesen wärst«, wies sie jeglichen Vorwurf von sich.

Tagelang sprach ich nicht mit Adrienne und versank in meiner Trauer. Ich glaube, Adrienne bemerkte mein Schweigen nicht einmal, denn sie war ganz von den Auseinandersetzungen mit Robert in Anspruch genommen, der versuchte, einen Platz einzunehmen, den er vor dem Krieg gar nicht innegehabt, sich in der Gefangenschaft jedoch zurechtgelegt hatte. Es war ein zähes, manchmal lautes, manchmal stummes Ringen. Robert wollte von Adrienne Rechenschaft über das Geld, das sie verdiente, kritisierte ihre Haushaltsführung und versuchte, im Gegensatz zu Adrienne, streng zu meinem Bruder zu sein, der ihn jedoch nur auslachte. Mir gegenüber war er zurückhaltend, als wüsste er nicht, wie er mit einem halbwüchsigen Mädchen umgehen sollte.

Ich habe mich in meinem Leben nie wieder so einsam gefühlt wie damals. Ich konnte weder meine Trauer um Nanie noch meine Wut auf Adrienne mit jemandem teilen. Paulette wollte offenbar nichts mehr mit mir zu tun haben, lebte ihr Gymnasiastinnenleben, in dem ich keinen Platz hatte, und die einzige Person, die ich in Honoré außer meiner Familie kannte, war meine Arbeitgeberin. Mehr als ihr gegenüber zu erwähnen, dass meine Großmutter, der ich sehr nahegestanden hatte, gestorben war, hätte ich für unangebracht gehalten. Ihr Mitgefühl tat mir dennoch gut.

Ich träumte davon, Honoré zu verlassen, und stellte mir vor, wie ich in den Zug steigen und losfahren würde, nach Paris, vielleicht sogar in den Süden, nach Toulouse, nach Marseille, vielleicht hinaus in die Welt. Wie mein Vater, dachte ich.

Der erste Nachkriegswinter war ungewöhnlich kalt, oder es kam mir so vor, weil ich den ganzen Tag fror. Bei Frau Delamare war allein das Wohnzimmer beheizt und die Küche nur dann, wenn man den Herd zum Kochen anfeuerte. Ich hatte das Gefühl, nie wieder warm zu werden.

An einem der ersten milderen Sonntage Anfang 1946, es muss im März gewesen sein, blieb ich zuhause, als Adrienne und Robert mit meinem Bruder nach dem Mittagessen zu einer Kollegin zum Kaffeetrinken gingen. Ich behauptete, lesen zu wollen, fuhr aber, kaum dass meine Eltern und mein Bruder aus dem Haus waren, mit dem Fahrrad los, das mir Frau Delamare im Winter geschenkt hatte. »Es hat meinem Mann gehört«, hatte sie gesagt. »Bis meine Kinder damit fahren können, dauert es noch ein paar Jahre. Was soll es im Keller vor sich hin rosten.«

Zum ersten Mal seit anderthalb Jahren verließ ich Honoré. Ich bog ab, wo es mir gefiel, genoss die Sonne auf dem Gesicht und die Geschwindigkeit, fühlte, wie die Schwere des Winters von mir abfiel und fragte mich, warum ich nicht schon früher auf die Idee gekommen war. Das nächste Mal fahre ich nach Belay, dachte ich. Oder ans Meer.

In einem Dorf namens Condé-les-Fleurs hielt ich auf dem Marktplatz, um an der Wasserpumpe zu trinken, aber auch, um zu sehen, was das für ein Ort war, dessen Name so gut zu meiner ausgelassenen Stimmung passte. Kinder spielten in einer Ecke Fußball, vor den Häusern auf Melkschemeln saßen häkelnde Frauen und im Café die Männer. Als ich wieder aufsteigen wollte, rief mich jemand beim Namen. Ich drehte mich um und sah einen Mann an einem Baum lehnen. Er stieß sich ab und kam langsam und mit einem kaum merklichen Hinken auf mich zu. Ich erkannte Franz nicht gleich, nicht weil er sich verändert hatte, sondern weil es undenkbar war, ihn zu treffen, zumal an diesem Ort.

»Ida, ich kann es nicht glauben«, sagte er sichtlich erfreut und streckte mir die Hand entgegen. Ich rührte mich nicht, und er ließ seine Hand wieder sinken. »Keine Sorge«, beruhigte er mich, »ich bin jetzt schon fast ein Jahr hier. Die Leute sind in Ordnung. Wir gehen sonntags zusammen in die Kirche und spielen Karten.«

Ich fand nicht, dass es ihm zustand, darüber zu urteilen, ob die Leute in einem Dorf, das die Armee seines Landes bis vor kurzem noch besetzt gehalten hatte, »in Ordnung« waren oder nicht und musterte Franz von oben bis unten. »Sie sind Gefangener, oder?« »Aber Sie tragen keine Markierung«, stellte ich fest. Die Kriegsgefangenen, denen ich hin und wieder in Honoré begegnete, trugen ein gut sichtbares PG auf dem Rücken sowie auf der Vorderseite ihrer Kleidung.

»Ich habe es geschafft, mir einen unauffälligen Sonntagsanzug zu besorgen«, lachte Franz und deutete auf das abgenutzte Hemd, das er trug. »Lassen Sie uns ein wenig umhergehen.« »Sonntagsspaziergang machen«, ergänzte er.

Ich wehrte ab. »Ich kann nicht so lange bleiben. Ich bin losgefahren, ohne Bescheid zu sagen. Wenn meine Eltern es merken, bekomme ich Ärger.«

Ich ließ mich schließlich darauf ein, mich eine halbe Stunde zu ihm auf eine kleine Mauer zu setzen. »Sie müssen mir alles erzählen«, sagte er. »Wo wohnen Sie? Was ist aus Paulette geworden?«

Als die Kirchturmuhr vier Uhr schlug, sprang ich auf. »Ich muss jetzt wirklich los«, sagte ich.

»Wollen wir uns wieder treffen?«, fragte Franz. »Ich habe sonntags frei.«

Ich musste mich konzentrieren, um auf dem Rückweg an den richtigen Stellen abzubiegen. Zuhause war meine Abwesenheit nicht aufgefallen. Adrienne kontrollierte nicht mehr so oft, wohin ich ging. Sie schien das Interesse daran verloren zu haben, so wie man an einem Spielzeug das Interesse verliert. Ich hatte dennoch Zweifel, ob es mir gelingen würde, mich regelmäßig sonntagnachmittags davonzustehlen.

Von regelmäßig kann keine Rede sein, rief ich mich zur Vernunft. Vorerst geht es nur um den kommenden Sonntag.

Ich machte mich daran, Paulette zu schreiben. Dass ich Franz getroffen hatte, war so unglaublich, dass sie nicht umhin könnte, mir zu antworten. Lange saß ich vor dem weißen Blatt, schrieb ein paar Zeilen, strich sie wieder durch, zerknüllte schließlich das Papier und warf es weg. Der Brief konnte auch noch ein wenig warten. Schließlich hatte sie über ein Jahr nichts von sich hören lassen, da kam es auf einen Tag mehr oder weniger meinerseits nicht an.

Am nächsten Sonntag bat ich Adrienne und Robert um die Erlaubnis, einen Radausflug zu unternehmen. Adrienne hätte es mir verboten, denn sie fürchtete, die Nachbarn könnten Anstoß nehmen an einer jungen Frau, die allein mit dem Rad unterwegs war, doch Robert überzeugte sie einzuwilligen. »Lass sie doch«, sagte er, »sie ist vernünftig und wird vorsichtig sein.« Ich verließ das Haus, bevor Adrienne es sich anders überlegen konnte.

Franz wartete schon am Ortseingang auf mich. Ich hatte den Eindruck, sein Hemd war weniger knittrig als beim letzten Mal, seine Haare ordentlicher gekämmt. »Sind Sie sicher, dass es in Ordnung ist, wenn man uns zusammen sieht?«, fragte ich.

»Wir tun ja nichts Verbotenes«, antwortete Franz, »wir spazieren einfach nur nebeneinander her.« »Außerdem«, fügte er hinzu und bog in einen Hohlweg ein, »kann uns hier gar niemand sehen.«

Ich wusste nicht recht, was ich mit Franz reden sollte, nun, da ich mit ihm allein unterwegs war und nicht in der Rolle des Alibis von Franz und Paulette.

»Ich habe oft an Paulette und Sie gedacht«, sagte Franz, »und habe gehofft, Sie kommen unbeschadet durch diese schrecklichen Kämpfe.«

Er selbst war Ende Juni in Gefangenschaft geraten und zunächst in ein Gefangenenlager gekommen. »Wir hatten nichts zu essen«, sagte er, »nichts anzuziehen außer dem, was wir bei der Gefangennahme am Leib trugen, und waren voller Läuse. Aber immerhin lebten wir. Irgendwann entließen sie die Kranken und Arbeitsunfähigen, und ich hoffte, ich würde wegen meines Beines dabei sein. Aber so kaputt ist mein Bein dann doch nicht, und ich spreche gut Französisch. Deshalb haben sie mich behalten. Ich habe kurz darüber nachgedacht, mir das Bein, das sowieso schon beschädigt ist, bei einem Arbeitseinsatz ernsthaft zu verletzen, um vielleicht doch noch entlassen zu werden oder zumindest sicherzugehen, dass ich nicht in ein Minenräumkommando komme. Ich habe schließlich nicht den

Krieg überlebt, um dann mit einer Mine in die Luft zu fliegen. Aber zum Glück habe ich weder Minen geräumt noch mich selbst verstümmelt«, sagte er und schaute mir in die Augen. Ich senkte den Blick.

»Einmal kam die Fremdenlegion und versprach uns das Blaue vom Himmel, wenn wir nur bei ihnen anheuerten, aber ehrlich gesagt hatte ich genug vom Krieg. Nach einem halben Jahr suchten sie Leute für die Landwirtschaft, und ich habe mich gemeldet. Zum Glück war ich als Junge oft auf dem Hof meiner Großeltern und kann melken. So bin ich in Condé-les-Fleurs gelandet. Ein schöner Name für ein Dorf, erst recht für eines, das mir die Begegnung mit Ihnen beschert hat, finden Sie nicht?«

Ich zuckte mit den Schultern. »Und wie kommt es, dass Sie mit den Leuten Karten spielen?«

»Am Anfang war es hart«, erwiderte Franz. »Die Leute im Dorf beschimpften mich, und die Familie des Bauern war sehr verschlossen. Sie haben einen Sohn im Krieg und einen nach dem Krieg durch eine Mine verloren. Aber mit der Zeit merkten sie, dass ich meine Arbeit ordentlich verrichte, dass sie sich auf mich verlassen können. Ich habe Glück, dass sie auf dem Hof Kühe und Hühner halten, dass es also Milch und Eier gibt und ich nach und nach wieder zu Kräften kommen konnte. Und die Leute im Dorf haben sich an mich gewöhnt. Inzwischen arbeiten noch zwei weitere Gefangene hier. Mit ihnen verbringe ich meine Sonntage. Außer wenn ich mich mit Ihnen treffe.«

Ich dachte an Paulette und fühlte mich auf einmal unbehaglich. »Ich muss jetzt nach Hause«, sagte ich.

Franz war enttäuscht. »Schon? Aber Sie kommen doch nächsten Sonntag wieder?«

»Mal sehen. Ich muss mir jedes Mal eine Ausrede einfallen lassen, warum ich unbedingt allein einen Radausflug machen will.«

Verwirrt und beschwingt fuhr ich nach Hause.
Heute schreibst du aber wirklich an Paulette, dachte ich.
Ich schob es wieder hinaus. Wir hatten uns geschworen, uns alles zu erzählen, aber das war lange her. Paulette musste längst aus Cherbourg zurückgekehrt sein, längst die Schule beendet haben. Bestimmt wohnte sie schon in Paris, hatte versäumt, es mir mitzuteilen und war so sehr in ihr Pharmaziestudium versunken, dass sie mich vergessen hatte. Ob sie von meiner Begegnung mit Franz erfuhr oder nicht, spielte keine Rolle.

Wann immer ich konnte, traf ich mich sonntagnachmittags mit Franz in Condé-les-Fleurs. Heute wundere ich mich, dass meine Eltern nicht misstrauischer waren und mein Bruder mir nicht auf die Schliche gekommen ist. Dass wir nicht früher entdeckt wurden.

Immer nahmen wir denselben Hohlweg, dieselben Abzweigungen, kamen an derselben Stelle wieder heraus. Das war nicht besonders vorsichtig, aber wenn wir in das grüne Zwielicht des Hohlweges einbogen, war mir, als würden sich die Hecken hinter uns schließen, als sei dies unsere Welt, zu der niemand außer uns Zutritt hatte.

Es mag unglaublich klingen, aber wir liefen nebeneinander her, nicht einmal Hand in Hand, einfach nur nebeneinander her, und redeten. Franz erzählte von seiner Kindheit und den Wanderungen in den Bergen, die er als Kind und Jugendlicher mit seinem Vater unternommen hatte, von dem Dorf, in dem er groß geworden war von seinen Eltern und seinen zwei Schwestern, die zu seiner Erleichterung den Krieg überlebt hatten. Vor seinem Einzug zur Wehrmacht war Franz Konditor gewesen. »Französisch habe ich mir mithilfe eines Lehrbuchs beigebracht, das mir mein Lehrer ausgeliehen hat«, sagte er, »und ich dachte, als Konditor kann ich eines Tages in Frankreich arbeiten. Sie werden sehen, irgendwann backe ich Ihnen eine Torte, mit mehreren Etagen und viel Sahne. Aber was meinen Beruf angeht, so würde ich lieber als Dolmetscher weiterarbeiten. Ich habe Gefallen daran gefunden.«

Im Laufe der Wochen nahm die Welt, die er mir beschrieb, in meiner Vorstellung Formen an. Ich war erstaunt, dass es in Deutschland so etwas Kleines und Übersichtliches wie ein Dorf gab, denn ich hatte mir das Land als eine Anhäufung gigantischer Dimensionen vorgestellt: brüllende Massen, eine riesige Kriegsmaschinerie, Trümmerfelder, Massenmorde.

Über die Massenmorde sprachen wir nicht, obwohl ich das Entsetzen gerne geteilt hätte, das mich angesichts der Bilder von den Leichenbergen in den Konzentrationslagern und der Gesichter der Zurückkehrenden erfasst hatte. Auch später sprachen wir nicht darüber, ich hätte nicht gewusst wie, fürchtete, Franz könne etwas sagen, das eine unüberbrückbare Distanz zwischen uns schaffen würde. Den Holocaust-Film, der im Jahr vor seinem Tod im deutschen Fernsehen ausgestrahlt wurde, hat er sich nicht anschauen wollen. »Hollywoodschund«, gab er als Begründung an, weil er im Vorfeld Kritiken zu dem Film gelesen hatte.

Die Nähe, um die ich fürchtete und immer gefürchtet habe, weil sie mir so wichtig war und ich sie mit keinem anderen Erwachsenen teilte, ist auf diese allererste Zeit in Condé-les-Fleurs zurückzuführen. Ich fühlte mich ernst genommen und geborgen, wenn Franz auf meine Fragen einging, sie überlegt und ausführlich beantwortete, mir aufmerksam zuhörte, wissen wollte, wie es mir ergangen war, mit mir mitfühlte. Eine solche Vertrautheit, wie sie zwischen uns in diesen Wochen entstand, hatte ich bisher nur mit Paulette erlebt, doch wir waren Kinder gewesen, Jugendliche. Die Gespräche jetzt nahmen eine Tiefe an, von der ich nicht gewusst hatte, dass sie möglich war, und die mich erstaunte und beglückte.

Wenn wir uns trafen und in den Hohlweg abbogen, achtete ich nach wie vor darauf, dass niemand uns bemerkte. Franz machte sich über mich lustig.

»Es ist eine Sache«, verteidigte ich mich, »wenn die Leute im Dorf Sie mögen und mit Ihnen nach der Kirche auf ein Glas in die Kneipe gehen. Es ist eine andere Sache, wenn Sie mit mir alleine durch die Felder spazieren.«

Ich sagte nicht, »wenn Sie mit mir etwas anfangen«, obwohl ich es dachte, inzwischen darauf hoffte. Aber ich wusste nicht, wie ich Franz ein Zeichen geben, geschweige denn selbst einen Schritt auf ihn zu machen sollte, zumal ich nach wie vor ein schlechtes Gewissen hatte, wenn ich an Paulette dachte.

Nur so kann ich mir erklären, dass ich Franz empört von mir stieß, als er mich eines Sonntags an sich zog und versuchte, mich zu küssen. Ich stapfte davon, wütend auf Franz, auf mich, auf die Umstände, und Franz folgte mir, betreten, beschwichtigend. Bevor wir den Ausgang des Hohlweges erreichten, blieb ich stehen und fragte: »Und was ist mit Paulette?«

Franz fasste mich mit beiden Händen an den Schultern. »Das war etwas anderes. Erinnern Sie sich, als wir uns das erste Mal getroffen haben? Sie waren noch ein Mädchen und saßen aus irgendeinem Grund in diesem Kurzwarenladen. Und später haben wir uns noch einmal auf der Treppe der Kommandantur gesehen. Sie waren mit einer älteren Frau unterwegs, Ihrer Großmutter?« Ich spürte die Wärme seiner Hände an meinen Schultern durch den Stoff meines Kleides. Dass ich mich an die ersten Begegnungen mit Franz erinnerte, war nicht erstaunlich. Aber er?

»Und dann tauchte Paulette mit Ihnen auf«, fuhr Franz fort »Ich war ziemlich durcheinander. Sie hatten mir schon beim ersten Mal gefallen, aber Sie waren sehr jung.« Er machte eine Pause, schien zu zögern. »Sie werden mich vielleicht auslachen, aber ich wusste schon als Junge, dass ich eine Französin heiraten werde.«

»Was meinen Sie damit? Und was hat das mit mir zu tun?« In Gedanken fügte ich hinzu: Wer redet hier von heiraten?

»Ich wusste es, wie man so etwas eben weiß. Man stellt sich seine Zukunft vor, überlegt, was für einen Beruf man einmal ausüben wird, malt sich aus, wen man heiratet, wie viele Kinder man hat ... Ich wollte Konditor werden, und bin es geworden, wollte eine Französin heiraten ...«

»Was hat das mit mir zu tun?«, unterbrach ich ihn. »Und was ist mit Paulette?«

»Paulette habe ich in diesem Café in Coutances angesprochen. Alle sprachen irgendwann ein Mädchen an. Wir hatten es satt, immer nur unter Männern zu sein, man will doch auch mal etwas anderes sehen. Und Paulette gefiel mir. Aber ich hätte nicht gedacht, dass sie tatsächlich zu der ersten Verabredung erscheint. Wir stellten fest, dass sie aus Belay stammt, wo ich stationiert war. Da hat sie ein Treffen in Belay vorgeschlagen.«

»Paulette hat das vorgeschlagen?« Ich hatte immer angenommen, dass diese Initiative von Franz ausgegangen war, der das Risiko einer solchen Verabredung unterschätzte, so wie er es auch jetzt in unserem Fall unterschätzte.

Franz nickte.

»Und als ich Sie erneut in Belay traf, mit Paulette, da dachte ich, hier hat das Schicksal seine Finger im Spiel. Ich meine, Sie hätten längst anderswo sein können.«

Franz ließ meine Schulter los.

»Aber sollte ich Paulette einfach sitzen lassen? Zumal Sie nicht das geringste Interesse gezeigt haben, keines, das darüber hinausging, Paulette ein Alibi zu verschaffen. Vielleicht ist sie doch noch zu jung und interessiert sich nicht für Männer, dachte ich. Und dann standen Sie an einem völlig anderen, scheinbar beliebigen Ort, in einem Dorf namens Condé-les-Fleurs zum vierten Mal vor mir. Da habe ich mir gesagt, das Schicksal will wirklich, dass wir zusammenkommen.«

Auf dem Rückweg nach Hause sang ich lauthals auf meinem Fahrrad, ich dachte daran, dass wir uns ein weiteres Mal geküsst hatten, bevor wir aus dem Hohlweg hinaus auf die Straße getreten waren.

Ich vermisse ihn jetzt schon, dachte ich, ich habe ihn auch schon all die Tage zwischen unseren Verabredungen vermisst. Ich bin verliebt. Fräulein Ida Leconte ist in einen Deutschen verliebt.

Paulette
(Warten 6)

Wie heiß diese Suppe war, wie sie dampfte, die Zunge verbrannte, Paulette spuckte den Schluck Suppe wieder heraus, das konnte man, wenn man allein wohnte, Dinge, die zu heiß waren, einfach ausspucken, ohne merkwürdige Blicke zu ernten. Wenn man noch bei seiner Mutter wohnte, schaute diese einen mit merkwürdigem Blick an, weil man sich ständig übergeben musste, sie fragte früh oder später, was los war, drängte, bis man zugab, ja, ich bin schwanger, bis man eingestand, dass der Vater des Kindes ein Deutscher war, dass er kommen und einen mit nach Paris nehmen würde. Sollten sie doch denken, was sie wollten, Franz würde sie mitnehmen, sie und den Koffer, der auf dem Dachboden stand als Beweis. Paris ist befreit, gar nichts wird er tun, dein Fritz oder Hans, hatte die Mutter gesagt, und schon gar nicht mit dir, wie konntest du nur mit dem Feind, wo dein Vater noch in Deutschland ist, wie hast du dir das vorgestellt mit dem Kind, dem Bastardkind, dem Deutschenkind, am besten ist es, keiner weiß davon, und Ida erzählst du es auch nicht, da kann sie noch sosehr deine Cousine, deine beste Freundin sein. Die Mutter redete und redete und Paulette schwieg, dachte, aber warum denn ein Deutschenkind, es ist doch auch mein Kind, und der Vater heißt Franz, aber das sagte sie nicht, der Name ging niemanden etwas an. Den Namen kannte nur Ida, und die war in Honoré und wusste nicht, das Paulette ein Kind erwartete von Franz. Aber war das ein Grund, ihr Franz auszuspannen, sprachen sie überhaupt vom selben Franz, hatte Ida Franz falsch verstanden oder Paulette? Das konnte nicht sein, es gab doch den Koffer, den sogar die Bomben verschont hatten, und warum hätten die Bomben ihn verschonen sollen, wenn Paulette ihn nach dem Krieg nicht mehr brauchte, warum hatte Ida in ihrem Brief getan, als habe sie ein Anrecht auf Franz, als hätten sie den Lauf der Dinge genau so abgesprochen, Ida, Franz, Paulette, als sei es von vorneherein bestimmt gewesen, dass Paulette am Ende allein dastünde? Oder hatte Franz ihr den Koffer nur zur Aufbewahrung gegeben, aber das Entscheidende war ja nicht der Koffer, das entscheidende war das Kind, und das konnte Ida doch nicht wollen, dass es diesem Kind genauso erging wie ihr selbst. Warum hatte Paulette auf ihre Mutter gehört, warum hatte sie Ida nicht geschrieben, dass sie ein Kind von Franz erwartete, dann hätte Ida doch erst gar nichts mit ihm angefangen, wäre ihm nicht nach Deutschland gefolgt, und Franz hätte es sich anders überlegt, sein Kind, es war doch sein Kind! Warum war Paulette nicht nach Condé-les-Fleurs gefahren und hatte Franz von dem Kind erzählt, da hätte Ida nicht schlecht gestaunt, wenn Franz bei Paulette geblieben wäre, sie hätte es bereut, in ihrem Brief den Namen des Ortes verraten zu haben, Condé-les-Fleurs, was für ein schöner Name, aber in Wirklichkeit war es auch nur ein Nest, und Paulette hatte keine Kraft gehabt, herauszufinden, wo der Ort lag, weil sie Idas Brief mehr glaubte als sich selbst und weil Serge schon immer gesagt hatte, dass Ida ihren Weg gehen würde. Aber musste Ida ihr unbedingt eine Einladung zu ihrer Hochzeit schicken, glaubte sie denn, irgendjemand würde nach Deutschland zu ihrer Hochzeit mit Franz kommen, wollte sie den Nagel noch tiefer in Paulettes Kopf hämmern, wollte sie Paulette mit dem Zählen durcheinanderbringen, als sie auf einmal vor der Tür stand nach der Beerdigung ihres Großvaters. Und nun drängte sich Ida zwischen sie und Louise, aber auf das Schweigen der Familie war Verlass, von Paulettes Schwangerschaft am Ende des Krieges wusste Ida nichts, insofern konnte sie Louise nicht erzählen, wozu nur Paulette ein Recht hatte, und vielleicht war Louise auch gar nicht mit Ida weggefahren, sondern besuchte Grégoire, das war doch wahrscheinlich, dass sie Grégoire besuchte. Dabei war er auch nicht besser als die anderen in diesem Nest, sie hatte es an seinen Augen gesehen, dass er sie an dem maß, was über sie erzählt wurde, es war ihr nicht gelungen, sich verständlich zu machen, neulich, in Lemoulin, nicht mit den ihr zur Verfügung stehenden Worten. Warum steckte Louise nur immer bei Grégoire und erinnerte Paulette an Dinge, an die sie nicht erinnert werden wollte, warum deckte Louise den Tisch für vier und behauptete, eine Schwester zu haben, was wollte sie in Deutschland und ausgerechnet mit dem Koffer. Jetzt erinnerte sich Paulette wieder, dass sie den Koffer geleert, mit Idas Brief in der Hand geleert und versucht hatte, Franzens Namen von dem Koffer zu entfernen, und dass es ihr nicht gelungen war, weil das Etikett zu gut klebte, deutscher Klebstoff, deutsche Perfektion, sie hatte den Koffer in seiner Ecke stehen lassen, hatte ihn einfach verlassen, war mitten in der Nacht losgelaufen zur Küste. Als sie ankam, dämmerte es schon, das Meer zog sich zurück, sie hätte mit dem Sterben warten müssen, bis die Flut wiederkam, und in diesem Moment, wie sie da stand mit dem Inhalt des Koffers vor der Brust und dem sich ausbreitenden Licht über dem Kopf, hatte sie verstanden, dass sie fürs Sterben zu spät gekommen war. Zu spät, zu früh, wann war die richtige Zeit für was, jetzt war Zeit für heiße Suppe, die ihr die Speiseröhre hinunterrann und sie wärmte, jetzt schlug die Standuhr elf, elf hastige, kupferne Schläge, als beeile sich jeder einzelne von ihnen, nicht der letzte zu sein, aber einer war immer der letzte, und als der verhallte, senkte sich eine Nach-elf-Uhr-Stille über die Wohnung, die besagte, dass Louise heute nicht mehr käme, weil sie nach dem Baden zu müde war, dass Paulette bis morgen auf sie warten müsste, aber jetzt war die richtige Zeit für stärkende Suppe, für Schlaf.

Nacht

Louise ließ das Manuskript auf ihre Brust sinken und schloss die Augen. Sie lauschte dem feinen, zurückhaltenden Ticken des Weckers, dem zeitversetzten Ticken der Armbanduhr, die sie auf dem Nachttisch abgelegt hatte, und fragte sich, wie viel Uhr es wohl sein mochte. Es hätte genügt, die Augen zu öffnen und den Kopf zu drehen, doch sie wollte noch ein wenig in dieser Stellung verharren. Durch das angelehnte Fenster drang der Schrei eines Nachtvogels, ansonsten war alles ruhig, auf eine klare, transparente Art ruhig, wie es nur in einer windstillen Nacht bei Ebbe möglich ist, wenn die Geräusche des Tages fehlen, das stetige Brechen der Wellen, der Wind.

Hinter Louises Augen mischten sich die Eindrücke der vergangenen Stunden mit den Bildern aus Idas Geschichte. Sie hatte nach kurzem Zögern – weil es sie reizte, gleich dort mit dem Lesen zu beginnen, wo Idas mündliche Erzählung endete – die Aufzeichnungen schließlich von vorne gelesen. Hatte gemeint, Idas Stimme zu hören, so sehr kam ihr das, was sie las, bekannt vor. Nicht wortwörtlich, Ida war schließlich keine Maschine, doch Chronologie und Aufbau des Textes deckten sich weitgehend mit Idas Erzählung. Louise war fast am Ende der Aufzeichnungen angelangt. Nur das letzte Kapitel fehlte noch.

Sie versuchte, dem Verlauf der Geschichte einen Sinn zu geben. Ida war mit demselben Mann wie Paulette zusammengewesen. Aber genügte das, um ein Leben lang gekränkt zu sein? Und zwar so gekränkt, dass man jemanden, der einem nahegestanden hatte, völlig aus seinem Leben verbannte? Nachdem die Beziehung, um die es ging, die Beziehung zwischen Paulette und Franz, kaum ein Dreivierteljahr gedauert hatte?

Vielleicht war es eine Frage der Generation, und Louise vermochte sich deshalb nicht in die junge Frau hineinzuversetzen, die ihre Mutter vor fünfundvierzig Jahren gewesen war. Oder sie musste das letzte Kapitel der Aufzeichnungen abwarten, um zu erfahren, warum Paulette beharrlich und wirksam ihre Cousine verschwiegen und dafür in Kauf genommen hatte, ihre eigene Vergangenheit abzuschaffen. Und was war mit den anderen Mitgliedern der Familie? Warum hatten sie Ida aus ihrem Gedächtnis gestrichen? Louise setzte sich auf und lehnte sich an die Wand am Kopfende des Bettes. Wie Theodora, dachte sie, und sie musste unwillkürlich grinsen.

Vielleicht hatten ihre Verwandten Ida gar nicht verschwiegen, vielleicht war Louise nur entfallen, was sie gehört hatte, weil sie zu klein gewesen war, als Rose noch lebte, und weil ihr das, was sie in einem Nebensatz von Robert, Alphonse oder Théodora aufgeschnappt haben mochte, nicht von Bedeutung erschienen war. Ob ihr Vater von Ida gewusst hatte, und wenn ja, was?

In ihr nahm eine Idee Gestalt an, die ihr ungeheuerlich und zugleich ungeheuer reizvoll erschien. Warum sollte sie nicht die im Laufe der Recherche entstehenden Kontakte und ihre Familiegeschichte nutzen, länger als vorgesehen bleiben, sich auf die Suche nach deutsch-französischen Paaren der Kriegs- und unmittelbaren Nachkriegszeit begeben und daraus das

Thema ihrer Doktorarbeit ableiten? Sie hatte in ihrem Studium wann immer möglich alltagsgeschichtliche Seminare belegt, kannte den auf diesen Bereich spezialisierten Professor und war sich darüber hinaus sicher, dass es zu dem Thema noch kaum Arbeiten gab. Das wissenschaftliche Vorhaben wäre der Rahmen, den sie brauchte, um sich Paulette, um sich ihrer Familie wieder zu nähern, wäre der Anknüpfungspunkt, der es denkbar machte, an der Tür ihres Elternhauses zu klingeln. Genau das, was ich vermeiden wollte, dachte sie. Die Verquickung von beruflicher und familiärer Sphäre.

Sie formulierte es wie etwas, das in Betracht gezogen werden muss und doch längst überholt ist von der Realität. Ihre Müdigkeit war verflogen. Sie legte die Aufzeichnungen auf den Nachttisch zurück und überdachte die Schritte, die ein solcher Entschluss, so sie ihn fasste, notwendig machen würde. In Berlin anrufen, ihr Ansinnen erklären und um Erlaubnis ersuchen, ihren Aufenthalt zu verlängern, nach ihrer Rückkehr den Professor von dem Thema überzeugen und das Prozedere rund um die Doktorarbeit in Gang setzen.

Ihr war bewusst, dass sie sich Hals über Kopf in ein Unternehmen mit ungewissem Ausgang stürzte, aber was war schon gewiss, die Herausforderung reizte sie, und sie kannte sich gut genug, um zu wissen, dass ihr Entschluss bereits gefasst war. Mein Thema, dachte sie, es sieht so aus, als hätte ich mein Thema gefunden.

Draußen frischte der Wind auf und wehte herein, sie spürte es an ihren bloßen Armen und rutschte wieder unter die Decke. Irgendwo in ihrem Gedächtnis rührte sich eine Erinnerung, die ihr, noch bevor sie greifbar wurde, entglitt, wie ein Traum am Morgen, von dem man nicht den Ablauf, nicht die Farben, kein einzelnes Bild, geschweige denn das Gefühl, das er hinterlassen hat, in Worte zu fassen vermag. Mit der Ahnung einer Erinnerung verflüchtigte sich auch Louises freudige Erregung. Sie hatte das Bedürfnis, sich einzurollen, zerrte an dem unter der Matratze eingeschlagenen Laken und wünschte sich ihr Berliner Federbett her. Das erste Mal, so fiel ihr wieder ein, hatte sie unter einem Federbett bei einer Kollegin aus der Weinhandlung übernachtet, in der sie kurz nach ihrer Ankunft in Berlin eine Arbeit fand, ohne Arbeitsgenehmigung und obwohl sie sich mit Wein nicht auskannte, aber sie war Französin und das genügte. Nach einem Fest, das bis in die frühen Morgenstunden dauerte und auf dem Louise zu viel trank, bot ihr die Kollegin ihre Couch zum Übernachten an und warf ihr eine füllige, weiche Decke hin, die sie zuerst für einen Schlafsack hielt. Na, du hast ja ordentlich einen im Tee, stellte die Kollegin mit ihrer Berliner Nüchternheit fest, als Louise vergeblich den Eingang des Schlafsacks suchte.

Louise sah wieder den Abend ihrer Ankunft in Berlin vor sich, als sie mit Koffer und Rucksack in die U-Bahn gestiegen, sich beim Entziffern des Planes an der Decke den Hals verrenkt und eine Station namens Viktoria-Luise-Platz entdeckt hatte, ein gutes Omen für ihre Ankunft. Sie stieg am Viktoria-Luise-Platz aus, es war warm, am Himmel hing noch ein Rest Helligkeit, und sie würde wie schon die Nacht zuvor in Paris wach bleiben. Am Morgen wollte sie sich ein Zimmer suchen, wenngleich sie eine ungenaue Vorstellung davon hatte, wie dies in einer unbekannten Stadt zu bewerkstelligen sei. Sie lief ziellos durch die Straßen, hielt nur inne, um den Koffer mal in die eine, mal in die andere Hand zu nehmen und bei der Gelegenheit zu verschnaufen. Aber nicht lange, dann sprang sie wieder auf, lief weiter, betrunken vom Gehen selbst, vom Gehen bis zur Erschöpfung, sie spürte jede erschöpfte Zelle ihres Körpers und hätte am liebsten gejauchzt, jemanden umarmt, getanzt. Es war ein Taumel, der den Sommer über anhielt. Sie fand eine dämmerige Einzimmerwohnung mit Kachelofen und Fenster zum Hinterhof, begann in der Weinhandlung zu arbeiten und ging bis in die frühen Morgenstunden aus. Als dann der Winter kam, unvermittelt und heftig, und das Licht kaum über den Tag reichte, als sie beständig fror, weil der Kachelofen nicht richtig funktionierte und draußen ein Wind blies, der durch noch so dicke Schichten Kleidung drang, erwachte sie aus dem Taumel. Wochenlang vergrub sie sich in ihrer Wohnung, ließ das Telefon ins Leere klingeln und öffnete niemandem die Tür, sie sehnte sich nach etwas, das sie nicht hätte benennen können, nicht nach einzelnen Personen, nicht einmal nach ihrem Vater, um den sie erst jetzt weinte, eher nach etwas Großem, Allumfassenden, nach einem überdimensionalen, deutschen Federbett, in das sie hätte sinken und alles vergessen können. In diesem ersten Winter war sie ein paar Mal kurz davor gewesen, ihre Mutter anzurufen. Und dann viel später noch einmal, als sie ihre Magisterprüfung bestanden hatte und sehr stolz auf sich war. Sie hatte sich damals über sich selbst geärgert, über dieses Bedürfnis, das einer unhinterfragten und unerschütterlichen Vorstellung von elterlichem Trost und elterlichem Lob entsprang und sich einfach über ihre Entscheidungen hinwegsetzte.

Louise rollte sich in das Laken, verhedderte sich und strampelte sich vorsichtig frei, um Ida mit dem Geräusch nicht zu wecken. Hinter ihren Lidern gerieten die Bilder ins Schlingern, wirbelten umher, verschmolzen, entzweiten sich wieder, sie sah sich als Jugendliche mit Grégoire auf der Hotelterrasse sitzen und wusste doch, dass das Hotel erst nach ihrem Weggang errichtet worden war, sie sah einen Wehrmachtssoldaten an Paulettes Seite auf Adriennes Beerdigung, sah Emilie, die plötzlich mit ihr in Berlin wohnte, nur dass Louise selbst noch ein Kind war und Emilie viel älter als sie, eine Frau schon, die sie bewunderte, weil sie ihre extravaganten, selbstgenähten Kostüme so selbstbewusst zu tragen wusste, und Emilie drehte sich um, sie kam, während Louise versuchte, zurückzuweichen, sich jedoch nicht bewegen konnte, mit ihrem Gesicht ganz nah heran und fragte, indem sie jede Silbe betonte: Und wenn du tatsächlich nicht gemeint warst?

Louise schreckte hoch. Irgendetwas habe ich vergessen, dachte sie. Das letzte Kapitel. Bevor ich einen Entschluss fasse, muss ich das letzte Kapitel lesen.

Sie stand auf, ging zur Toilette. Als sie zurückkam, fiel ihr Blick auf den Kalender, der an der Wand über einem niedrigen Tisch hing. Sie kannte solche Kalender von früher, war erstaunt, dass es sie noch gab. Sie wurden von der Post herausgegeben, ein fester Karton, auf Vorder- und Rückseite je sechs Spalten für sechs Monate und darüber das Farbfoto einer Landschaft, die ausgebleicht und retuschiert wirkte, ein Kanal mit einem Schiff, die Mittelmeerküste, Berge mit schneebedeckten Kuppen. Das Künstliche der Farben verstärkte den Eindruck von Fremdheit, den Louise als Kind beim Betrachten der Bilder empfunden hatte. Kanäle, das Mittelmeer, die Alpen gehörten einer Welt an, in der es sie nicht gab, sie kannte weder das Licht, noch die Gerüche oder Veränderungen dieser Landschaften durch die Jahreszeiten hindurch. Aber sie liebte es, die Namen der Heiligen hinter jeder Zahl zu studieren und an die unheimlichen und grausamen Geschichten zu denken, die sich hinter den Namen verbargen und sie mit lustvollem Schaudern erfüllten. Oft sagte sie sich die Namen in unterschiedlicher Reihenfolge auf, und jedes Mal klangen sie anders.

Louise nahm den Kalender von der Wand und hielt ihn in den Lichtkreis der Nachttischlampe. Die Namen waren wie alte Freunde, deren Adresse man plötzlich auf einem Zettel in einem vor vielen Jahren gelesenen Buch findet. Sie suchte die Monatsspalten nach Emilies Namen ab und blieb an ihrem eigenen Namenstag hängen, dem 15. März. Ihr war nicht bewusst gewesen, dass er auf einen Tag so kurz vor der *marée d'équinoxe* im Frühling fiel, vielleicht weil sie das Bewusstsein für derartige Gleichzeitigkeiten erst entwickelt hatte, als ihr schon niemand mehr zum Namenstag gratulierte. Das Überbleibsel aus einem anderen Leben, dachte sie.

Die Erinnerung, die ihr zuvor entglitten war, nahm Form an, eine Luftblase, die sich einem untergegangenen Hohlkörper entwindet und schließlich taumelnd an die Oberfläche schwebt. Einzig ihr Vater hatte ihr früher zum Namenstag gratuliert, ihre Mutter hatte diesen Tag regelmäßig vergessen, denn Mitte März legte sie sich Jahr um Jahr tagelang ins Bett, klagte über Kopfschmerzen und Müdigkeit, war schon von der kleinsten Bewegung erschöpft.

Ich bin ein Mensch, der den Frühling nicht erträgt, lautete ihre wiederkehrende Erklärung, die sie Louise gegenüber vorbrachte. Einmal, als Louise noch klein war, hatte sie hinzugefügt, die meisten Menschen bringen sich nicht im Winter, sondern im Frühling um. Danach war Louise wochenlang mit der Angst schlafen gegangen, ihre Mutter könne sich in der Nacht das Leben nehmen. Erst die Wiederholung hatte die Angst abgenutzt, bis die Schwermut ihrer Mutter sich schließlich in den Jahresablauf einreihte wie der Umzug nach Lemoulin-Plage, der Schulbeginn, Weihnachten, Neujahr, Ostern, so etwas wie eine Jahreszeit wurde. Deine Mutter hat wieder ihren Zustand, sagte ihr Vater.

Louise stand mit dem Kalender in der Hand vor dem Bett und fragte sich, warum sie all die Jahre nicht mehr an diese Zeiten der Erschöpfung ihrer Mutter gedacht hatte. Warum sie nie auf die Idee gekommen war, es könne sich um eine Depression gehandelt haben.

Sie war sich nicht sicher, was sie mit dieser Erkenntnis anfangen sollte. Wie sie sich einordnen ließ in das, was sie über Paulette wusste. Anfang März war Paulettes Geburtstag, hatte sie am Älterwerden gelitten? Gab es ein anderes einschneidendes Ereignis, das diese Regelmäßigkeit erklärte? Louise suchte in ihrem Gedächtnis nach einer Spur, einem Bild oder einem vergessenen Satz und wurde nicht fündig. Was hast du erwartet, dachte sie, die Vergangenheit ist kein Bilderbuch, in dem man versehentlich eine Seite überblättert hat.

Sie hängte den Kalender wieder an seinen Platz, schloss das Fenster und legte sich zurück ins Bett. Griff nach dem Manuskript und rückte das lange, schlauchartige Kissen unter ihrem Kopf zurecht, das es, so ging es ihr durch den Sinn, in Deutschland nicht gab und für das infolgedessen vermutlich auch kein Wort existierte. Mit fehlenden Wörtern kannte sie sich aus, besser als mit fehlenden Stücken Familiengeschichte.

Was die Bezeichnung für das Kissen betraf, so würde sie ihre Freundin fragen, morgen oder übermorgen, am Telefon. Louise blätterte in den Aufzeichnungen, bis sie die Stelle gefunden hatte, wo sie stehen geblieben war und las weiter.

Auszug aus Idas Aufzeichnungen,
datiert *Sommer 1947 bis 2.5.1948*,
keine Überschrift

Im Sommer 1947 erfuhr Franz von den für ihn zuständigen Behörden, dass die Freilassung deutscher Gefangener beginnen werde, dass es aber auch die Möglichkeit gebe, als Zivilarbeiter einen Arbeitsvertrag abzuschließen. »Die Freilassung erfolgt nach Kategorien«, erklärte er. »Ich habe keine Kinder, ich bin nicht verheiratet und mit meinen neunundzwanzig Jahren auch nicht besonders alt. Wer weiß, wann sie mich gehen lassen. Wenn ich mich als Arbeiter für ein Jahr verpflichte, bin ich kein Gefangener mehr, ich kann mich frei bewegen, ich erhalte den gleichen Lohn wie französische Arbeiter, und, stell dir vor, ich bekomme Urlaub und darf nach Hause fahren. Sie haben mir in Aussicht gestellt, dass ich dann sogar schneller wieder zuhause sein könnte, als wenn ich meinen Status als Gefangener behalte. Es kann dauern, bis sie die Gefangenen alle freilassen.«

Auf unserem üblichen Weg durch die Felder hatte ich Mühe, mit Franz Schritt zu halten, so beflügelt war er von seinen Gedanken. »Ich weiß, dass das ein schwieriges Thema ist«, sagte er, »aber vielleicht wäre es dann sogar möglich, Ihre Eltern kennenzulernen?«

Ich blieb abrupt stehen. »Ich glaube nicht, dass das eine gute Idee ist.«

Mich beunruhigte die anstehende Veränderung. Wenn Franz vielleicht schon bald entlassen würde und ich ihm nach Deutschland folgen wollte, müsste ich dies heimlich tun und spätestens an der Grenze die Frage beantworten, was ich als minderjährige französische Staatsbürgerin in Deutschland vorhätte. Bliebe Franz als freier Arbeiter in der Gegend, müsste ich ihn entweder davon überzeugen, mich nicht in Honoré zu besuchen, oder wäre gezwungen, meine Beziehung offenzulegen und vor meinen Eltern und den Leuten im Dorf zu verteidigen.

An einem der kommenden Sonntage erwarteten mich Adrienne und Robert nach meinem Ausflug in der Küche.

»Du übst für die Tour de France, stimmt's?«, fragte Adrienne.

Ich schaute sie verständnislos an.

»Hör auf, so zu tun, als wüsstest du nicht, von was ich spreche. Du erzählst uns, wie gerne du Fahrrad fährst, wie sehr dich das entspannt, und bändelst hinter unserem Rücken mit einem Deutschen an. Dein Vater hat in der Kriegsgefangenschaft gelitten und du lässt dich mit einem Deutschen ein!«

Eine Nachbarin war in Condé-les-Fleurs bei einer Cousine zu Besuch gewesen und hatte mich mit Franz gesehen. Ich überlegte, ob ich alles bestreiten und behaupten sollte, die Nachbarin müsse mich wohl verwechselt haben, doch ich dachte an das Lügengerüst, das ich dann in Zukunft aufrechterhalten müsste, und ließ es sein.

»Damit eines klar ist«, sagte Adrienne. »Ab jetzt verlässt du das Haus nur, wenn wir es dir erlauben oder wenn du zu Frau Delamare gehst.«

Ich schrieb Franz einen Brief, in dem ich ihm mitteilte, was geschehen war. Ich gab einen erfundenen Absender an und bat Franz darum, seine Antwort an Frau Delamare zu adressieren. Als Absender sollte er Francis Battois angeben, einen Namen, den ich mir ausgedacht hatte und der an die Übersetzung seines deutschen Namens angelehnt war. Ich versah den Umschlag mit dem Familiennamen des Bauern, bei dem er arbeitete, fügte »zu Händen von Franz« sowie den Ort, Condé-les-Fleurs, hinzu und nahm mir, ohne zu fragen, eine Briefmarke aus Adriennes Briefmarkendose.

Nun kam der schwierige Teil des Planes. Beim Mittagessen mit Frau Delamare stocherte ich im Teller herum, schob das Essen hin und her, aß kaum etwas. »Was ist los?«, fragte Frau Delamare. »Sie haben doch sonst so einen Appetit.«

Ich nahm all meinen Mut zusammen und beichtete ihr, dass sie in den nächsten Tagen Post an ihren Namen von einem Francis Battois erhalten werde, die aber an mich gerichtet sei.

Frau Delamare lachte schallend.

»Sie sind ganz schön durchtrieben, das hätte ich Ihnen nicht zugetraut. Ich soll also hinter dem Rücken Ihrer Eltern Briefkasten spielen. Ist das denn alles ehrenhaft?«

Was für einen guten Einfall Sie hatten, schrieb Franz. Frau Delamare scheint eine fabelhafte Person zu sein. Jetzt müssen wir überlegen, wie wir uns sehen können. Ich bin nicht frei, Sie sind nicht frei. Wie sollen wir vorgehen?

Ich werde Sie nachts besuchen, schrieb ich zurück. Kommenden Sonntag. Es sei denn, es regnet. In diesem Fall eine Woche später. Ich weiß, Samstag wäre besser, dann könnten wir ausschlafen, aber Sonntagabend sind weniger Leute unterwegs. Ich werde versuchen, kurz nach Mitternacht da zu sein.

Der Mond erleuchtete die nächtliche Landschaft, durch die ich ohne Angst fuhr, wie ich erstaunt feststellte. Ich fühlte mich beschwingt und hatte das Gefühl, dass mich nichts aufhalten konnte, nun, da es mir gelungen war, mich nachts aus dem Haus zu schleichen. Franz erwartete mich wie abgemacht am Seiteneingang des Hofes. »Kommen Sie rein«, flüsterte er, »ich wohne in der ehemaligen Waschküche. Das ist weit genug weg vom Haupthaus, keiner wird Sie bemerken.« Er legte seinen Arm um meine Schulter. »Es ist ganz schön frisch für eine Sommernacht. Ist Ihnen warm genug?«

»Mir ist mehr als warm genug, so wie ich in die Pedale getreten bin. Tour de France, würde meine Mutter sagen.«

»Gelbes Trikot«, erwiderte Franz und zupfte an meinem senfgelben Kleid. Er zog die Tür zur Waschküche auf und schob mich vor sich ins Innere.

Es war schön, Dir so nahe zu sein, meine geliebte Tour-de-France-Fahrerin, schrieb Franz. Wann steigst Du wieder auf Dein Rad? Alles an mir duftet nach Dir.

Sobald mein gelbes Trikot getrocknet und meine Kette geölt ist, antwortete ich.

Franz schloss mit seinem Arbeitgeber einen Vertrag als freier Arbeiter ab. »Es nützt zwar nicht wirklich etwas, da ich dich nicht besuchen kann, aber ich bin trotz allem flexibler. Und an Weihnachten werde ich meine Familie wiedersehen, ich kann es kaum erwarten!«

»Wenn du überhaupt von zuhause wiederkommst nach deinen Ferien«, sagte ich und war selbst erstaunt über die Nüchternheit in meiner Stimme.

Statt einer Antwort nahm Franz meine Hand und schloss sie um etwas Kleines, Filigranes. Es waren zwei Ringe aus Holz, wie ich feststellte, als ich vorsichtig die Hand öffnete.

»Einen für dich und einen für mich«, sagte Franz. »Ich habe sie aus einem einzigen Stück Holz für uns geschnitzt.« Er nahm meinen Finger und versuchte, den kleineren der zwei Ringe aufzustecken, doch er passte nicht. Ich war erleichtert, denn wie hätte ich die Existenz eines Ringes an meiner Hand erklären sollen?

»Das macht nichts«, tröstete ich Franz, »ich werde ihn um den Hals tragen, an dem Kettchen mit dem Kreuz. Das hängt sowieso meist unter der Bluse.«

Franz räusperte sich. »Könntest du dir vorstellen, mir nach Deutschland zu folgen und dort meine Frau zu werden?«

Jetzt bist du also verlobt, dachte ich, während ich durch die Nacht strampelte, die nach Äpfeln und modrigem Laub roch, und keiner weiß etwas davon. Noch ein Jahr, und ich gehe von hier weg. Zwar nicht »hinaus in die Welt«, ich fahre nicht übers Meer oder in ein aufregendes Land wie Italien oder Norwegen oder Russland, aber dafür fahre ich mit Franz. Mit Franz wird es gehen, auch wenn es Deutschland ist. Und wenn wir heiraten, habe ich ein einziges Mal einen Ratschlag meiner Mutter befolgt: Ich habe Franz geküsst, bevor ich ihn geheiratet habe. Und nicht nur das.

Ich hatte die für eine Frau unverzeihlichste aller Sünden begangen und war erstaunt, wie gleichgültig es mir war. Was sich so anfühlte, konnte nicht falsch sein. Die Nachtluft war kühl und angenehm auf meinem Gesicht, und wenn ich mich nach vorne beugte, baumelte der Holzring an meiner Brust.

Alle zwei Wochen fuhr ich nachts nach Condé-les-Fleurs, dazwischen schrieben wir uns täglich. Als der Winter kam, sahen wir uns seltener, denn es war zu kalt, um in der Nacht über Land zu fahren.

Mitte Januar, nachdem Franz von seinem Heimaturlaub zurückgekehrt war, tauchte er eines Morgens bei Frau Delamare auf. Ich war gerade dabei, Kartoffeln zu schälen, als Frau Delamare in der Küche erschien und mir in einem ungewohnt sachlichen Ton mitteilte, dass jemand am Eingang auf mich warte. Ich wischte meine von Kartoffelstärke feuchten Hände an der Schürze ab und ging zur Haustür. Dort stand, die Hände in den Hosentaschen und ein wenig unsicher, Franz. Wir fielen uns um den Hals, doch ich entwand mich gleich wieder.

»Du kannst nicht einfach hierherkommen, ohne vorher Bescheid zu sagen. Ich arbeite hier.« In mir mischten sich Glück und Bestürzung über seine Naivität.

»Ich wollte dich so gerne sehen, nun da ich wieder zurück bin. Ich verstehe gar nicht, warum sie eben so unwirsch war«, sagte Franz und wies mit dem Kopf ins Innere des Hauses. »Ich dachte, sie sei ein freundlicher Mensch. Sie hat doch die ganze Zeit meine Briefe angenommen.«

»Aber sie wusste nicht, dass sie von einem deutschen Soldaten stammen.«

»Der Krieg ist vorbei«, antwortete Franz und wirkte wie ein trotziges Kind.

»Ich muss wieder zurück in die Küche«, sagte ich. »Ich komme mit dem Fahrrad, sobald ich kann.«

Frau Delamare wartete schon auf mich. »Fräulein Ida Leconte«, sagte sie mit einer Strenge, die ich an ihr nicht kannte,

»gehe ich richtig in der Annahme, dass es sich bei dem Herrn, der soeben an unserer Tür Einlass erbeten hat, um Francis Battois handelt?«

Ich nickte und wagte nicht, sie anzusehen.

»Können Sie mir dann erklären, wie es kommt, dass ein Mann mit einem so französischen Namen offenbar Deutscher ist?«

Ich schwieg.

»Warum haben Sie das nicht gleich gesagt, anstatt mich zu belügen?«

»Francis Battois ist sein Name auf Französisch«, rutschte mir heraus.

Frau Delamare stutzte und ich meinte, als ich aufsah, in ihren Augen einen Schimmer Belustigung zu erblicken.

»Durchtrieben sind Sie, aber auch erfindungsreich, das muss man Ihnen lassen«, sagte sie. »Wie lange geht das jetzt schon mit Ihrem Francis?«

Ich erzählte ihr die Geschichte in aller Ausführlichkeit, verschwieg jedoch, dass ich Franz vor unserer Begegnung in Condé-les-Fleurs bereits gekannt hatte und dass er mit meiner Cousine Paulette zusammen gewesen war.

Im Februar 1948 sagte Frau Delamare: »Ich habe einen früheren Kollegen meines Mannes getroffen. Er wird im Mai nach Deutschland verlegt und sucht eine Haushälterin und Kinderfrau. Ich habe ihm gesagt, dass ich jemanden wüsste, den ich empfehlen kann und der sogar Interesse daran haben könnte, in Deutschland zu arbeiten.«

Das Gespräch mit meinem zukünftigen Arbeitgeber verlief gut, obwohl ich aufgeregt war und mich fragte, ob er über meine wahren Beweggründe Bescheid wusste. Aber Frau Delamare war offenbar diskret gewesen. Er hielt mich für eine abenteuerlustige, junge Frau, die einfach mal etwas anderes sehen wollte, und deutete an, dass er gewiss auch noch an weitere Stützpunkte versetzt würde. Solange wir uns verstünden und seine Frau Hilfe im Haushalt und mit den Kindern bräuchte, könne ich mich darauf verlassen, etwas von der Welt zu sehen. Er nannte mir den Namen seiner Garnison, der in meinen Ohren wie *Rachetatt* klang. »Nicht weit weg von der französischen Grenze«, erklärte er, »wenn man es nicht mehr aushält, ist man schnell in Frankreich.« – »Im Elsass«, korrigierte er sich.

Franz schluckte, als ich ihm meinen Plan unterbreitete.

»Aber warum kannst du nicht warten? Du brauchst doch nicht zu arbeiten, ich bekomme uns beide schon irgendwie durch.«

»Ich habe mein Leben lang auf irgendetwas gewartet«, erwiderte ich und merkte, wie meine Kühnheit mir den Atem nahm. »Und jetzt, wo sich plötzlich diese Möglichkeit für mich auftut, werde ich sie auch ergreifen. Es ist doch auch in unserem Sinne: Mein Arbeitgeber zahlt die Fahrkarte, aber vor allem kümmert er sich um die nötigen Papiere und Genehmigungen. Und in der Nähe der französischen Grenze kannst du bestimmt als Dolmetscher arbeiten. Wie hast du einmal gesagt? Hier hat das Schicksal seine Finger im Spiel.«

Nun, da feststand, dass ich von Honoré weggehen würde, dachte ich darüber nach, noch einmal nach Belay zurückzukehren. Es wäre kein Problem gewesen, bei Frau Delamare ein paar Tage frei zu bekommen, und mehr Ärger als bei der Entdeckung meiner Beziehung zu Franz würde es seitens meiner Eltern wohl kaum geben. Ich schob die Entscheidung vor mir her wie den Brief an Paulette. Schließlich musste ich mir eingestehen, dass ich nicht nach Belay fahren würde. Ich konnte mir nicht vorstellen, selbstbewusst meiner Familie gegenüberzutreten und ihr mitzuteilen, dass ich mit einem ehemaligen deutschen Soldaten nach Deutschland gehen würde, und erst recht nicht Paulette zu gestehen, sofern ich sie anträfe, dass es sich bei dem Deutschen um Franz Kempf handelte. Nicht zuletzt fürchtete ich, ein Wiedersehen mit Belay könne meinen Entschluss, alles hinter mir zu lassen, ins Wanken bringen.

Ich schob das Gespräch mit meinen Eltern hinaus bis kurz vor meiner Abfahrt. Am Vorabend meines Geburtstages teilte ich Adrienne und Robert meinen Entschluss mit, Honoré zu verlassen.
»Honoré verlassen! Und wo willst du hin? Mit welchem Geld? Und wer sagt, dass wir dir das erlauben?«, sagte Adrienne.
»Morgen ist mein einundzwanzigster Geburtstag. Und ich gehe nach Deutschland.«
Ohne eine Reaktion abzuwarten, verließ ich die Küche. Als ich auf halber Treppe angelangt war, rief Adrienne mir hinterher: »Du und deine Cousine Paulette, ihr seid doch ein und dieselbe Brut.«

Noch am Abend schrieb ich Paulette den so lange hinausgezögerten Brief. Auch wenn sie diejenige war, die nie wieder hatte von sich hören lassen, und ich davon ausging, dass es sie nicht mehr interessierte – ich wollte, bevor ich diesen neuen Abschnitt meines Lebens begann, ihr meine Beweggründe erklären und Klarheit zwischen uns schaffen, wollte mir selbst bestätigen, dass das, was ich getan hatte, richtig gewesen war.
Bevor ich den Brief in den Umschlag steckte, las ich ihn noch einmal durch und fügte als P.S. hinzu: Es kann sein,

dass Adrienne von deiner Beziehung zu Franz weiß, sie hat so etwas angedeutet. Wahrscheinlich irre ich mich, aber wenn nicht, so kannst du mir glauben, dass sie es nicht von mir erfahren hat.

Paulette
(Gehen)

Vielleicht wäre es besser gewesen, das Kleine, das Kleine von Franz, erst gar nicht in ihr heranwachsen zu lassen, dann hätte es keine erste Geburt gegeben, keinen skeptischen Blick des Arztes bei Louises Geburt, sind Sie sich sicher, dass sie noch kein Kind zur Welt gebracht haben, was fragte er sie das, während sie in den Wehen lag, hatte er keine Augen im Kopf, konnte er nicht zählen? Es hätte keine erste Geburt gegeben und keinen Geburtstag, an dem der Schmerz jedes Jahr wiederkehrte, auch nach der Kur noch, weil man den Schmerz nicht einfach herausschneiden konnte wie ein Kind, weil er nicht weniger wurde mit den Jahren, sich gar vom Vergehen der Zeit zu ernähren schien. Hieß es nicht, die Zeit heile Wunden, aber sie heilte gar nichts, nicht einmal zur Gewohnheit werden ließ sie die Dinge, die Menschen, sonst hätte Paulette sich doch an Louise gewöhnen müssen, an ihre Bockigkeit, ihre vorwurfsvollen, trotzigen, ängstlichen Augen. Die meisten Leute bringen sich im Frühling um, dabei rührte der Frühling Paulette so wenig wie der Winter oder Herbst, aber was hätte sie sagen sollen, wo sie nun einmal auf das Verschweigen gebaut hatte, wie hätte sie Louise klarmachen können, dass sie sich nicht um ihre Mutter zu sorgen brauchte, weil ihre Mutter den Augenblick zum Sterben verpasst hatte? Wie hörte man nach all diesen Jahren auf zu schweigen, ein Anwalt müsste doch helfen können, doch der schüttelte nur den Kopf, da ist nichts zu machen, *Accouchement sous X*, die Gesetzeslage ist klar, die Regeln sind strikt, anonym ist anonym. Wenn, dann müsste das Kind nach Ihnen suchen, aber wissen Sie, das tut nur ein verschwindend geringer Prozentsatz, machen Sie sich keine Hoffnung nach all diesen Jahren. Wie hätte sie beweisen können, dass ihre Unterschrift nicht freiwillig auf das Papier gekommen war, ohne alles zu erzählen, und warum sollte ein Anwalt erfahren, was ihre Cousine, ihr Mann, ihre Tochter nicht wussten, das war unsinnig, das war zu unsicher. Aber nun, wo nur noch sie sich erinnerte und vonseiten des Kindes außer einem äußerst geringen Prozentsatz nichts mehr zu erwarten war, würde sie dem Schweigen ein Ende bereiten, wenn nur Louise käme, Paulette hatte lange geschlafen, viel länger als sonst, hoffentlich hatte sie das Klingeln nicht überhört, ausgerechnet jetzt schlief sie. Es war halb acht Uhr morgens, wurde gerade hell, wie es auch damals gerade hell geworden war, als der Pfarrer klingelte im Februar, ihr Bauch schon rund, so rund, dass es nichts mehr gab außer dem Bauch an ihr, aber für das Kind von Franz war es in Ordnung, das Kind von Franz musste wachsen, brauchte Platz. Was wollte der Pfarrer um diese frühe Uhrzeit, was wollten Rose und Adrienne, die kurz darauf klingelten, hatte ihre Mutter nicht gesagt, keiner soll etwas wissen, und was hatte Adrienne noch in Belay zu suchen, Nanies Beerdigung war doch vorbei. Sie musste Ida schreiben, musste sie fragen, warum sie nicht zur Beerdigung gekommen war, ob sie überhaupt wusste, dass Nanie gestorben war, ganz überraschend, wie man so sagt, als ob der Tod nicht immer überraschend käme, sie wollte Ida erzählen, dass Nanie sie vermisst hatte, dass Nanie sie wieder zu sich holen wollte, damit Ida das wusste. Und schon rief Adrienne nach ihr, Paulette, würdest du bitte einmal zu uns kommen, und ihr wurde flau im Magen, nicht übel, sondern flau, weil Adrienne das so überaus höflich formulierte, »bitte einmal zu uns kommen«. Beim Betreten des Wohnzimmers sah Paulette den Betstuhl in der Mitte des Raumes stehen, wie hatte der Pfarrer den Betstuhl nur herbeigezaubert, fand die Messe jetzt schon im Wohnzimmer statt, reichte die Baracke nicht mehr, und war es überhaupt ein Betstuhl gewesen und nicht vielmehr ein Schemel, der sich erst in der Erinnerung in einen Betstuhl verwandelt hatte, aber das war im Grunde unerheblich, was zählte, war, dass Adrienne sagte, als sei sie die Anführerin, als hätten die anderen keine Stimme, Paulette, du weißt, warum wir dich hierher gebeten haben. Nein, wusste sie nicht, warum diese Förmlichkeit, dieses Salbungsvolle, sie blieb in der Mitte des Raumes stehen und schwieg, du bist dir also keiner Schuld bewusst, ausgerechnet Adrienne sagte so etwas, nein, sie war sich keiner Schuld bewusst. Sie versuchte nur, ihren Weg zu gehen, würde ihren Eltern ein hübsches Enkelkind schenken und erfolgreich studieren, doch davon wollte Adrienne nichts wissen, sie befahl ihr, sich auf den Stuhl zu knien, der vielleicht ein Schemel gewesen war, und Paulette gehorchte, weil sie keine Kraft mehr in den Gliedern hatte, weil die Blicke, die auf ihr lasteten, ihr alle Kraft entzogen, sie müde werden ließen, so müde, dass die Augen ihr schwer wurden, sogar die Heiligenfiguren auf dem Wohnzimmerschrank starrten sie an, als hätten sie sich mit den anderen verschworen. Der Pfarrer sagte, du hast gesündigt, doch Gott ist in der Lage zu verzeihen, er legte ihr seine Hand auf den Kopf, seine warme, teigige Hand, die sie abschütteln wollte, doch nicht konnte, weil ihr Kopf ihr nicht mehr gehörte und nur schlafen wollte, der Pfarrer sagte, es ist gut, dass du nicht an der Schöpfung gesündigt hast, und einen Moment durchfuhr sie die Hoffnung, dies alles könne auf einem Missverständnis beruhen, denn sie wollte das Kind doch haben, und der Pfarrer fuhr fort, mit der Hand auf dem Kopf, die dort liegenblieb, viel zu lang liegenblieb, bist du bereit zu beichten. Natürlich war sie bereit zu beichten, sollten sie doch hören, was sie längst wussten, ja, unkeusch, ja, vor der Ehe, ja, mit dem Feind, und immer die Hand des Pfarrers auf ihrem müden Kopf und der viel zu harte Betstuhl oder Schemel unter den Knien, aber das zählte jetzt nicht mehr, sie hatten gehört, was sie hören wollten, jetzt würden sie Ruhe geben, sie würden sie schlafen lassen, es war doch noch früh, doch die Blicke lasteten weiter auf ihr, die Heiligenfigurenblicke, die Tantenblicke, der Pfarrerblick, der Mutterblick, und Adrienne sagte, wir haben beschlossen, dass es am besten für alle ist, wenn du das Kind abgibst. Das Kind abgeben, was meinte Adrienne damit, man konnte doch ein Kind nicht einfach abgeben, auf dem Rathaus, im Laden, bei der Bank, und schon gar nicht ihr Kind, aber nicht mein Kind, hörte sie ihre eigene Stimme, ohne dass sie wusste, wie die Worte aus ihrem Mund gekommen waren, und jetzt sprach die Mutter, während der Pfarrer endlich seine Hand von ihrem Kopf nahm, du wirst sehen, es ist anonym, völlig anonym, es ist, als hättest du niemals ein Kind geboren, niemand wird je wissen, dass der Vater des Kindes ein Deutscher ist, dass du die Mutter des Kindes bist, das Kind geht seine Wege und du gehst deine Wege, so habt ihr beide eine Zukunft, denk an deine Zukunft, wer will dich noch haben mit einem Deutschenbastard. Franz will mich haben, hatte Paulette gedacht, es ist doch auch sein Kind, und wenn er kommt, werde ich das Kind behalten, das Kind kann später noch eigene Wege gehen, noch bei der Geburt kurz vor Ende des Krieges hatte Paulette geglaubt, dass sie das Kind zurückholen könnte, weil sie nicht freiwillig unterschrieben hatte, es musste doch etwas wert sein, dass es ihr Kind war, musste zählen, dass sie mit Franz eine Zukunft hatte. Im Mai tanzte sie mit den anderen bis spät in die Nacht, und niemand wagte es, sie Deutschenflittchen zu nennen, oder sie hatte es nicht gehört, sie war da und war nicht da, verlor sich in Gedanken, den ganzen Nachkriegssommer und Nachkriegsherbst, den langen, kalten Nachkriegswinter über, wenn es nicht sogar mehrere Winter gewesen waren, warum war es nur so schwer mit den Jahren, mit den Zahlen, warum konnte sie nicht ohne zu zweifeln sagen, soundsoviele Monate, soundsoviele Winter, und drei Jahre nach Ende des Krieges ist Idas Brief gekommen, in dem stand, ich gehe mit Franz nach Deutschland, als sei das so abgemacht gewesen, und in Paulettes Kopf verschloss sich eine Tür, schloss einen Teil von ihr aus, einen Teil von ihr ein, immer war sie da und war nicht da, aber das zählte jetzt nicht mehr, weil jetzt das Warten ein Ende hatte, weil sie sich einen Kaffee kochen und dann losgehen würde, um zu sehen, ob Louise an die Küste gefahren war, ob das Meer sich zurückzog oder stieg.

Unterwegs

Louise erwachte von der Brandung, die durch das geschlossene Fenster zu hören war. *La mer est haute,* murmelte sie, und die Worte hatten etwas Beruhigendes, weil die Gezeiten verlässlich waren, weil das Meer nicht nur den Sand überspülte, sondern auch die komplizierte und unübersichtliche Fläche, die der Vortag gewesen war.

Vorabend, dachte sie, Vorfreude, Vorahnung, da war doch etwas. Sie zweifelte, ob ihre Idee mit der Doktorarbeit dem Tageslicht, der am Morgen neu erwachten Skepsis standhalten würde.

Die Tür fiel leise ins Schloss, Louise öffnete die Augen. Ida hatte das Zimmer verlassen, aus dem Bad waren keine Geräusche zu vernehmen. Einen Moment fürchtete Louise, Ida könne ganz gegangen sein, dann bemerkte sie die Aufzeichnungen auf dem Nachttisch, die sie in der Nacht nicht mehr ganz zu Ende gelesen hatte, weil ihr die Augen zugefallen waren und sich auch im letzten Kapitel die erhoffte Antwort nicht abzeichnete. Dass Ida Paulettes Freund geheiratet und ihr Leben mit ihm geteilt hatte, gab der Beziehung mehr Gewicht, erklärte jedoch immer noch nicht Paulettes Schweigen.

Louise wäre gerne noch etwas liegen geblieben, hätte sich

die Idee mit der Doktorarbeit durch den Kopf gehen lassen, das Für und Wider abgewogen, Möglichkeiten durchgespielt, das Thema dem Tageslicht ausgesetzt. Doch sie überwand sich und stand auf. Dunkle Wolken trieben am Himmel, das Dünengras zwischen den Häusern flatterte und schien dem Wind ausweichen zu wollen. Der Sand war feucht, es musste geregnet haben. Louise packte ihr Nachthemd, den Kulturbeutel, die Fachliteratur, die sie nicht angerührt hatte, wieder in den Koffer. Sie zögerte, ob sie die Aufzeichnungen mit hinunternehmen sollte, und ließ sie schließlich liegen. Sie wollte noch hinaus auf die Digue, in den Wind.

Das Meer peitschte an die Granitblöcke, der Himmel hing dicht über der Wasseroberfläche. Nichts mit Morgensonne im Frühstücksraum, dachte Louise.

Der Wind zerrte an ihr und rüttelte am Fahnenmast, an dem während der Saison die grüne, gelbe oder rote Fahne wehte und die Feriengäste darauf hinwies, dass baden möglich, gefährlich, lebensgefährlich war. Rote Fahne, dachte Louise. Sie schloss die Augen, tauchte in das Getöse von Wellen, Wind und Fahnenmast und fühlte sich winzig, verletzlich, einer zufälligen Verkettung von Ereignissen ausgeliefert.

Im Frühstücksraum saß Ida und las Zeitung. Durch die hohen Fenster betrachtet rückte der Himmel noch näher heran, es schien, als könne man die schnell treibenden Wolken berühren. Grégoire kam hinter Louise herein, stellte Kannen, einen Brotkorb, Butter und Marmelade auf den Tisch.

Du fährst nicht, ohne dich zu verabschieden, sagte er. Klingle an der Rezeption, wenn du so weit bist.

Gut geschlafen?, fragte Ida und legte die Zeitung beiseite.

Zu kurz, entgegnete Louise.

Sie deutete auf die Zeitung.

Gibt es irgendetwas Spannendes draußen in der Welt?

Sie hatte das Gefühl, tagelang vom Weltgeschehen abgeschnitten gewesen zu sein. Wie lange lag ihre Abfahrt in Berlin zurück?

Ungarn hat seine Grenze zu Österreich geöffnet, aber das ist schon ein paar Tage her, das weißt du wahrscheinlich schon, antwortete Ida.

Louise nickte. Sie hatte die Ereignisse in der DDR, an der österreichisch-ungarischen Grenze, in Prag und in Budapest verfolgt, doch schien es ihr, als sei dies nicht sie, sondern eine entfernte Bekannte gewesen, die in Berlin lebte.

Danke, dass du mir deine Aufzeichnungen hingelegt hast, sagte sie. Ich habe sie gestern Nacht noch fast ganz durchgelesen. Mir fehlen nur noch die letzten Seiten.

Sie setzte sich, schenkte sich Kaffee ein.

Ich kenne jetzt also die lange Geschichte, wie du zur deutschen Sprache gekommen bist. Aber so richtig einleuchten will es mir nicht, warum du dabei aus dem Familienalbum herausgefallen bist. Es sei denn, die Erklärung verbirgt sich in den letzten Seiten, die ich noch nicht gelesen habe. Oder in den Zeiten, die in deinen Aufzeichnungen gar nicht vorkommen.

Ich glaube nicht, erwiderte Ida. Die Zeiten, die in den Aufzeichnungen fehlen, habe ich bei meinen Überarbeitungen wieder herausgenommen, weil sie zu wenig Bedeutung für den Fortlauf der Geschichte hatten.

Weiß eigentlich in der Familie jemand, dass dein Mann vor eurer Ehe mit Paulette zusammen gewesen ist?, fragte Louise und registrierte mit einem Blick auf den Brotkorb, dass sie zum Frühstücken noch zu müde war. Und wie interpretierst du, was

Adrienne zum Schluss deiner Aufzeichnungen über dich und Paulette gesagt hat?

Es klingt so, als habe Adrienne etwas von Paulettes Beziehung zu Franz gewusst oder geahnt, antwortete Ida. Aber woher? Sie war während des Krieges in Honoré. Außerdem kann ich mir wie gesagt nicht vorstellen, dass sie nicht irgendwann eine Bemerkung darüber hätte fallen lassen. Um einen Zusammenhang zwischen Paulettes Beziehung und meinem Mann herzustellen, hätte man wissen müssen, wie Paulettes Freund hieß. Und dass jemand Franz noch aus Zeiten der Besatzung gekannt und einen Verdacht geschöpft haben soll, halte ich für unmöglich, denn niemand aus der Familie hat Franz nach dem Krieg je getroffen.

Aber war denn niemand aus der Familie auf eurer Hochzeit? War Franz bei der Beerdigung deines Großvaters nicht dabei? Seid ihr nie wieder zusammen hier gewesen? Auch später in den siebziger Jahren nicht?

Ida nahm sich ein Stück Baguette und bestrich sorgfältig beide Hälften mit Butter.

Franz und ich haben Ende 1948 geheiratet, und ich habe, weil ich nicht den Mut hatte, mich über die Konventionen hinwegzusetzen oder weil ich eben doch gerne eine Bestätigung gehabt hätte, Einladungen verschickt. Niemand aus meiner Familie hat darauf reagiert, niemand ist zur Hochzeit gekommen. Die Familie von Franz fand es befremdlich, fühlte sich angegriffen. Zu weit weg, versuchte ich sie, weder überzeugt noch überzeugend, zu beschwichtigen. Natürlich war ich enttäuscht und verletzt. Zumindest hätten mir Renée und Großvater auf die Hochzeitskarte antworten können. Dass auch sie es offenbar als Schande empfanden, dass ich mit einem deutschen Soldaten weggegangen war, hatte ich nicht erwartet.

Ich denke, hier ist der Grund zu suchen, warum ich aus dem Familienalbum herausgefallen bin. Ziemlich einfach, eigentlich. Aber warum Paulette mich aus ihrem persönlichen Album gestrichen hat, dafür habe ich bis heute keine einleuchtende Erklärung. Bei meiner Hochzeit war ich noch der Meinung, sie hätte das Interesse an mir verloren und mich vergessen. Erst bei Großvaters Beerdigung habe ich begriffen, dass sie mich nicht vergessen hat, sondern mich hasst. Franz wäre übrigens tatsächlich gerne mit zu Großvater Georges Beerdigung gekommen. Um endlich meine Familie kennenzulernen. Noch einmal in »die Gegend« zurückkehren, wie er es nannte. Er hatte gute Erinnerungen an seine Zeit hier. Ich habe immerhin die Frau meines Lebens getroffen, pflegte er zu sagen.

Aber meine Familie war drei Jahre zuvor nicht zu meiner Hochzeit erschienen, das ist keine gute Voraussetzung für ein Kennenlernen. Hinzu kommt, dass ich genug damit zu tun hatte, Adrienne und meinen Bruder zu treffen, ich wollte mich nicht darüber hinaus um Franzens Wohlergehen sorgen müssen. Und später habe ich mich geweigert, meine Ferien hier in der Gegend zu verbringen. Wir brauchen ja nicht deine Familie besuchen, wir können doch einfach nur die Ferien dort verbringen, damit unsere Kinder wissen, woher du kommst, hat Franz vorgeschlagen. Dann fahr alleine, habe ich geantwortet, für mich sind das keine Ferien. Doch zu einer Reise allein hat er sich nie durchringen können.

Und was ist mit Paulette? Hat er sie nicht wiedersehen wollen?

Ida sah aus dem Fenster.

Wir haben über Paulette nicht wieder gesprochen, weder über sie noch über ihr Desinteresse oder ihren Hass. Für Franz war offenbar alles gesagt worden, was es zum Thema zu sagen gab. Dabei habe ich ihn zum Beispiel nie gefragt, ob er an jenem Abend in der Scheune oder auch schon davor mit Paulette geschlafen hat, wie ich es vermute. Vielleicht fürchtete ich auch bei diesem Punkt um unsere Vertrautheit und zog es vor, im Ungewissen zu bleiben. Oder die richtige Gelegenheit hat sich nicht ergeben. Was ist das für eine Vertrautheit, wenn man die entscheidenden Dinge ausspart, wirst du fragen, und was ist schon die richtige Gelegenheit? Und was sind die entscheidenden Dinge? Weißt du, auf Deutsch sagt man so schön, die Zeit heilt Wunden, oder sagt man das auch auf Französisch? Ich vergesse so etwas inzwischen. Wie dem auch sei, in Wirklichkeit heilt die Zeit gar nichts, aber sie lässt alles zur Gewohnheit werden. Wunden, nicht gestellte Fragen, Abwesenheit.

Draußen schien auch der Regen mit dem Wind zu ringen, gab schließlich nach und wurde von einer Böe prasselnd ans Fenster gedrückt. Luft gegen Wasser, dachte Louise, dabei geht es hier nicht ums Gewinnen. Nicht einmal ums Verstehen, denn das würde eine Art Wahrheit voraussetzen. Nur die Gleichungen, die man nicht aufgestellt hat, die möchte man lösen.

Paulette behauptet, Grégoires Vater sei ihr Sohn.

Ida schaute Louise verblüfft an.

Grégoires Vater? Der Vater deines Grégoires, der uns eben das Frühstück gebracht hat? Wem gegenüber behauptet sie das? Und wann sollte sie ihn bekommen haben?

Es ist nicht mein Grégoire, widersprach Louise. Und Paulette hat es Grégoire gegenüber behauptet. Wenn es stimmt, hätte sie seinen Vater mit dreizehn auf die Welt bringen müssen.

Mit dreizehn hat Paulette kein Kind bekommen, versicherte Ida und klang erleichtert. Und auch nicht mit vierzehn oder fünfzehn.

Louise sah sich im Saal um, weil ihr die Familie vom Vortag

am Strand wieder eingefallen war. Sie stellte enttäuscht fest, dass sie sich nicht unter den Gästen befanden. Sie hätte die Beziehung zwischen Mann, Frau und Kind gerne weiterverfolgt. Wahrscheinlich suchte man in allen fremden Familien, die man beobachtete, einen Schlüssel zum Verständnis der eigenen Familie.

Warum hast du eigentlich die Aufzeichnungen zur Beerdigung mitgebracht?, fragte sie und deutete zur Decke, wie um sich selbst klarzumachen, wo das Manuskript sich befand. Oder trägst du sie immer in deiner Handtasche herum?

Ida lachte.

Nein, nein, das wäre viel zu umständlich. Aber ich wollte sie in diesem Fall unbedingt dabeihaben. Ich rechnete damit, Paulette zu begegnen, hegte die Hoffnung, vielleicht sogar mit ihr zu sprechen. Im Alter gewinnt man Abstand zu gewissen Ereignissen seines Lebens, vielleicht wartete sie ja nur auf die Gelegenheit, auf mich zugehen zu können. Dann hätte ich ihr die Aufzeichnungen zu lesen gegeben, als Erklärung, als Rechtfertigung, als Angebot. Stattdessen hast du sie gelesen. Umsonst habe ich sie jedenfalls nicht mitgebracht.

Louise verspürte nun doch Hunger, nahm sich ein Stück Baguette, schnitt es auf und bestrich es mit salziger Butter und Orangenmarmelade. Grégoire hat ein gutes Gedächtnis, dachte sie und verspürte einen Anflug von Scham über so viel nicht erwiderte Fürsorge.

Was, wenn ich nicht zur Beerdigung gekommen wäre?, fragte sie.

Ida lächelte.

Ich säße jetzt am Hafen von Granville oder im Zug zurück nach Deutschland. Und um deine Frage zu beantworten, warum ich meinen Schwur, Paulettes Beziehung zu verschweigen, dir gegenüber gebrochen habe: Es war Zufall. Den Anstoß hat, sagen wir, dein Haarschnitt gegeben oder der Blick über den Strand oder der zu heiße Kaffee auf der Terrasse gestern Nachmittag. Wie dem auch sei, du hast bereitwillig zugehört, und ich habe immer weiter erzählt. Aber natürlich hoffte ich auch, du könntest zur Beantwortung der Frage beitragen, warum Paulette am Ende des Krieges, als ich ihre Unterstützung so dringend gebraucht hätte, ausdauernd geschwiegen und mich dann ihr Leben lang gehasst hat.

Ida griff in ihre Tasche, die wie schon am Abend zuvor an der Stuhllehne hing.

Außerdem gibt es etwas, das ich dir vorenthalten habe, sagte sie, das ich dir nicht zu lesen gegeben habe, um genau zu sein.

Sie zog ein Bündel gelblicher Briefe hervor, das mit einem Gummiband zusammengehalten war, wählte einen aus und reichte ihn Louise. Louise nahm den Umschlag entgegen, sah, dass er keinen Absender trug, und zog vorsichtig das zerbrechlich wirkende, gefaltete Papier heraus. Der Brief stammte weder von Paulette noch von Ida, deren Handschrift Louise von den Notizen auf den Aufzeichnungen kannte.

Belay, 10.8.1926

Adrienne,

vorhin habe ich wie immer die Fahrkarte, die mich zu Dir gebracht hat, durch den Kanaldeckel verschwinden lassen. Es war Flut, und man hörte das Wasser in der Kanalisation rauschen. Mir wäre es lieber gewesen, die Karte triebe nicht landeinwärts, sondern hinaus aufs Meer, weil es dort draußen außer dem Horizont keine Begrenzung gibt. Als ich heute nach Hause kam, öffnete mir Renée die Tür und frag-

te, ob mein Mandant das Haus kaufen werde, und als ich nickte, verkündete sie mir freudestrahlend, sie sei schwanger. Ich musste mich am Türrahmen festhalten, weil meine Beine unter mir wegzuknicken drohten. Renée wünscht sich seit Jahren nichts sehnlicher als ein Kind! Was sollte ich tun, ich nahm sie in den Arm und tat, als freue ich mich, obwohl mir so gar nicht danach zumute war. Wie heuchlerisch ich mir vorgekommen bin! Ich habe den ganzen Nachmittag darüber gegrübelt und weiß nun, dass ich es diesem Kind nicht antun kann, unsere Beziehung weiterzuführen. Für das Kind muss ich ganz da sein, ehrlich sein, kann nicht dieses doppelte Spiel der letzten Jahre weiterspielen. Adrienne, ich fürchte, der Wind hat uns zur falschen Zeit in die falsche Richtung geweht. Wärst Du in Belay geblieben, hätte ich zuerst Dich und nicht Renée kennengelernt und geheiratet, dessen bin ich mir sicher. Wärst Du nach Algerien gegangen, hätten wir uns gar nicht getroffen. Für uns ist nur das Dazwischen, das Halbe geblieben. Obwohl diese zwei Jahre mit Dir das Vollständigste waren, das mir widerfahren ist. Ich vergesse nicht, was Du mir bedeutest, vergesse nicht, dass Dein Anblick etwas völlig Unbekanntes in mir angerührt hat, als ich Dich auf diesem 14. Juli-Ball das erste Mal wahrgenommen habe. Ich weiß, das ist nicht viel: nicht zu vergessen. Aber es ist, was ich Dir geben kann. Wenn Du in Zukunft nach Belay kommst, ist es besser, wir gehen uns aus dem Weg. Ich könnte es nicht ertragen, Dich zu sehen und zu wissen, dass es kein Danach gibt. Adrienne, es ist des Kindes wegen. Ich hoffe, Du verstehst das, ich hätte so gerne, dass Du mir verzeihst.

*Dein Dich liebender
Serge*

Louise faltete den Brief zusammen, steckte ihn wieder in den Umschlag zurück und reichte ihn Ida.

Du meinst, Serge war dein Vater? Und Paulette und du, ihr seid tatsächlich Geschwister? Woher kommen diese Briefe? Warum hast du sie nicht vorher erwähnt?

Ida hob entschuldigend die Hände.

Weil sie für mich selbst erst ganz zum Schluss gekommen sind.

Ganz zum Schluss von was?

Ich habe sie vor zwei Tagen gefunden, erklärte Ida. Als ich in Adriennes Wohnung war. Ich hatte die irrationale Idee, dass sich die Schachtel mit Paulettes Briefen, die sie mir geschickt hatte, als ich das erste Mal bei Adrienne lebte, noch im Wandschrank meiner früheren Kammer befinden könnte. Statt Paulettes Briefen fand ich in einem Nähkorb die Briefe von Serge an Adrienne. Natürlich beweist das letztlich nichts. Aber wenn man von Paulettes und meinem Geburtstag ausgeht und zurückrechnet, ist es sehr wahrscheinlich, dass Serge mein Vater gewesen ist. Adrienne muss kurz vor dem Abschiedsbrief schwanger geworden sein, wusste vermutlich selbst noch nichts davon, als sie ihn erhalten hat. Vielleicht bin ich ja bei dem Treffen, das Serge erwähnt, entstanden. Auf jeden Fall glaube ich, dass Adrienne Serge nie gesagt hat, dass er mein Vater ist. Aus Stolz, oder wer weiß, vielleicht auch aus Scham. Er hegte gewiss einen Verdacht, aber schließlich hätte das Kind tatsächlich von Robert stammen können. Serge wusste ja nicht, dass Adrienne Robert nicht sofort nach der Trennung kennengelernt hatte, sondern erst nachdem sie längst schwanger war. Vielleicht hat er in dem Gespräch mit Renée, das Paulette belauscht hat, versucht herauszufinden, ob Renée Genaueres wusste? Ich denke, er hatte immer im Kopf, dass ich seine Tochter sein könnte. So zumindest erkläre ich mir im Nachhinein sein Verhalten mir gegenüber.

Draußen hatte es aufgehört zu regnen, die Sonne kam hinter den Wolken hervor, durchflutete hell und heftig den Saal, verschwand wieder.

Ich habe mich natürlich gefragt, ob Paulette davon erfahren hat, dass wir Schwestern sind, fuhr Ida fort. Aber warum sollte sich dann ihr Hass auf mich und nicht auf Serge oder Adrienne richten?

Logik, warf Louise ein, ist kein Argument bei Paulette.

Mag sein, antwortete Ida. Es klang nicht überzeugt.

Was ist eigentlich mit dem Brief, den Adrienne dir nicht zeigen wollte, fragte Louise. Er war also gar nicht von Robert, sondern von Serge?

Du bist eine aufmerksame Leserin. Ja, ich nehme an, dass er von Serge war. Das Bündel enthält einige Briefe aus der Gefangenschaft. Nach einer vierzehnjährigen Pause zwischen 1926 und 1940 scheint Serge sich in der Gefangenschaft an Adrienne erinnert zu haben, oder er hat davon profitieren wollen, dass niemand kontrollierte, an wen sein Kontingent Briefe adressiert war. Vierzehn Jahre, das musst du dir einmal vorstellen.

Und nach dem Krieg?

Hören die Briefe wieder auf.

Denkst du, meine Großmutter Renée wusste von der Affäre ihres Mannes?

Von der Affäre vielleicht schon, aber ob sie wusste, dass ihre Schwester Adrienne Serges Geliebte war? Ehrlich gesagt habe ich keine Ahnung. Ich kann mich an nichts erinnern, das darauf hinweisen würde.

Ida strich sich imaginäre Brotkrumen vom Pullover, schob den Teller weg.

Nun erfahre ich also mit zweiundsechzig Jahren, wer mein Vater war. Und meine Cousine stellt sich als meine Halbschwester heraus. Aber was ändert das für mich? Paulette und ich, wir *sind* wie Geschwister aufgewachsen. Dass dies der Wahrheit näherkommt, als wir es uns hätten träumen lassen, macht die Frage, warum wir nichts mehr miteinander zu tun haben, höchstens noch dringlicher. Und dass Serge mein Vater gewesen sein soll, war bis vorgestern so wenig vorstellbar, dass meine Gefühle dem Bild hinterherhinken. Ich bin weder überrascht noch ergriffen. Kann natürlich sein, dass dies in ein paar Tagen anders aussieht.

Sie zupfte an der Tischdecke, sah auf einmal verletzlich aus. Dann straffte sie die Schultern und strich die Tischdecke wieder glatt, bevor sie weitersprach.

So gesehen hatte Adrienne gute Gründe, ihr Geheimnis zu hüten. Ich war ganz einfach diejenige, die sie an ihre unmögliche Liebe erinnert hat. Was nur beweist, wie unberechenbar und zufällig Liebe ist. Adrienne hätte mich ja aus genau diesem Grund auch ganz besonders lieben können. Und wer weiß, ob unser Verhältnis besser gewesen wäre, wenn Serge sich für Adrienne entschieden hätte.

Wer weiß, ob es mich dann überhaupt geben würde, dachte Louise. Was bedeutete es für sie, abgesehen von der Veränderung des Verwandtschaftsverhältnisses, wenn ihr Großvater Serge nun auch Idas Vater war? Half es ihr, Paulette zu verstehen?

Was ist mit deinen Aufzeichnungen, fragte sie. Wirst du sie neu schreiben?

Wer weiß?, erwiderte Ida.

Louise nahm eine Bewegung vor dem Fenster wahr. Ein Kind, in dem sie meinte, das Kind vom Vortag zu erkennen, stapfte wie durch tiefen Schnee oder Morast über das spärliche Gras des rückwärtigen Grundstücks. Es war so vertieft in seinen Gang, in das Heben der Füße, das Gleichgewichthalten, dass es den Vater nicht bemerkte, den Vater vom Vortag, der sich ins Bild schob, das Terrain mit wenigen Schritten durchmaß und das Kind, das diesmal nicht protestierte, sondern nur versuchte, stapfend mit dem Vater Schritt zu halten, hinter sich herzog, aus dem Bild heraus.

Wo habt ihr eigentlich gelebt, Franz und du, wo lebst du heute?

Dort, wo wir nach dem Krieg gelandet sind. In Rastatt. Franzens Eltern waren zwar nicht begeistert, dass Franz sich nach mir richtete und nicht umgekehrt, genauso wenig, wie sie es guthießen, dass ich mein Abitur nachgemacht und studiert habe. Sie hatten sich vorgestellt, ich würde mit Franz bei seiner Familie auf dem Dorf wohnen. Aber ich war zu lange von Adriennes Launen abhängig gewesen, um mich erneut in eine Situation der Bevormundung begeben zu wollen.

Apropos Abitur, sagte Louise. Du bist dir in deinen Aufzeichnungen so sicher, dass Paulette das Abitur gemacht und studiert hat, aber soweit ich weiß, trifft weder das eine noch das andere zu. Sie hat bei Rose im Laden gearbeitet, bis diese gestorben ist, danach hat sie manchmal, wenn es ihr gerade besser ging, Auftragsarbeiten angenommen.

Ida war sichtlich verblüfft.

Sie hat ihr Abitur nicht? Aber warum nicht? Sie hatte doch ausgezeichnete Noten?

Louise zuckte mit den Schultern.

Keine Ahnung. Ich weiß ja auch nicht besonders viel über Paulette.

Sie zögerte, bevor sie fortfuhr.

Kannst du dir vorstellen, dass ich dich in *Rachestatt* einmal besuche? Einfach so, aber möglicherweise auch, um dir ein paar Fragen zu stellen?

Gerne, antwortete Ida, was für Fragen? Und warum stellst du sie nicht gleich?

Weil ich sie mir noch nicht überlegt habe. Oder warte, diese hier fällt mir ein: Habt ihr je mit dem Gedanken gespielt, in Frankreich zu bleiben? Ich meine, das wäre doch möglich gewesen, nachdem Franz freier Arbeiter geworden war, oder? Soweit ich weiß, hätte er dich heiraten und sogar die französische Staatsbürgerschaft annehmen können.

Ida dachte einen Augenblick nach.

Franz hing zu sehr an seiner Familie, entgegnete sie schließlich, und ich zu wenig an meiner. Außerdem wollte ich ja »in die Welt«. Auch wenn ich mir »in die Welt«, wie gesagt, anders vorgestellt hatte. Aber von Honoré wegzugehen war schon einmal ein Anfang.

Lebt eines deiner Kinder eigentlich in Berlin?

In Berlin? Nein, wieso?

Ich bin neulich jemandem begegnet, der dir ähnlich sah. Und bevor ich mich ewig frage, ob es dein Sohn war oder nicht ...

Louise leerte ihren Kaffee und hoffte, das Kind erneut vor dem Fenster auftauchen zu sehen, doch die Fläche blieb leer. Zwischen den Häusern schimmerte die dunkle, abweisende Front der Wolken, die sich landeinwärts verdichteten, als wollten sie etwas bedeuten und zu Louises Entscheidung, was sie als Nächstes angehen sollte, beitragen.

Was hast du vor, fragte sie, wirst du Paulette die Briefe zeigen?

Das sollte ich wohl, antwortete Ida. Aber ich fürchte, sie wird mir wieder die Tür vor der Nase zuschlagen. Dabei würde ich nur zu gerne wissen, warum sie ihre Pläne nicht verwirklicht hat. Sie war sich immer so sicher.

Ich kann dich auch nach Granville bringen, mein Angebot von gestern steht noch, sagte Louise.

Ida blickte sie zweifelnd an.

Wolltest du nicht in Richtung Norden fahren?

Schon. Aber so verzögert sich unser Abschied noch ein wenig. Wir könnten auch gemeinsam Paulette aufsuchen. Stell dir vor, wir stehen zusammen vor der Tür.

Ida lächelte.

Ich glaube nicht, dass Paulette das zu schätzen wüsste. Wirst du sie besuchen?

Das weiß ich noch nicht, erwiderte Louise. Wenn, dann im Anschluss an meine Recherche. Ich muss erst noch ein paar Dinge mit Berlin abklären, bevor ich Genaueres dazu sagen kann. Ich habe versucht, mir vorzustellen, was ich machen würde, wenn ich kein Forschungsprojekt vor mir hätte, wenn ich also »frei« wäre. Aber dazu müsste ich erst einmal die Frage beantworten, ob ich ohne mein Projekt zur Beerdigung gekommen wäre.

Und, wärst du?, fragte Ida.

Louise holte Koffer und Rucksack aus dem Zimmer und klingelte an der Rezeption.

Julie schläft noch, entschuldigte sich Grégoire und wischte sich die Hände an den Hosen ab. Sie hat gestern elf Stunden gearbeitet und fängt heute etwas später an.

Er hängte den Schlüssel an das Brett hinter dem Empfangstresen zurück.

Bist du noch eine Weile in der Gegend?, fragte er.

Ja, erwiderte Louise, aber ich habe zu tun.

Wenn du mal wieder vorbeikommst, weißt du, wo du übernachten kannst.

Danke. Und wenn du mal Berlin einen Besuch abstatten willst …

Sie standen unschlüssig voreinander, dann hielt Louise Grégoire die Wange hin, sie küssten sich rechts links rechts, mach's gut, sagte Grégoire.

Mach's gut, viel Erfolg mit dem Hotel, erwiderte Louise.

Ich komme noch mit vor die Tür, sagte Grégoire.

Ida wartete schon draußen vor dem Auto. Meine Halbtante, dachte Louise und merkte, dass ihr wehmütig zumute war bei dem Gedanken, sich in ein paar Stunden von ihr zu trennen.

Während sie Koffer und Rucksack verstaute, fiel ihr ein, dass sie immer noch nicht wusste, wie der Koffer auf den Dachboden ihrer Eltern gelangt war. Sie setzte sich hinters Lenkrad, öffnete Ida die Tür von innen und kurbelte das Fenster hinunter.

Grégoire stand mit vor der Brust gekreuzten Armen neben dem Auto.

Bis bald, sagte Louise und ließ den Motor an.

Sie sah Grégoire im Rückspiegel winken und kleiner werden. Als sie die Kreuzung der Route Nationale erreichte, setzte sie den Blinker, bremste, schaltete zurück, sie blickte noch einmal in den Rückspiegel, doch Grégoire war verschwunden.

Personenverzeichnis

Augustine und Jean Castel
Idas Großeltern mütterlicherseits

Emma (»Nanie«) und Georges Leconte
Idas Stiefgroßeltern

Robert
Sohn von Emma und Georges
Adriennes Ehemann
Idas Stiefvater

Adrienne
Tochter von Augustine und Jean verheiratet mit Robert
Idas Mutter

Renée
Adriennes Schwester
verheiratet mit Serge
Paulettes Mutter

Rose, Marguerite
Adriennes Schwestern

Alphonse
Adriennes Bruder
verheiratet mit Théodora

Vincent, Jérôme
Kinder von Alphonse und Théodora

François
Sohn von Adrienne und Robert
Idas Halbbruder

Ida
Adriennes Tochter

Paulette
Tochter von Renée und Serge
Idas Cousine
Louises Mutter

Louise
Tochter von Paulette und deren Mann

Ich danke folgenden Mitstreitern
im großen Abenteuer Roman:
Annie Boutry und Elvine Kennel
für ihre Schätze an Geschichten
und ihre Bereitschaft, sie mit mir zu teilen;
Eva Stelzer für ihre weiterbringende Kritik;
meinen Eltern für das Straßburger
Aufenthaltsstipendium;
Michael Wildenhain für
die Romanwerkstatt im Brechthaus;
Axel Haase für seine Gewissheit;
und vor allem Günther Opitz
für sein großes Vertrauen.